内なる宇宙 下

ジェイムズ・P・ホーガン

者のものと入れ替わってしまう――奇異な現象が多発するジェヴレン社会に、ハント博士たちは直面した。人格変容の起こった者はアヤトラと呼ばれ、新興宗教の活動家となるか、完全に気が触れてしまうこともしばしばだった。しかし、彼らは決して精神に異常をきたしたわけではない。新たな人格が生まれる裏では、別の宇宙からコンピュータ・ネットワークを通じてデータが送り込まれているというが……。人類の想像を超えたところに存在する宇宙とは？　ハント博士たちはジェヴレンを狙う“内なる宇宙”を阻止できるのか？

内なる宇宙　下

ジェイムズ・P・ホーガン
池　央　耿　訳

創元ＳＦ文庫

ENTOVERSE

by

James P. Hogan

登場人物

◆地球人

ヴィクター・ハント……………原子物理学者
ダンカン・ワット……………ハントの助手
ジーナ・マリン……シアトル在住のノンフィクション・ライター
グレッグ・コールドウェル……先進科学局（ASD）の局長
クリス・ダンチェッカー……異星生命科学研究所所長
サンディ・ホームズ……ダンチェッカーの助手
デル・カレン……惑星行政センター（PAC）の保安部の責任者
マレー……ジェヴレン在住の怪しげな男
ハンス・バウマー……ガニメアン臨時政府顧問団の男

◆ガニメアン

ガルース……ジェヴレン惑星行政センター長官
モンチャー……ガルースの副官
シローヒン……〈シャピアロン〉号の主任科学者

ロドガー・ジャシレーン……〈シャピアロン〉号の機関長
ポーシック・イージアン……テューリアン政府の科学顧問
レイエル・トーレス……司令官代行

◆ジェヴレン人
ユーベリアス……光軸教《アクシス》の〈救済主《デリヴァラー》〉
イドゥエーン……ユーベリアスの腹心
グレヴェッツ……犯罪組織の顔役
シリオ……グレヴェッツの片腕
ニクシー……マレーの女
ランゲリフ……新任のシバン警察副署長
ケシェン……シリオの部下のコンピュータ技術者

◆ファンタズマゴリア
スラクス……科学的思考を備えた青年
キーヤロー……ダルグレンとヨーネルの養子
シンゲン-フー……導師
エセンダー……オレナッシュの祭司

内なる宇宙　下

34

ジーナはバウマーと並んで低い石塀に腰掛け、グリニル・サンドイッチを齧《かじ》りながら、どうにかコーヒーの代用として我慢できる濃く熱い飲みものを啜《すす》っていた。次の瞬間、ふと気がつくと、彼女は見知らぬ一室に横たわって天井を見上げていた。

いつの間に、どうしてこんなことになったのかわけがわからず、狐につままれたような気持ちだった。途中の記憶はかけらもなく、時間が経ったという意識もなかった。頭の中で録音テープの一部が切り取られ、その前後がきれいに繋《つな》がれたに等しい状態である。どのくらいそうして横になっていたろうか。ジーナは記憶の断片を拾い漁《あさ》って何とか空白を埋めようと試みたが無駄だった。積算時計がどこかで止まり、ある時間を経て再び動きだしたのと同じで、止まっていたのがほんの一瞬か、一年か、判断の便《よすが》もなかった。

ジーナはそっと頭を上げた。ドレスはたしかに着ていたと記憶している通りで、彼女は長椅子に寝かされ、軽い毛布が腰から脚を覆っていた。部屋は清潔で暖かく、テーブルに椅子、整理ダンス、鏡台と一通りの家具が揃《そろ》っていた。見馴《みな》れぬ形の置物もあり、壁には絵もかかっているところから、そこは病院ではなく、個人の家の客用寝室のような場所と思われた。室内には香を薫《た》き込めたに違いない芳《かぐわ》しい匂いが漂っていた。怪我はなかった。してみると、事故に遭ったわけでもない。記憶の脱落は何者かの故意によるものと彼女は判断した。麻酔を嗅がされて、誘拐されたと考えるほかはなかった。

囚われの身にされているのかもしれない。

ジーナはおそるおそる体を動かした。縛られてはいなかった。が、ドアには鍵がかかっていた。あらためて室内を見回すと、長椅子の脇にバウマーのオフィスで見たのと同じ、ジェヴレンで一般に使われているコンピュータの制御パネルがあった。「ゾラック！　通じる？」考えるより先に彼女は呼びかけた。「聞こえる？」返事はなかった。「五六チャンネル……五六チャンネルを起動して……」ゾラックは応答しなかった。ジーナは長椅子に戻り、パネルを手動操作してみたが、ゾラックはうんでもすんでもない。考えてみれば愚かしくも空《むな》しい行動だった。

一人ぼっちで見知らぬ場所に閉じ籠められ、いっさい外部との接触を絶たれているとわかって彼女はにわかにうろたえた。日頃の負けん気もどこへやら、恐怖がじわじわと背筋を這《は》い上がった。シアトルに帰りたい、とジーナは思った。壁の外に知っている世界がある馴れ親しんだ環境の有難味《ありがたみ》を今という今はじめて悟る気持ちだった。彼女は毛布を肩にはおった。室内は決して寒くない。にもかかわらず、体は芯まで冷えきっているようだった。好奇心も生き甲斐《がい》も、はやこれまでだ。生きて無事に帰れたら地元の婦人クラブに参加して人並みの暮らしをしよう。と彼女は心に誓った。名もない庶民大衆の一人として片隅の幸せを求めよう。

囚われの身？　いったい、誰が何の目的で？　何者であれ、ジーナを攫《さら》ったのはバウマーが付き合っているジェヴレンの犯罪組織の一味に相違ない。今にして思えばバウマーが接触してきたのは組織のさしがねだったのだ。彼が組織の意図を知っていたかどうかはこの際問題外である。ジーナはドアを睨《にら》んで、これまでに見た数々の映画を思い出し、このような情況で取るべき行動を自分に言い聞かせた。見張りの者が食事を運んでくるのをドアの陰に潜んで待ち受ける。不意を襲って見張りを殴り倒し、血路を開いて脱出する。いとも簡単ではないか。あまりの馬鹿らしさに、彼女は考えることを止《や》めた。

そんな彼女の気持ちが伝わりでもしたかのようにドアが開いた。ジーナは一瞬、ヴィザーが作り出した仮想世界にいるのではないかと訝《いぶか》った。仮想世界と現実は見分けがたいことを、すでに彼女はさんざん思い知らされている。

入ってきたのは食事の盆を手にした見張りの下っ端ではなかった。意外にも、相手は女性である。アラビアン・ナイトの衣裳《いしよう》のようなだぶだぶの緑のズボンを踝《くるぶし》で括《くく》り、腰には幅広の帯を巻いている。太り肉《じし》の大柄な女で、白いものが目立つ髪をひっ詰めに結っていた。紺で縁取りをしたグレーの詰襟服の男が一緒だった。この男がユーベリアスの腹心、イドゥエーンだとは、もとよりジーナが知る由《よし》もない。

二人はしばらく戸口に立ったまま物珍しげにジーナを見つめた。ジーナは精いっぱい図太い態度を装って二人を睨み返したが、その実、心臓は躍《おど》り狂って今にも咽喉《のど》から飛び出しそうなほどだった。

「ああ、意識が戻ったわね」女は冷たい表情を動かすこともなく、突き放すように言った。「ちょっと神経回路を繋ぎ替えただけよ。何も心配することはないわ。不必要な記憶がいくつか消えるだけだから。人によって動揺から立ち直るのに多少時間がかかることがあるけれど」訛《なま》りの強い怪しげな英語だったが、コンピュータの通訳チャンネルではなく、女の口から出ていることだけは確かだった。

「いったい……」ジーナは食ってかかろうとしたが、咽喉がからからで声にならなかった。彼女は唾《つば》で口中を湿して、あらためて言った。「わたしはどのくらいここにいるの？」

「長いことではないわ。ほんの一日足らずよ」

もっと強気に出なければ、とジーナは自分を叱咤《しった》した。これではすでにして受け身に回っている。「時間の問題ではないわ。何の権利があって人を拘束するの？」彼女は勇気をふるい起こし、ぐいと顎を突き出して言った。「これは人権上の……」

「ああ、そうやって空威張《からいば》りしても時間の無駄よ」女はジーナを遮った。「ここは法律ずくめのアメリカじゃあないからね。ジェヴレンでは権利なんてどうにでもなるんだから。あなたが何を言おうと、誰にどういう権利があるか決めるのはこっちだわ」

「こっちって誰よ？」

「あなたには関係ないことよ。あなたは訊かれたことに答えればいいの」女は椅子を引き寄せ、床を隔ててジーナと向かい合わせに腰を下ろした。男は立ったままだった。英語は解さないと見える。女は質問に取りかかった。「まずはじめに、あなたは本当は何者？」

「わたしは物書きよ」ジーナは答えた。「本を書く仕事をしているの。どう？　これでいいかしら？」

「ジェヴレンへ来た目的は？」

尋問に持ち堪《こた》える唯一安全な方策は徹頭徹尾しらをきることだ、とジーナはものの本で読んだことがある。とはいうものの、実際問題としてそれはなかなかむずかしい。苦し紛れにも何か言わないわけには行かなかった。「興味がおありかどうかわからないけれど、歴史を通じて地球に送り込まれてきたジェヴレン人工作員のことを取材しているのよ」

「へえ、それは面白いわね。で、本当の目的は？」

ジーナはいかにも心外なふうを装って首を横にふった。「本当の目的って、それ、どういうこと？　ほかにも目的なんてありゃあしないわ」

「しらばっくれるんじゃないよ。テューリアンがコンピュータを止めたからって、わたしたちが馬鹿だと思ったら大間違いだわよ。あんた、バウマーをスパイするために送り込まれたんでしょう。バウマーの言うことにいちいち賛成して、あの男に何かしゃべらせようとしたことはわかってるんだから。あんたの本をこっちが調べないとでも思っているの？　あんたの書いていることはことごとくバウマーの主義主張に真っ向から反対じゃないの」

ジーナは内心ぎくりとした。「いったい何の話？　わたしが誰のスパイだっていうの？」

「あんた、UNSAグループと付き合ってるわね。こっちはちゃんと知ってるんだから」

「科学者集団のこと？」

「そう、その科学者集団よ」

「それがどうだっていうの？　だって、わたし、アメリカ人よ。あの人たち、地球から来た同胞よ。親しくなって当然でしょう。それのどこがおかしいの？」

「別に、何もおかしいとは言ってないわ。でも、彼らはこのジェヴレンへ何しに来たの？」女は手を上げて、言い返そうとするジーナを制した。「ああ、聞かなくてもいいの。お互いに、時間の無駄は省きましょう。ガニメアン科学の現状視察というのが表向きの理由だということはわかっているんだから。本当は、ジェヴレンの統治を任されているガルース以下、ガニメアンたちと気心が通じるから呼ばれてきたのよ。ガルースに何か頼まれているのね。具体的には何をしているの？　その中で、あんたはどういう役目なの？」

「何の話かさっぱりわからないわ。わたしはわたしよ。誰に頼まれてきたわけでもないわ」

「でも、あんた、地球を発《た》つ前にワシントンの国連宇宙軍UNSAを訪ねてるじゃないの」

「ええ、行ったわ。取材の便宜を図ってもらおうと思ってね。でも、いろいろと面倒なことがあって、門前払いを食わされたわよ」

「UNSAの計らいで〈ヴィシニュウ〉号に乗れたんじゃあないの？　取材の触れ込みで、UNSAが送ってよこしたんじゃあないの？」

「冗談じゃないわ。UNSAに協力は頼めないとわかって、わたしは自分で手を回したのよ。科学者たちと知り合ったのは地球を発った後のことよ。一人は前に会ったことがあるけれど」

「それで、彼らは何しにここへきたの？」女は重ねて尋ねた。「UNSAは何のために彼らをジェヴレンに派遣したの？」

「知っていることはもう全部話したわ」

「さあ、それはどうだかね。嘘をついてバウマーに近づいた狙いは？」

「もうたくさん。あなたにとやこう言われる筋はないわ。だいたい、街頭で人を攫《さら》うとは何の真似？　わたしがわたしの意思で何をしていようと、そちらには関係ないことでしょう」

女は連れの男とジェヴレン語で何やらひそひそ話し合った。英語は解さずとも、男は回答のあらましを摑《つか》んでいる様子だった。女は溜息《ためいき》をついて額を押さえた。ジーナはいくらか自信が湧いてきた。これまでのところは上出来だ。と、再びドアが開いた。顔を上げて、ジーナはあっと息を呑んだ。長身を緑衣に包み、栗色の裏打ちをした頭巾《ずきん》を肩に撥《は》ねて戸口に立った金髪碧眼《へきがん》の男はほかでもない、光軸教の救済主、ユーベリアスだった。

「地球でロシア人の暮らしが長すぎたな、アンナ」ユーベリアスはジェヴレン語で女に話しかけたが、地球で女が使っていた偽名はジーナにも聞き取ることができた。「一度身についた習慣は抜きがたい。そのような問い方では何も聞き出せまいとあれほど言ったではないか」彼はちらりとジーナに目をやった。「幸い、聞けずとも大事ないがな。こっちへ連れてこい」

自信を得てわずかにほころびかけたジーナの顔は凍りついた。ユーベリアスの声を聞き、部屋の外へ顎をしゃくる動作を見た途端に彼女は胃の腑《ふ》に堅く重いものがわだかまるのを感じた。

「優しく言ってるのに、話す気はないのね」女は椅子から立ち上がった。「まあいいわ。こうなれば、こっちにはもっと強硬な手があるんだから」女はジーナの恐怖の表情を見て取ってひくひく笑った。「大丈夫よ、心配しなくても。あんた、小説の読みすぎよ。今時、効き目もない昔ふうのやり方は流行《はや》らないの。痛い目に遭うこともないわ。終わった後、何も憶えてはいないわよ」

ユーベリアスは脇へ寄った。背後に従う二人の男にジーナははじめて気づいた。ジェヴレンの女はジーナをふり返った。「この場としては、問題はたった一つ。おとなしくわたししたちに協力するか、こっちが多少手荒なことをしなくてはならないか、それはあんた次第よ」なす術《すべ》はないと知りつつも、ジーナは恐怖に駆られて後退《あとじさ》り、長椅子の袖を摑んで声もなく、ただ弱々しく首を横にふるばかりだった。ユーベリアスの背後から、手下の二人が進み出た。イドゥエーンが天井から長椅子を狙っている催眠波共振装置に音声指令を発した。それを最後にジーナは意識を失った。

ニューロカプラーの設置されている部屋へ運ばれた記憶はもとより、寝椅子の窪みにすっぽりと抱かれた覚えもない。目に見えぬ指先が意識を探ったことを、ジーナは知るはずもなかった……。

「案の定、地球女は偽り者です」コンピュータは音声出力で報告した。光軸教の本山であるシバンの神殿は、今なお最小限の機能を維持しているジェヴェックスと接続自在である。「女が〈ヴィシニュウ〉号上で偶然ハントと出会ったのは見せかけで、後にＵＮＳＡとの関係を怪しまれないようにするための準備行動でした。はじめにワシントンのUNSAを訪ねた理由は本人の言う通りです。コールドウェルは自分の目的のためにこの女は利用できると考えました。女がシアトルへ引き揚げる前にUNSAの協力要請を伝えたのはハントです」

「コールドウェルの目的とは？」ユーベリアスは鋭く尋ねた。「それについて、女はどの程度まで知らされているのだ？」

「ガルースは個人的に直接ハントに連絡を取りましたが、あのマリンという女はたまたまその場に居合わせました。ガニメアンはジェヴレン人の精神構造を持て余し、かつ、自分たちの復興計画が思うように捗《はかど》らぬことに悩んでいました。そこで、かねてから友好関係にある地球人に助力を求めたのです。地球人科学者集団の任務はジェヴレン社会の実態調査です。女の役目は、科学者では場違いな分野、領域における聞き込みです」

ユーベリアスは解剖台の標本を見るような冷たい目で意識を失ったジーナの寝姿を見据えながら、ジェヴェックスの報告を思量した。「何故ハントに助力をこうのだ？　何故、正規の外交ルートを通さぬ？　ガルースはその方面にも知己《ちき》があるはずではないか」

「ガルースは政治家を信用していません。一部にガニメアンによるジェヴレン統治に終止符を打とうとする動きがあることも察知しています。しかし、ガルースは自分に託された責任をまっとうする決意です」

「バウマーについてはどうだ？　いったい、怪しまれるような何をしでかした？」

ジェヴェックスは答えた。「前々から疑惑を持たれていました。地球人カレンはバウマーがオベイン報告を盗み出したことを知っています」

「何だと？」ユーベリアスは声を尖《とが》らせた。「そんなに前からか？　うろたえ者めが、用心を怠ったな」

イドゥエーンがおずおずと尋ねた。「アッタンについては、ガニメアン政府はどこまで知っている？」

「現在のところは公式の申し出を額面通りに受け取っています」ジェヴェックスはイドゥエーンの懸念を読み取って答えた。「しかし、疑いを抱いています」

「バウマーとわたしなり、わが宗なりとの繋がりはどうだ？」ユーベリアスは言った。

「その点は気遣いありません。ただ、彼らは目下、バウマーの人脈および背後関係の調査を最優先事項としています。ガルースは捜査の手がかりを得るためゾラックに通訳チャンネルの盗聴を許可しました」

ユーベリアスは眉を高々と持ち上げた。「後へは退《ひ》かぬ覚悟と見えるな。うん、それを知っておいて損はない」彼は横目遣いにちらりとイドゥエーンを見やった。「他聞を憚《はばか》る話には通訳チャンネルを使わぬよう、注意を徹底させろ」

「承知しました」

ユーベリアスは後ろ手を組んでカプラーの制御パネルに向き直り、思案を急いだ。「もはや猶予は許されぬな。ガルースに連絡して、今一度カラザーに会いたいと伝えろ。われわれのアッタン移住を速やかならしめるためにも、できる限りテューリアンに圧力をかけなくてはならない」

「バウマーはどうします？」イドゥエーンは指示を求めた。

ユーベリアスは侮蔑を露《あらわ》に肩をすくめた。「用心を怠った身の咎《とが》だ。もはや何の役にも立たぬ。始末しろ」

イドゥエーンは黙ってうなずいた。

ジェヴレン人の女がジーナをぞんざいに指さして尋ねた。「この女は？」

ユーベリアスは死んだように眠っているジーナをふり返った。その顔に期するところありげな薄笑いがじわりと拡がった。「女は使い道がある。ふん、スパイの真似事を喜んで買って出たというのだな。よかろう。女は向こうへ返してやれ。ただし、ここの記憶を消したままでは誘拐の証拠を手土産に持たせるようなもの。われわれの筋書きでジェヴェックスに偽の記憶を書き込ませろ。そうすれば、女はわれらにとって忠義のスパイとなる。その上で、女を敵の懐《ふところ》に送り込む寸法だ。バウマーよりははるかに働きを見せてくれることだろう」

35

ハントは角のバーを過ぎて裏路地を曲がり、手桶の青い花が萎《しお》れたまま放置されている玄関に駆け込んだ。デル・カレンが踵《かかと》を踏むようにハントに続き、レバンスキーとコバーグがしんがりを固めていた。彼らは故障中のエレベーターには目もくれず、真っすぐ階段へ走った。踊り場にはジェヴレンのけたたましい音楽がこぼれ、発酵臭の濃い料理の匂いが漂っていた。二段飛びに四階まで駆け上がると、彼らは白い扉枠に固まれた紫のドアの前で足を止めた。

「マレー、いるか？」ハントはコールプレートを叩いて叫んだ。「ヴィック・ハントだ」

一呼吸あってマレーの声が答えた。「ヴィックか？　こいつはまた、どういう風の吹き回しだ？　今日来る約束にはなっていなかったろうが」

「遊びに来たんじゃあない。急用だ。ここを開けろ」

「ちょっと待った。その威張りくさった物言いが少々気に食わないな。こっちは今……」

「開けろと言ったら開けないか。ぐずぐずしていると叩き壊すぞ」

「そう言われちゃあ、なおさらここは開けられない。やれるものならやってみろ。体当たりして肩を脱臼したって知らないぞ。とっとと失せやがれ」

「いいか。シバン警察の機動隊がトラックで乗りつけているんだ。開けないとバーナーでドアを焼き切るぞ。十秒だけ待ってやる」

ドアが横に滑って開きかかると、ハントは待つ間も遅しと隙間に体をこじ入れた。続く三人も一丸となってラウンジに傾《なだ》れ込んだ。マレーは男二人、女数人の客と大きなテーブルを囲んでいた。壁際から部屋の中央に引き出されたテーブルには 夥《おびただ》しい酒壜《さかびん》とグラスが並び、地球のトランプに似たカードと数取りのチップが散らばっているところを見ると、彼らは賭け事の最中に違いなかった。マレーは手の内の札を置いて不機嫌にハントの一行を迎えた。

「おい、待てよ。いったいぜんたい……」

「内密の話だ。お仲間にははずしてもらってくれないか」ハントの言葉はジェヴレン語になって室内に響きわたった。ゾラックの五六チャンネルが通じている証拠だった。

「あたしの客だぞ。ちっとは礼儀をわきまえたらどうだ」

カレンはドアへ向けて拇指《おやゆび》を突き立てた。「行政センター保安部の用向きだ。あまり時間がない。マレー一人を残して、ほかの者は外へ」

男の一人、脂ぎった顔をして、絹の光沢を放つグレーのスーツを着た禿頭《とくとう》肥満の客がふてぶてしく乗り出してカレンに酒臭い息を吐きかけた。「ほう、そうかい？　誰に向かってそういう口をきくんだ、この馬鹿者が。おれの知り合いに行政センターの……」

コバーグが肩を摑《つか》んで男を引き据え、胸倉を取ると床から引き抜くように吊り上げて部屋の外へ運んだ。ドアの向こうで何やら重たいものがどさりと床に落ちる音がした。「ゾラック！　回線を切れ」ハントが指示するところへ、コバーグは何事もなかったような顔で立ち戻った。マレーの隣にいたもう一人の男はテーブルのチップを搔《か》き集めてそそくさと退散した。女たちもわれ勝ちにその後を追った。

レバンスキーが部屋の外に立って後ろ手にドアを閉じ、それを潮にハントはマレーに向き直った。「この前、きみはわたしに隠し立てをしたな。あの時話した以上にきみはバウマーをよく知っている。わたしがそこを問題にしなかったのはきみに考え直す時間を与えたかったからだ。しかし、今は事情が変わった。バウマーの交際範囲、行動、立ち回り先。きみが知っている限りのことを聞かせてもらいたい」

マレーは干涸《ひか》らびた唇を舐《な》め、ドアを背に腕組みをして立っているカレンとコバーグをちらりと窺《うかが》ってハントに視線を戻した。

「何を証拠に、あたしが前に話した以上にあいつを知っているというんだ?」マレーは食ってかかった。

「そうやってしらばっくれるのは止《よ》せ」ハントは押さえつけるように言った。「バウマーはマフィアに相当するジェヴレンの犯罪組織に出入りしている。そうだな?　きみはその組織を庇《かば》っている」

「ニクシーだな?　ニクシーのやつがしゃべりやがったな?」

「ニクシーは関係ない」

「あいつはどこだ?」

答をはぐらかしたところで、かえって話がややこしくなるばかりだ、とハントは判断した。

「今、惑星行政センターPACでガニメアンの科学者と会っている。調査研究に協力しているんだ」

「科学者?　ニクシーが?」

「いいか、マレー。事はきみが考えているよりはるかに重大なんだ。地球・ジェヴレン・テューリアン三惑星間の政治情況にそっくりかかわっている。人が一人行方不明になった。バウマーが仕組んだことだ。バウマーを背後で操っているのは誰か、その正体をわれわれは知りたい。事と次第によってはむごたらしい手段に訴えることも辞さない相手であることはわかっているよ。しかし、それはきみも臑《すね》に傷持つ身の上で、目をつぶってもらうしかない」

ハントは言葉を切ってマレーの出方を待った。マレーは椅子の中で苦しげに体を揺すった。気持ちを決めかねていることはその顔に書いてある。ハントはコバーグの方へ手をふった。

「わたしらも嘘や冗談でこんなことをしていやあしない。きみがこの場で話してくれればよし、さもない時は力ずくでもPACまで同行してもらう。そうなれば、きみは厭《いや》でも口を割らずに済まないはずだ」

「誰がそんな脅《おど》しに乗るものか。ガニメアンは間違っても人を痛い目に遭わせるようにはできていないんだ」マレーは強がってみせたが、落ち着きを失った目の色を見れば内心の怯《おび》えは明らかだった。

「きみの身柄をガニメアンに預けるとは約束できないぞ」ハントは追い討ちをかけた。

カレンは調子を合わせてマレーを睨《にら》み据え、ややあって、痺《しび》れを切らした体《てい》にふんと鼻を鳴らすとコバーグの方へ顎をしゃくって言った。「引きずり出せ」彼はドア越しにレバンスキーに声をかけた。「レバンスキー！　ワゴンを呼べ。このままじゃあ、いつまで経っても埒《らち》が明か……」

マレーは何かを押し戻すように両手を上げた。「わかったわかった……しゃべるから、待ってくれ。組織はイチナと言って……」

「イチナなら知っているよ」カレンはハントに耳打ちした。「用心棒、借金の取り立て、強請《ゆす》り騙《かた》り、闇商売。このジェヴレンの混乱に乗じて火事場泥棒を働いている組織だ」

ハントはうなずいた。

マレーは堰《せき》を切ったようにしゃべり続けた。「幻影中毒患者はいいカモだ。ガニメアンがジェヴェックスを遮断してからこっち、料金の相場は青天井だからな」彼は掌《たなごころ》を返して肩をすくめた。「金と伝《つて》がありゃあ、ジェヴェックスに接続できる場所があるんだ」

「そんな馬鹿な。ジェヴェックスは遮断されているはずだろう」ハントはマレーがどこまで本気か鎌をかけた。

「知らないよ。そういう方面には弱いからさ。でも、どういうわけか、ジェヴェックスは全面的に止まっちゃあいないんだ。で、頼めば接続の便を図ってくれる……と言うか、金を積みゃあ違法行為も見て見ぬふりという場所があるんだよ。察しはつくだろう？」

「それとバウマーと、どこでどう結びつくんだ？」カレンが尋ねた。

「あいつは中毒だもの。こっちへ来て、じきに病みつきになってさ。〈ゴンドラ〉と言って、地球で言やあ会員制のクラブみたいなところがあって、店の奥に馴染《なじ》みの客だけを通すカプラーつきの部屋がある。やつはそこへ入り浸りだ」

「どこだ、それは？」カレンは色めきたって尋ねた。

「このすぐ近くだよ。ほんの五、六街区行ったところだ」

「案内してくれないか？　手入れじゃあない。バウマーがそこに出没することを見届けるだけだ」

マレーは首を横にふった。「そいつはお門《かど》が違やあしないか？　あたしは宇宙船に只乗《ただの》りしてここへ来た流れ者風情だぜ」

「そうは言っても、きみは顔が広い」ハントは言った。「ほかに伝があると思うか？　事態はさしせまっているんだ、マレー」

「そりゃあ、まあな……でも、前もって電話しないことには」

「じゃあ、この場でしたらいい」

「どう言やあいいんだ？　はい、そうですかで済む相手だと思うのか？」

「四の五の言ったら商売上がったりだ」

「ちょっと待ってくれ」マレーは制御パネルの前に席を移した。

ハントは不思議そうな顔でカレンをふり返った。「しかし、バウマーは何でまたそう簡単に手懐《てなず》けられたのかねえ？　マレーの話だと、来る早々じゃないか」

「只を餌に釣ったんですよ」カレンは言った。「PACの地球人を一人、寝返らせたら安いもんです」

ハントは重々しくうなずいた。だいぶ事情がわかってきた。バウマーは仮想体験が病みつきになる性質《たち》の扱いやすいカモといちはやく目をつけられたのだ。習慣に染まったバウマーは首根っこを押さえられて、何でも組織の言いなりである。とにもかくにも、これで疑問が一つ解決した。ハントは心急《せ》く思いでタッチパッドに暗証番号を入力するマレーを見守った。

バウマーの背信の動機が何であれ、それはハントが恐れている事態からいえば瑣末《さまつ》な問題でしかなかった。

PACでは、ダンチェッカーとシローヒンが、ヴィザーに接続したニクシーからさらに詳しい事情を聞き出そうとしているところだった。ニクシーは体験を語るに当たって、ヴィザーが彼女の思考過程や記憶を監視することに同意した。

「その、あなたが以前いたという世界には、簡単な道具があるだけで、わたしたちが普通に使っているような機械装置の類《たぐい》はないのね？」シローヒンは言った。「本当に？ ごく単純な機械も？」

「こっちと違って、動くようにものを組み立てるっていうことができないのよ」ニクシーはどうしようもないという思い入れで答えた。「どう言ったらいいかしら？」彼女はシローヒンの方へ真っすぐ腕を伸ばした。「例えば、こっち向きにこれだけの長さのものがあるとするでしょう。それが、この向きだと長さが違うのよ」ニクシーは伸ばした腕を水平に九十度動かした。「一日のうちでも、時間によってものの寸法が変わるの。動かなくてもよ。こっちの世界では、そういうことはなくて、いつも同じね。どこを見ても不思議な法則があって、信じられないことが起こるのよね」ニクシーは物問いたげに二人の科学者を見くらべた。

「ニクシーの描いている心像は、物体の寸法、すなわち形状が運動によって相対的に変化するという物理法則に矛盾しない」ヴィザーはニクシーの意識の中の映像を分析して言った。

「それ故、ニクシーの世界ではあらゆる条件下で自由に機能する構造を作り上げることは不可能だ。方向による変化と、一日周期の規則的な変化の重複は惑星自転の副次効果と考えていいだろうね」

「ということは、その世界は惑星上にあるわけね」シローヒンは結論した。

「そういうことになるね」ヴィザーは言った。

ダンチェッカーは身を乗り出して額をさすった。「どうも、わたしは頭がこんがらかってしまったよ。惑星上の世界はいいとして、何故か回転するものがないということがはっきりしていれまでの話で、ニクシーの世界には何故か回転するものがないということがはっきりしているはずじゃあないか。回転の概念はあるにしても、それは神秘的な現象と捉えられているのであって、想像は可能ながら、現実に回転するものはあり得ないのではなかったかな？」

「必ずしもそうではないよ」ヴィザーは答えて言った。「自然な回転は不思議でも何でもない。ところが、物体は運動の方向に引き伸ばされるから、例えば、一本の棒に縦方向の回転を与えて宙に投げると、二つの楔《くさび》が頂点を接した形になる。物体は運動によって大きさが変わるのだよ。それで、機械の作動に必要な固定部品と可動部品を組み合わせるということができない。ニクシーの世界では、芯棒と軸受けすら機能しないわけだね」

ダンチェッカーは頭を抱えて椅子の背に凭《もた》れた。「それにしても、ニクシーにこれだけの話をでっち上げる知恵があろうはずもないところに、何よりも説得力があるね」彼は嘆息した。「なにしろ、物理学の初歩の初歩も知っちゃあいないんだから」

ニクシーは気を悪くするふうもなく肩をすくめた。

「話を聞いていると、本当に別の世界とやらで生まれ育ったのかと思えてくるからおそれいるよ」

「その世界はわたしたちの知っているこの宇宙にありながら、まるで違った物理法則に支配されていると考えるしかありませんね」シローヒンはニクシーに向き直った。「あなたの世界では、石のように硬いものでも手を差し入れることができるという話だったわね？」

「ええ」ニクシーはこともなげにうなずいた。

「条件が揃《そろ》えばだよ」ヴィザーは註《ちゅう》を補った。

「固体は必ずしも永続性を有するものではないのね？　何もないところから忽然《こつぜん》と現われるものもあるのね？」

「常にそうとは言えないけれども、まあ、そんなこともあるようだね」ヴィザーはシローヒンの言葉を肯定した。

「反対に、消えてなくなることも？」

「ニクシーは子供の頃、一夜にして見渡す限りの景色が変わったことがあるのを憶えているよ」

「超自然の力が働くこともあるそうね。訓練と修養を積んで、念力で超常現象を起こせるようになる人もいるという話でしょう。中には、天地に漲《みなぎ》る霊気の流れとやらに幻影を見る能力を獲得する例もあるそうね」シローヒンは小さく手を上げて、何やら言いかけようとするダンチェッカーを制した。「何と驚くべきことに、その幻影とはこの世界、わたしたちが生きている日常の光景だというじゃないの。念力を身につけた異能者は、その流れを捉えて昇天するのね。ニクシーも、そうやってこの世界に現われ出た、というのがこれまでの話よ」

　ヴィザーはニクシーの記憶パターンから信号化された情報を読み取り、再合成した映像を壁面スクリーンに表示した。甲冑《かっちゅう》に身を固めて槍と楯を携えた一団の兵士らが、光炎に包まれて中空に浮かぶ人物の指先から迸《ほとばし》る稲妻のような閃光《せんこう》を浴びて地にのけ反《ぞ》った。映像が変わって、大きなかぶりものに長衣の男が光り輝く笏杖《しゃくじょう》でゆっくりと岩石を胴切りにした。笏杖が通過した後の岩には何の痕跡も残らなかった。不思議な姿の動物が登場した。あるものは蛇に似た脚を持ち、またあるものは生きながら半身に分かれた。

　映像はヴィザーができる限り人間の見馴れた形に近づけて描き出したものだった。読み取ったデータに手を加えず、そのまま合成した映像では何が何だかさっぱりわからなかったろう。画面で人と見えるのはニクシーの記憶の再現ではなく、画材を駆使したヴィザーの作品にほかならなかった。

「どうして？」シローヒンはほとほと弱り果てた顔で言った。「どうしてこんなことが起こり得るの？」

「ああ、それはまた別の問題だよ」ヴィザーは答えた。

「ジェヴレンの情報通信システムに異常があったとは考えられないかしら？　何かの拍子にh－スペースがわたしたちの知らない宇宙の遠隔領域に通じたとか」

「あり得ないことではないね」

ダンチェッカーは物も言わずにスクリーンを見つめ、シローヒンは考えに行き詰まって空《くう》を睨んだ。ニクシーは興味深げに二人の様子を窺っていた。わが身に関心が集まってすっかり気をよくした彼女は科学者たちに協力することにやぶさかでなかった。

やがて、ダンチェッカーはきっぱり首を横にふって言った。「いいや。仮にそのような領域があったとしても、いったい個々の人格がどうしてこの世界へ移動してこられるね？」彼は訴えるような目つきでシローヒンを見た。「これはやっぱり、純粋に心理学の問題として考えなくては説明がつかないだろう。科学の知識をかけらほども持ち合わせていない一個人の頭脳に、極めて特異とはいえそれなりに一貫した物理体系の概念がいかにして形成されたのか？　答は単純明快だ。ジェヴエックスが吹き込んだのだよ」

「じゃあ、これまでの話はみんなあたしの頭の中だけのことだっていうの？」ニクシーは感情抜きに聞き返した。科学者の懐疑に傷ついた様子は微塵《みじん》もない。むしろ、どうせそんなことだろうと予期していた気配だった。

「ニューロカプリング回路の調整不良で異常な幻覚症状を来《きた》したとは考えられないかしら？」シローヒンはなおも別の解釈を求めてダンチェッカーの顔を覗《のぞ》き込んだ。

「ね、だからあたしたち、このことを人にしゃべりたがらないの。わかるでしょう」ニクシーは言った。「たいてい、気がふれてると思われるのが落ちだもの。アヤトラはみんな自分が見たことを何とかして人に伝えようとするのだけれど、どう話したらいいかわからないのよ。ちゃんと話を聞いてくれる科学者もいないし、こんなスクリーンだってないでしょう。だから、いろんな譬《シンボル》えを使って話すんだけど、ぜんぜんわかってもらえないのよ」

ダンチェッカーは優しく彼女に笑いかけた。

「何も心配することはないよ。きみにとってはすべて現実に思えるのだということはよくわかっている」彼は話しながら半ばシローヒンに向き直った。「わたし自身、ジーナとサンディの話をとっくり聞いて、はじめて人の意識に現実と区別のつかない幻像を焼きつけるテューリアン・システムの驚異的な力について認識を新たにしたのだよ。ガニメアンは持って生まれた精神構造の然《しか》らしめるところとして、幻影の虜《とりこ》になるということがない。それに引き換え、人間の場合、幻影はたちまちにして願望を満たす代替現実になってしまうのだね。ねえ、きみたち。今やわたしはこれが答だと迷わず言える」

ニクシーは、いずれわかる時も来るという顔で穏やかに笑い返した。

ダンチェッカーはシローヒンに向けて気安げに手をふった。「それどころか、これでガルースの抱えている問題もきれいさっぱり解決の目処《めど》が立った、とわたしは公言して憚《はばか》らない。そもそものはじめからわたしが主張してきた通り、ジェヴェックスが遮断された今、この社会情況に対処する道はただ、時間と忍耐しかあり得ないのだよ。宇宙のどこかにある未知の異界などという幻想は忘れて、現実の幻想を見つめることだ……。ちょっとおかしな言い方だけれども、わたしの言いたいことはわかるだろう。今はそれ以外のことに神経を遣っている場合ではない」

36

被告一同は殺風景ながら物々しい空気に満ちた法廷に引き出された。正面中央に裁判長が座を構え、左右に下位の裁判官、学識経験者、顧問官が居流れていた。裁判官席の手前、壁寄りに設けられた訴追側弁護団のテーブルに席を占めて、ハンス・バウマーは裁判の成り行きを見守った。

先頭の被告人は産業資本家だった。バウマーのいささか公平を欠く無意識の固定観念に照らせば、実業家を絵に描いたような人物と言えた。濃紺のピンストライプのスーツに高価なタイ・クリップを光らせ、金にあかして船遊びをするためでもあろうか、肌は見事に日焼けして、銀髪を豊かに波打たせ、真っ白な口髭《くちひげ》をたくわえていた。技術者、科学者、そして、自由主義的実存主義哲学者がその後に続いた。

公訴人が立って、まず資本家に向き直った。「あなたの罪状は、飽くなき私欲と人命窃盗です。あなたは自身の富の増大を他のすべてに優先させたのみならず、大衆に、強要とは言わぬまでも、官能的快楽と物質的充足の追求を奨励して彼らの欲望を操作し、彼らの労働を利用したのです。その過《あやま》てる目的のために他者の生命を使い捨てにしたあなたは、大衆から本来の存在理由である自己改善の機会を奪い去りました」

「審理に入る前に、希望があれば発言を認めます」裁判長は言った。

資本家は冷然と傍聴席を見渡した。「冗談ではない。わたしは彼らが求めるものを与えたまでです。わたしは彼らの好みを判断する立場ではない。彼らの好みがあなたの掲げる理念を反映していないからといって、それはわたしの差し出した鏡のせいではありません。事業を経営してわたしが裕福になって、どこがいけませんか？　わたしは誰からも、何一つ奪っていない。わたしが受け取ったのは、すべてわたしがこの手で創り出したものです。わたしが現われるまでの数千年、人間は地べたを這《は》うようなみじめな生活をしていたのです」

公訴人は言い返した。「果てしなき欲望もまた数千年前からありました。ところが、大衆を搾取する手段は……」公訴人は技術者を指さした。「あなたが供給するまで何もなかった。工場を建て、幾百万もの大衆を奴隷にする機械を作って、あなたは資本家の犯罪に荷担したのです」

「奴隷？　とんでもない。わたしは彼らに命を授けたのです」技術者は反論した。「わたしが登場する以前、人間の子供は四人のうち三人までが生まれて間もなく死亡していました。なるほど、産業化時代の初期は楽ではなかったかもしれません。しかし、人間、一夜にして豊かになるものではありません。現実の問題として、彼らは生き延びたではありませんか。これは何であれ、自己改善へ向けた大きな第一歩だと思いますがねえ」

「たしかに、彼らは生き延びました」公訴人は科学者に質問の鋒先《ほこさき》を向けた。「しかし、何のためですか？　真実を知るためですか？　精神的に覚醒して自我を認識するためですか？」

彼は首を横にふった。「いや、そうではない。何となれば、あなたが現実を観察可能な形あるものに限定し、それ以外の存在を否定して大衆に目隠しをしたからです」

「わたしは自分が確信できる解答を与えたにすぎません」科学者は言い返した。「証拠が指し示すことを説明したまでです。事実が物を言うのです。それ以外のことについては、わたしは黙して語りません」

「ほう、なるほど。事実が物を言う」公訴人は哲学者の前に立ってその鼻先に指を突きつけた。「人間の魂を殺して、その肉体を三匹のジャッカルにくれてやった兇悪《きょうあく》犯人がここにいる。あなたは、事実のみが現実を規定し、体験は観念に優《まさ》ると説きました。あなたは人間の特質、本性を単なる進化の偶然に帰して、人間個々の目的は世俗的な充足を求めること以外にないと教えました。ここにおいて議論は輪を閉じる。あなたは人間の必要を奪い、物質的欲望をもってこれに替えたのです」

「だとしたら、告訴されるのはあなたの方だ」哲学者は激しく論駁《ろんばく》した。「あなたが押しつけがましく言うその必要にまやかしがある。何のことはない、一般大衆の存在を必要としているのはあなたがた支配階級ではないか。衣食住の要を満たし、日常の用を足し、あざといまでの支配欲を満足させ、自分の生き方にあたかも目的があるかのごとき幻想の装いを与えるために、あなたは大衆を必要としている。ところが、大衆はあなたに用はない。あなたが必要とされる存在であったことはかつてない。この裁判自体がそれを隠すために仕組まれたぺてんと言うほかはない」

訴追側弁護団の席でバウマーは身を乗り出した。議論は彼自身かねてから答を捜し求めていた問題にかかわっている。ジェヴェックスは人類の歴史を知悉《ちしつ》し、解答を組み建てるに必要な情報をすべて記憶におさめているはずである。

マレーはハントとカレンを歓楽街の一角へ案内した。コバーグとレバンスキーも同行した。彼らはレショーと名乗る人物と会うことになっていた。地下のバーは賑《にぎ》やかに込み合っていた。片側の低いステージでは裸の女たちが明らかにレズビアンが主題とわかる露骨なダンスを演じていたが、客たちはほとんど見向きもしなかった。

マレーの後についてテーブルの間を縫っていくハントの背中を叩く者があった。「いやあ、これはこれは。イギリスの科学者先生じゃないですか。やっぱり、土地の風俗探訪ですか、先生?」〈ヴィシニュウ〉号で知り合った会社役員の一人、キースだった。服装はだらしなく乱れ放題で、上機嫌に酩酊《めいてい》の様子だった。グラスを片手に、赤紫の髪をした濃艶なジェヴレン女を抱き寄せている。その向こうでは、アランがオレンジ色の髪をクルー・カットにして乳房を剝《む》き出した女と戯れていた。

「フィールド・リサーチですよ」ハントは無理に笑顔を装って呼び返した。

「人類学も守備範囲とは知りませんでしたな」キースは軽口を飛ばした。

「物理学の肉体的側面というやつでね」

「ヴィック! 一杯やらないか」アランが声をかけ、得意げに同席のジェヴレン女を指さした。「そっちもお相手を捜してさ。その辺にいくらでもいるよ。みんな、地球人なら喜んで寄ってくる。これなら銀河宇宙であと何度か戦争して株を上げるのも悪くないかもしれないね」

「こっちは今、それどころじゃあないんだ」

キースはコバーグとレバンスキーの方へ顎をしゃくった。「何です、あの二人は？　どこやらの恐いお兄さんといったみてくれだけれども」

「これにはちょっと事情がありまして」ハントは言った。隅のテーブルで三人の男と言葉を交わしていたマレーがふり返って手招きした。ハントはキースたちに会釈して、カレンとともにその席へ向かった。

真ん中の男がレショーだった。色浅黒く、がっしりとした体つきで、黒い髪が細かく縮れ、顔の半ばは濃い髯《ひげ》に隠れていた。銀の光沢を帯びた生地のスーツを着て、シャツの襟元に宝石を嵌《は》めたペンダントを覗《のぞ》かせ、両手には大きな指環をいくつも光らせていた。ほかの二人はマニラからマルセイユにいたるまで、地球の都会という都会に根を張っている犯罪組織の若い者と少しも変わりなかった。五六チャンネルは通じていず、話し合いはマレーの片言のジェヴレン語が頼りだった。

「土地のイチナの幹部《カポ》に会わせるとさ」マレーはハントの耳もとで叫び、カレンを指さして言い足した。「そっちの人と、あんたとあたしの三人。フランケンシュタインみたいな二人はここに残ってもらう」

「そう言われても素直に相手が信じられると思うか？」カレンは食ってかかった。「こっちだって身の安全を考えなくちゃあならないんだ」

マレーは両手を拡げて肩をすくめた。「会見を希望してるのはお宅たちだろう。こいつは先方の条件だ」

ハントはカレンをふり返った。カレンは諦め顔でうなずいた。「やむを得ないな」彼はコバーグとレバンスキーを呼び寄せて事情を話した。二人は懸念を表わしたが、引き下がるほかはなかった。

マレーはさらにジェヴレン語で短いやりとりを交わした。レショーはグラスを干して腰を上げた。「行こう」マレーは言った。


リンジャシン荒地の聖なる山の頂きで、スラクスは昇天の岩に立って夜空を仰いでいた。傍らでシンゲン－フーは両腕を高く差し上げ、二人を囲んで頭巾《ずきん》を深くかぶった修道士たちが暗黒の空から微《かす》かな光を帯びて垂れ下がってくる糸のように細い霊気の流れに念力を集中していた。大勢が念力を込めた甲斐《かい》あって、流れは徐々に、確実に山頂に近づいた。

スラクスは、これほど間近に流れを見るのははじめてだった。流れの中で七色の光条が生きもののようにもつれ合い、解け拡がりつつ脈動するのがわかった。流れが波打つにつれて光の綾の中に輪郭の定かならぬ紋様が浮かんでは消え、変転とどまるところなかった。

本来なら、スラクスは流れとともに昇天するまでに、そこに描き出されたハイペリアの幻像を読み取るべく、もっと厳しい修行を重ねなくてはならないはずだった。しかし、シンゲン－フーは基準を和らげた。流れがあまりにも弱まった今では、みすみす機会を逃すことは惜しまれるからである。スラクスは導師の判断を信じてその意志に従うことにした。

「汝《なんじ》、心の備えをなせ」シンゲン－フーはスラクスに覚悟を促した。「流れは近づいた。もう間もなくだ」

「備えはできております。導師」スラクスは答えた。

彼は闇の底にぼんやりと見えている周囲の丘に視線を投げた。これがこの世の見おさめに違いなかった。修験者《しゅげんじゃ》がウォロスを脱する時、その肉体は流れに溶け込んで消滅し、霊魂だけが異界に昇って何者かに宿る。もし彼が再びウォロスを見ることがあるとすれば、それは覚醒者の目を通じてである。彼は異界の体験を語るために、覚醒者の意識の中でウォロスに立ち返るはずである。

「汝の務めはニールーの螺旋《らせん》に仕えることと知れ」シンゲン－フーは歌うように言った。

「徴《しるし》に従う者を尋ね求めよ」

さして距離を隔てていない別の山の頂きから、キーヤローは細い光の帯が谷向こうに黒い稜線《りょうせん》をうっすらと浮かべている岩山に螺旋《らせん》を描いて下るさまを見守っていた。エセンダーが傍らに付き添い、一門の神官らが向こう山の修道士らと同様に霊気の流れに念力を凝らしていた。神官の輪の外には二人の火の騎士が控えていた。火の騎士とは武術を磨くことに命をかけた斯道《しどう》の達人で、各国の王が配下に抱えようと引っ張り凧《だこ》の奪い合いを演じている。そのまた背後では、鷲《わし》の頭と翼に獅子《しし》の体を有する怪獣グリフィンが六匹、鎖が解かれるのを今や遅しと待ちかね、逸《はや》り立って激しくはばたくのを、グリフィン使いたちは持てあます風情だった。

「時は近い。心の備えをしろ」エセンダーが声をかけた。

「心の備えはできています、先生」キーヤローは叫んだ。

待ち合わせの場所はさる小公園の角だった。はじめて宇宙港からシバンへ入った時に見た、市街を部分的に覆う人工の空を思い出してハントは黄緑からやがて紺青《こんじょう》に変わろうとする黄昏《たそがれ》の空を仰いだが、今目にしているのが天蓋か、自然の空か、区別がつかなかった。そのあたりは市内でも高級な地域と見えて、レショーの案内でほんの数街区歩いたにすぎなかったが、沿道の建物も荒れ果ててはいず、こぎれいな街並みだった。角一つ曲がっただけでがらりと印象が変わるシバンという街がハントには面白かった。

ぴかぴかのリムジンが滑るように近づいて停まった。用心棒ふうの男が二人、前の席から降り立って、マレー、ハント、カレンの体を探り、武器を帯びていないことを確かめた。一方の男がジェヴレン語でレショーに何か言った。レショーはマレーに小さく手をふり、ハントとカレンに形ばかり会釈して歩み去った。後ろのドアが開いた。向かい合わせのシートの片側に三人の男が並んでいた。真ん中の、霜降りの髪を短く刈ったいかつい顔の大柄な男は、どこかコールドウェルに似たところがないでもない。これが、レショーが会わせると言った幹部だろう。両脇の二人はボディガードに違いない。マレーは中の男とジェヴレン語で声を交わしてから、乗り込んでシートに腰を滑らせ、ハントとカレンを手招きした。先の二人が彼らを待ってドアを閉じ、自分たちも前に乗って、車は走りだした。

「この人はシリオっていうんだ」マレーが紹介した。「何だってそうバウマーに会いたがるのか、そいつを聞きたいとさ」彼はそれとなく言い足した。「あんたたちがPAC関係だってことは知っている。政府関係に対しては警戒心が強い。地球人となるとなおさらだ。地球型の政府は、自分たちの商売のためには煙ったいからな」

「商売には関心がない、と言ってくれないか。だから、わたしらはこうやって非公式に会いに来たんだ。バウマーは現在、行方知れずになっているある人物の消息を知っている。その人物は危険にさらされていると考えるに足る理由があるんだ」

マレーはハントの言葉を取り次ぎ、シリオの言い分をハントに伝えた。「どうして自分が協力しなけりゃあならないのか、と言っているよ。シリオはビジネスマンだ。あんたたちに協力して何の得になる？」

「危険防止、と言えばわかるのではないかね。ことはジェヴレンと地球の政治的関係をも左右しかねない惑星間問題だ。こうやって非公式な形で解決がつかなければ、わたしらとは別の誰かが公式に乗り出してくる。そうすると、ちょっと面倒臭いことになるぞ。つまり、わたしらに対して好意的にふるまうか、警察沙汰か、二つに一つだ。どっちがいい」

マレーの通訳を聞いて、シリオは腹を揺すって笑い、身ぶり手ぶりを雑《まじ》えて明らかに嘲罵《ちょうば》とわかる言葉を並べ立てた挙句《あげく》に、何かを投げ捨てるような仕種《しぐさ》を見せた。「シバン警察なんぞは屁でもない。なんたって、空っぽの部屋一つ手入れもできない能なしの集まりだからな。それどころか、警察はシリオの息がかかっているんだ。そんな生易《なまやさ》しいこっちゃあ、向こうはびくともしない」

「じゃあ、こう言ってやれ」カレンが口を挟んだ。「一部にガニメアンをジェヴレンから追い出して、代わりに武力を備えた占領軍を地球から呼び寄せようと画策している勢力がある。わたしらはそれを阻止したいんだ。わたしらの狙いがはずれた場合、シリオの商売はどうなる?」

マレーがこれを伝えると、シリオはむっつり考え込んだ。ややあって、彼は前の席の二人に何か大声で言いつけた。

「本部へお伺いを立てる気だな」マレーは通訳するわけでもなく、半ば独りごとのように言った。

車内のどこかでコールトーンが鳴った。シリオは肘掛けに組み込まれたコンパートメントから電話のハンドセットを取り出した。相手が何者であるかはともかく、話の中身はごく内内のことのようだった。

シリオは声を潜めてグレヴェッツに事態を伝えた。市郊外の別荘で電話を受けたグレヴェッツはとくと思案した。地球人たちが捜しているドイツ人は、イドゥエーンから抹殺《まっさつ》を命じられている相手である。ガニメアンと地球人がそれほどまでに憂慮するとあるからは、下手をすれば大事《おおごと》にもなりかねまい。過激な行動に出る前に、再度ユーベリアスに確認する必要がある。ユーベリアスがそれでもなお考えを変えぬなら、バウマーは明日を待って始末すればいい。が、早まって今日の中《うち》に手を下し、何らかの理由でそれが誤りだったということになっては取り返しがつかない。

「その尋ね人が今どこか、おまえは心当たりがあるのか？」グレヴェッツは問いかけた。

「やつらがこれだけ捜して見つからないとすれば、おおかた、クラブへしけ込んでいるんだろう」シリオは言った。

グレヴェッツはもう一度考えた。地球人マレーが一緒では、クラブの秘密は守れない。もっとも、地球人たちは組織の商売に関心があるわけではない。彼らが問題にしているのは、グレヴェッツとしてはごめんこうむりたい政治向きのことである。ここは正直に手の内を見せた方が、結局は面倒を避ける早道かもしれない。

「いいだろう。案内しろ」彼は腹を決めてシリオに指示を下した。「ドイツ人がいたら引き渡してやれ」

シリオはハンドセットをもとに戻すと、マレーには目もくれず、前のシートの二人に何やら言いつけた。パーティションの通話孔から了解の返事が聞こえた。

マレーは眉を高々と上げて、感嘆の体《てい》でうなずいた。「さっきのが効いたよ。これからゴンドラへ行くとさ」

人民法廷の訴追側弁護団席で、バウマーは公訴人がこれから喚問する証人のリストを読み上げるのを聞いた。

「被告人の容疑事実を立証するため、ここに古今の宗教指導者を喚問します……」横手のドアから、法衣、僧服、ありとあらゆる種類の装いに威儀を正した男たちが列をなして登場した。長髪を肩に流し、あるいは木の笏杖《しゃくじょう》を携えている姿も何人か目についた。「名だたる芸術家、詩人、予言者、神秘主義者、その他、歴史を通じて絶えず人類に語りかけ、人間をして物質の支配する俗界から目をそむかしめ、精神的なるものへ……」

被告側弁護人が異議ありと立ち上がり、激しく手をふるのを見て公訴人は絶句した。弁護人の脇で、宮廷の道化の形《なり》をした小人が発言を許されるのを待ちかねて、あわただしく飛び跳ねていた。被告席の資本家、技術者、科学者、哲学者は興味津々《しんしん》たる面持ちで成り行きを見守った。

「発言の機会が与えられるなら、ここに一名、これ以上無用の議論で当法廷の時間を浪費することなくこの茶番にけりをつけるであろう証人がおります」被告側弁護人は言った。「わたしは本件棄却の動議を提出します」

「何です、その道化は？」裁判官席の下から法廷書記が小人を指さして厳しく尋ねた。

「本件提訴主動者の潜在意識に隠れ住んでいた小悪魔《グレムリン》です」弁護人はきっとふり返ってバウマーに人差し指を突きつけた。

バウマーは度肝《どぎも》を抜かれて跳び上がった。こんなことがあっていいはずのものではない。

た。

　廷内にざわめきが広がった。「弁護人は主張の趣きを申し述べるように」裁判長は指示した。

　被告側弁護人は言葉を続けた。「つまるところ、本件は理知とその表現たる科学技術に対する非難攻撃であります。さりながら、当証人は、われわれすべてが、そう、生きとし生ける者が例外なく、まさに理知とその表現たる科学技術の所産であって、それ以外の何ものでもないことを論証するはずであります。われわれがその中に存在する現実もまた然《しか》り。言い換えるなら、公訴人自身、われわれが否認すると予期しているその過程の産物にほかなりません。従って、訴追側がその主張を立証するならば、公訴人は存在せず、本件も、もとより成立し得ないのであります」

「その通りですか？」裁判長はバウマーに問い質《ただ》した。

　バウマーは混乱した意識で立ち上がった。「わたしには、何とも理解しかねます」彼は小人に目を奪われて口ごもった。「こんなものがここへ出てくる筋はない。いったい、どこから現われたんです？　わたしの潜在意識だとしたら、わたしはそれを否認します。無視して審理を進めて下さい」

「何と言おうと、現に彼はそこにいる」大音声が響きわたった。ジェヴェックスだった。何もかもでたらめだ。ジェヴェックスに人の意識に介入する権利はない……。何かがおかしかった。

流れは弧を描いて垂れ下がった。スラクスはエネルギーの波動が意識に触れるのを感じた。不思議な感動が身内を駆け抜けると同時に、彼は身のまわりの現実に対する関心を失っていた。眼前に幻像の断片が浮かんだ。大伽藍《だいがらん》のようなところに大勢の人がいた。会衆席の前に何人かが立ち並び、正面の壇上に、見たところ判官と思《おぼ》しき一団が座を構えていた。場面は一転して箱のような小部屋に変わり、彼は仰臥《ぎょうが》して天井を見つめていた。修道士たちの念力の波が彼を洗った。

「時は満ちたり！　今だ！　行け、スラクス！」シンゲン－フーの声が夜陰に谺《こだま》した。

と、その刹那《せつな》、山頂はたちまちにして修羅の巷《ちまた》と化した。谷向こうの暗天にぼんやりと影を浮かべているもう一つの山の頂きから稲妻に似た光が闇を裂いて岩を砕くと見る間に、有翼の怪獣が爪を剝き、奇声を発して飛来した。修道士らは蹴散らされて岩陰に逃げ惑った。念力が失せると、霊気の流れはよじれながら反転して向こうの山へ伸びた。

一頭のグリフィンが山頂に取り残されたシンゲン－フーとスラクスに襲いかかった。シンゲン－フーが指先から光の矢を放つと、グリフィンはぎゃっと叫んで地に落ち、激しくはばたきながらのたうちまわった。

「これはしたり！」シンゲン－フーは叫んだ。「見よ、別の力に引かれて、流れは向こうへ遠ざかる。力およばず、もはやこれまで。はて、無念やな」

谷を隔てた山の頂きで、エセンダーは快哉《かいさい》を叫んだ。「は！　それ見たことか！　流れはわれらに向かってくるわ。こうなればしめたもの。立て、キーヤロー！　神官ども、汝らの心をこの者に託せ。ヴァンドロスに栄えあれ。御身《おんみ》が僕《しもべ》らに力を与え給え！」

キーヤローは身内に溢《あふ》れる力に体が持ち上げられるのを感じた。霊気の流れは目の前に脈動し、あたりは眩《まばゆ》い光に満ちていた。

「見よ、昇るわ昇るわ！」エセンダーは感極まって叫んだ。「肉体は流れに溶け、そが魂は闇の内に蘇《よみがえ》る！」

キーヤローは形のない純粋なエネルギーの斑紋と化して拡散した。彼は姿を持たぬ存在だった。宇宙風が虚空を吹き抜けた。虚空は渦巻き、収縮し、自身の内側にまくれ込んで落下した……。


リムジンは建物に囲まれた広場の片側の暗い細道に停まった。路肩に長い駐車の列ができていた。ジェヴレンの価値基準に疎《うと》いハントの目にも、かなり高級と映る大型車も何台かあった。あたりにほとんど人気《ひとけ》はなく、たまに見かける人影も、よそ目を憚《はばか》って小走りに闇を行くふうだった。ハントと二人の地球人が先に降り、ボディガードがそれに続いて、最後にシリオが降り立った。前のシートの二人は車を離れようとしなかった。

広場に沿ってしばらく行き、街灯が弱々しい光を落としている歩道を曲がった。両側に一定の間隔で並ぶ重たげなドアはどれもみな閉まっていた。突き当たりは丁字路《ていじろ》で、一方に階段が立ち上がり、反対側はみすぼらしい街並みの寂れた小路だった。そこを折れて、暗がりに輪郭も定かでない、とある建物の前に出た。誰がベルを押したか、ほどなく壁面に埋め込まれたスピーカーから応対の声が流れた。ボディガードの一人で、角張った顎が戦艦の装甲板を連想させるところから、ハントが密《ひそ》かに〝ドレッドノート〟と綽名《あだな》している目つきの鋭い大柄な男がそれに答えた。ドアの奥でまた何か言い、今度はシリオが返事をした。ややあって、どこか高いところからスポットライトが路上の六人を照らした。ライトはすぐに消えて、ドアが開いた。

中はここへ来る途中の道と変わりないほど暗く、殺風景だった。狭いロビーの片側に椅子が並び、正面にフロント、その横手に奥へ通じる観音開きのドアがあった。シリオがノックすると、ドアはすぐに内側に開いた。シリオは自分だけ中に入った。ボディガードの二人は壁に凭《もた》れて空《くう》を睨《にら》むふりを装いながらハントらを見張った。フロントの背後の仕切り越しに、圧《お》し殺したやりとりが洩《も》れ聞こえた。

「きみは前からここを知っているって？」ハントはマレーに向かって尋ねた。

「ここにこういうところがあるっていうのは知っているさ。人に教えたこともある。でも、自分で来たことはないよ。そうでなくたって、あたしは頭ん中に幽霊を飼ってるんだ。こんなところに用はない」

カレンが食ってかかった。

「だったら、何だって真っすぐ連れてこなかったんだ？　芝居がかった回り道をせずにさ」

マレーは首を横にふった。「ここじゃあ何事も、見ざる聞かざるだ。誰も、何も知らない約束なんだ。あんたらが捜してる相手がここにいるか、いないか。そいつはここのボスに訊かないことにはどうにもわからない」

シリオが支配人と思しきダークスーツの男を連れて戻ってきた。マレーに向かって、シリオはハントとカレンを指さしながら何か早口に言い、自分が出てきた背後の戸口へ顎をしゃくった。

「奥へ入れとさ」マレーが通訳した。

支配人の案内で、ハントとカレンは小さなオフィスに通った。マレーとシリオはドアを潜《くぐ》ってすぐのところで足を止めた。操作卓と向き合って壁面にスクリーンがいくつか並び、片隅の安楽椅子に男が一人、影法師のように坐っていた。支配人が操作卓のキーボードを叩いてスクリーンの一つに映像を呼び出した。テーブルや、アルコーヴや、バーに客が席を占めている光景が映った。客の大半は一人だったが、話をしている二人連れや、数人のグループもいないではなかった。明らかに増感された画質から、照明はほとんどなきに等しいと知れた。

「そん中にあいつがいるかどうか、見てみな」マレーが後ろから言った。

ハントはスクリーンに目を凝らして首を横にふった。支配人はキーボードを操作して、各人を大写しにした。バウマーの顔はなかった。

支配人がジェヴレン語で何か言い、シリオがそれに答えた。

「ブースを覗くとさ」マレーが話を取り次いだ。

別のスクリーンに灯が入って、小さな個室でテューリアン式のニューロカプラーに寝そべっている女の姿が映し出された。支配人はすぐに次の映像に切り替えた。白髯《はくぜん》の男だった。「違う」ハントは言った。続いて男二人、女一人、いずれもバウマーではなかった。ハントはいちいち声を出すことを止め、支配人がどんどん映像を送るに任せた。支配人は、画面が男なら少し待ち、女であれば迷わず次に移った。

二十何人目かで、ハントはぐいと身を乗り出し、カレンに指先で合図して叫んだ。「これだ！」

支配人は男の顔にズームしたが、それにはおよばなかった。カプラーに横たわっているのは間違いなくハンス・バウマーだった。

「呼び出すには、どうするんだ？」カレンは言った。すでに支配人はシリオと相談を交わしていた。

「あいつを引き取って、ここを出る。それでいいな？」マレーは浮き足立った様子で言った。「あいつがどこにいたかについては、お互い、記憶にございません、と」

ハントはうなずいた。ジェヴェックスへの違法接続など、彼の知ったことではない。

支配人の声に応じて隣室からダークスーツの男が現われた。安楽椅子の影法師がむっくり起き上がり、彼ら三人は足音を響かせて観音開きのドアの向こうへ立ち去った。ほどなく、三人は最初のスクリーンに姿を見せ、バーの前をかすめて奥へ進んだ。

廊下に沿って並ぶブースの一つで、バウマーはかっと目を開けた。が、その目を通して外界を見ているのは、すでにして、ハンス・バウマー自身ではなかった。

玄室《げんしつ》！　キーヤローは霊気の流れの中に垣間見《かいまみ》た小さな密室の中だった。彼はがばと跳ね起きた。墓に埋められている！　名状しがたい恐怖が総身を駆け抜けた。エセンダーに謀《はか》られた。地底の神の怒りを鎮めるために、自分は生きながら墓に葬られたのだ、と彼は思った。うろたえてあたりを見回すと、異様な形をした得体の知れぬものが並んでいた。身動き一つするにも自分が自分でないようだった。ばらばらになった体の部分が目の前を流れていった。どれもぐにゃぐにゃと醜く変形していた。彼はいつの間にか見も知らぬ魔神の体内に宿っていた。

裏切られた怒りと底知れぬ恐怖に駆られてキーヤローは叫んだ。軋《きし》るような嗄《しわが》れ声だった。横たわっていた祭壇は柔らかく、弾力性に富んでいた。彼は立ち上がり、均衡を失って言うことを聞かぬ体を持てあまして壁によろけ、弾き返されて空《むな》しく祭壇を掻《か》きむしった。気持ちは一向におさまらず、彼はなおも四面の壁を叩いて喚《わめ》き叫んだ。壁板の一部がはずれて黒衣の幽鬼が姿を現わした。キーヤローはたじたじと後退《あとじさ》った。幽鬼は耳馴《みみな》れぬ言葉で何やら言い立てた。キーヤローは幽鬼に指先を向けて念力を凝らした。まるで通じなかった。彼は霊力を失っていた。騙《だま》されたと知って、キーヤローは憤怒《ふんぬ》に任せて悪態をついた。黒衣の幽鬼とその仲間は彼に襲いかかった。

ハントとカレンはオフィスのスクリーンで一部始終を見守った。「どうしたっていうんだ、いったい？」ハントは眉を寄せて叫んだ。マレーは肩をすくめて首を横にふった。

新たに男が二人やってきてシリオとせわしげに言葉を交わした。彼らの興奮と緊張は傍目《はため》にも明らかだった。

「ドイツ人は何か発作を起こしてるらしいな」

「早いとこ連れ出そう」カレンは言うより早くドアの方へ行きかけた。

シリオが片手を上げて鋭い声を発した。

「そっちじゃない」マレーが通訳した。「裏口から連れ出せとさ。人目についちゃあまずいんだ」

ハントとカレンを先頭に、一同はロビーを抜け、最前《さいぜん》スクリーンで見たバーの一部を足早に突っ切った。客たちは何事かと不思議そうにふり返った。奥のドアを潜ると、廊下の両側にカプラーのブースが並んでいた。角を曲がったところで支配人と二人の男がバウマーを引きずってくるのに出会った。バウマーは男に口を押さえられながら、なおもしきりに喚《わめ》き立て、激しくもがいていた。

「こいつはえらいこった」ハントは驚愕《きょうがく》に頭をふりながら溜息《ためいき》まじりに言った。「とうていまともじゃあないな。さあ、どうする？」

「コンピュータに頭ん中を引っ掻き回されたんだ」カレンは呆然として呟《つぶや》いた。

ハントは進み出て、押さえつけられているバウマーの目を覗いた。バウマーの脹《ふく》れ上がった眼球は狂気を宿して異様な光を放っていた。

「ジーナはどうした？」ハントは縋《すが》る思いで叫んだ。「わたしがわかるか？　これは大事なことなんだ。ジーナはどこにいる？」

幽鬼の言葉がどうして自分に通じるのか、キーヤローはそれを不思議と感じる余裕もなかった。が、言葉は通じても、相手が口にした名前には心当たりがなかった。彼は頭をのけ反《ぞ》らせて口を塞ぐ手をふり解《ほど》いた。「放せ！　地底の闇に巣食う幽鬼めら！　おれがきさまらの偽りに嵌《は》まっておめおめ堕落すると思うのか？　おれはこれまで背を向けてきた螺階の神に忠誠を誓う。こんな目に遭うのは天罰だ。身から出た錆《さび》とはこのことだ。今、おれは自分の誤りを……」

ドレッドノートの右ストレートを顎に食らって、バウマーはひとたまりもなくもう一人の男の腕の中に崩れた。シリオはマレーに悪口雑言を浴びせた。

「早く連れていけとさ」その必要もなかったが、マレーはシリオの言葉を律義に伝えた。「ガニメアンによろしく、だとよ。ジェヴレンに居据わるなら、誰が味方か憶えていろとさ」

ハントとカレンは両脇からバウマーを支えて、クラブの男が早手回しに閂《かんぬき》をはずしにかかっている戸口へ向かった。裏庭を抜けて二人の男に案内されて暗い路地に出た。ほどなく、支配人の連絡したタクシーが迎えにきた。

「さて、これからどうするかな？」タクシーが走りだして、ひとまず気持ちが落ち着くとハントは言った。

「どうするもこうするも、病院へ閉じ籠めるしかないだろう」カレンは投げやりに答えた。

「実を言うとな」マレーは拇指《おやゆび》で肩越しに背後をさして言った。「こいつは今にはじまったこっちゃない。これまでにも、たびたびこういうことが起きているんだ。そのせいもあって、あいつら、余計秘密にしたがるんだろうな」

途中でマレーを降ろし、意識を失っているバウマーをPACへ運んだ。UNSAの研究室に戻ってみると、何と彼らの行動は無用の空騒《からさわ》ぎだったことがわかった。ハントたちが留守にしている間に、ジーナは掠《かす》り傷一つ負うでもなく、けろりとした顔で帰っていたのである。

37

UNSAの研究室で、ハントは作業台に凭《もた》れて立ち、両手で無造作に縁を摑んだ恰好でジーナの話に耳を傾けた。ジーナは中央の実験用テーブルに席を占め、ダンカンが手配してくれた地球ふうの上等なチキン・サンドイッチを頰張っていた。何はさて、失踪の最も顕著な影響は激しい空腹であるらしかった。サンディはジーナと向き合って話を聞いていたが、彼女にしては珍しく言葉少なだった。

「ようし、もう一度、重要な点を復習しよう」ハントは言った。「PACを出て、まずシバンの中心街を歩いたんだね」

ジーナはうなずいた。「まあ、市内観光の足馴《あしな》らしといったところね」

「決まった予定はなかったのかな?」

「ないわ。わたしがざっと土地鑑を摑《つか》めるように、ということだったから。それに、お互いにもう少しよく知り合う時間も必要だったし」

ハントは腑《ふ》に落ちない顔で、腕組みをして機械戸棚に寄りかかっているデル・カレンをふり返った。

「ジェヴレン歴史調査委員会だの、何かそういった組織の人間に会うはずだったんじゃあないのかね？」カレンは尋ねた。

ジーナはきっぱり首を横にふった。「それは明日の約束よ」

「間違いないか？」

「ええ。あなたの方が日を取り違えているのよ」

ハントは不審の眉を寄せた。ジーナの言うことは彼自身の記憶とも食い違っていた。

「誰か、人の名前を憶えていないか？　あるいは、その種の団体の名前とか」カレンは追及の構えを見せて尋ねた。

「さあ、憶えていないわ。バウマーは自分一人で呑み込んでいたから。その場でメモする必要があるとも思わなかったのよ」

カレンはうなずいた。それ以上こだわってみたところではじまらない。バウマーはとうてい何かを聞き出せる状態ではなかった。

「ようし」ハントは先を促した。「それから、どうした？」

「大道市場のようなところを歩いたわ。大きなドームの鉄骨が立ち上がっている、ちょうど真下のあたり。何か古い時代に手をつけて、ついに未完成のままに終わった建築、という印象ね。市場に並んでいる品物はほとんどがらくたばかりだったわね。古着とか、中古の家財道具とか。地球でいえば、昔のドロップアウト・カルチャーの溜《た》まり場みたいな感じ」

「キンカビラだな。あそこなら知っている」カレンはうなずいて言った。

「バウマーは、テューリアンの紀律と秩序に欠けるやり方が退廃、堕落を招くのだ、とドロップアウト風俗に対しては大いに批判的だったわ。ナチズムの荒療治が奇蹟《きせき》をもたらすと本気で思っているようよ」ジーナはサンドイッチをかじり、コーヒーを啜《すす》った。コーヒーは地球から運ばれた本物だった。「それから、私有財産を預かって保管する会社を見たわ。預り証が今では有価証券として流通するから、会社は銀行に変身しつつあるんですって。これも、バウマーとしては面白くないの」

「バウマーの動機は、見え透いた下心とは違う、というのはたしかと考えていいんだね？」ハントは尋ねた。「つまり、バウマーは独り身で、ジェヴレンへ来てから、もうかなり長いことになる。そこへ地球から十人並み以上の若い女性がやってきた……」

ジーナはそれを打ち消した。「わたしもはじめはそう思ったの。でも、そんな気配はかけらもなかったわ。いずれにしろ、バウマーはその方面では冷淡よ」

「なるほど。それから、高級品を扱っている店を覗《のぞ》いて……」

「そう」ジーナはうなずいた。「これがまた、バウマーは気に食わないの。平等の原則に反するというわけで。そこで、世の中が耳を貸そうともしない彼のような人間を社会がいかに保護しなくてはならないかについて一席聞かされたわ。それから、広場の低い塀に腰かけて、アイシャドウをして氷柱《つらら》みたいな髪型をしたヒッピー紛《まが》いの若者たちのパフォーマンスを見ながらジェヴレンのピタ・バーガーを食べたのよ」ジーナはその時のやりとりをふり返って記憶を手繰《たぐ》り寄せた。「ジェヴレンへ来て、意見が合う友人知人ができたかどうか尋ねたら、バウマーはいくらか話に乗ってきたわ。あなたたちＵＮＳＡの科学者グループがここで何をしているか、少なからず関心があるみたい」

「向こうから接近してきたのはそこだな」カレンは誰にともなく言った。

「パンクというか、その、若者たちと何かいざこざはなかったかな？」ハントは尋ねた。ちょうど同じ頃、ジーナの話にあった若者たちによく似たグループがそのあたりで騒動を起こしたという情報が入っていた。しかし、ジーナはまたもや首を横にふった。

「それはないわ。じきにどこかへ行ってしまったもの」彼女は記憶違いを恐れるふうに出来事を一つひとつ確かめながら、ゆっくり話を続けた。「それから、バーのようなところへ行ったんだわ。バウマーは麻薬や幻覚症状のことを言い出して、わたしは何を常用しているかって訊くの。その口ぶりが、何かこう、誘導尋問みたいなのよ。まだその先があるのだけれど、ひとまずわたしの反応を見ようという感じだったわ」

ハントはうなずいた。バウマーが純粋に個人的な動機でジーナに近づいたのか、背後関係があるのか、その点はどちらとも言いきれない。これまでのジーナの話からは、判断の材料は皆目《かいもく》得られなかった。「それで？」ハントは先を促した。

「バウマーは、今も機能を維持しているジェヴェックスに接続できる場所がある、と言ったわ。ジェヴェックスの幻覚を越えるものはない。最高だ。それを本当に知っているのはジェヴレン人だけだって、バウマーはそう言うの」ジーナは掌《たなごころ》を翻《ひるがえ》した。「これには大いに関心をそそられたわ。だって、ジェヴェックスが今でも接続可能だというはっきりした証拠に出会ったのははじめてですもの。それで、もっと話を聞こうとしたら、とうてい口で説明できるものではない、百聞は一見に如《し》かずだって言うの。これは明らかな誘いだわ」

「で、きみはその誘いを受けた」カレンは言った。もっとも、ジーナの話はこれが二度目だから、あらためて確かめるまでもないことだった。

「わたしにとっては、好奇心も仕事のうちよ」

サンディは怪訝《けげん》な表情でテーブル越しにジーナを見た。「あなた……バウマーにそう言われて、実際に体験してみたいと思ったの？」

「そうよ」ジーナは何のこだわりもなくあっさり答え、ふと困惑の色を浮かべてから、あらためて大きくうなずいた。「ええ、そう」

「〈ヴィシニユウ〉号のヴィザーで、もうたくさんという目に遭ったはずじゃあなかったの？」サンディは疑心を隠さず、重ねて尋ねた。ジーナの返答に合点《がてん》が行かず、もう一度よく考えて、と懇願する態度だった。ハントはメモを取ることに忙しく、カレンもサンディの質問に含まれた意味合いまでは思い至らなかった。

「でも、ジェヴェックスがあれと同じかどうか、それこそ体験してみなくてはわからないでしょう」ジーナはまたちょっと眉を顰《しか》め、自分でもそれだけでは納得しかねるように言い足した。「それに、バウマーが何を企んでいるか探ることもわたしの大事な務めですもの。そうじゃない？」

サンディはなおしばらくジーナの顔を覗《のぞ》き込んでいたが、ハントとカレンからは掩護《えんご》射撃の発言もなく、釈然としないまま深追いは諦めた。「それもそうね」

ジーナは先を続けた。「それから、裏道をそれてもう一つ奥まったところへ行ったわ。真っ暗で、やたらに秘密めかした気味の悪い場所。昔の潜り酒場もあんなふうだったのかしらね。ラウンジとバーがあって、その奥にニューロカプラーのブースがずらっと並んでいて……」

ハントたちはここでニクシーの話を持ち出して無用の混乱を招くことは賢明でないと判断した。ジーナの詳しい説明から、そこがバウマーを発見したゴンドラであることはまず間違いなかった。とはいえ、ゴンドラに出入りする者たちは何事も見ざる言わざる聞かざるで、確認の術《すべ》はないと考えなくてはならなかった。ハント自身がその目で見た通り、ゴンドラでは誰であれ、名前も顔もない仕組みになっている。秘密は商売の一部である。

「バウマーの言う通りよ」ジーナは確信をもって言いきった。「あの体験はとても言葉で説明できるものではないわ。ジェヴェックスは頭の中に現実とはまったく区別のつかない、もう一つの完全な現実を作り出すのよ。でも、それは本人がそうと知らないだけで、実は自分の意識が描き出した世界なの。それにしても、あの迫真力といったらないわ。本当に自分がその世界に生きているとしか思えないのよ。病みつきになるのも無理はないわ。わたしもすっかり溺れきって、時間の観念がなくなっていたんでしょうね。でも、そのうちに意識が普通に戻って、そこを出て帰ってきたの。あとはみなさんご存じの通りよ」

「きみがそこを出た時、バウマーはまだいたかい？」カレンが質問した。

「さあ、どうかしら。なにしろ、言葉が通じないでしょう。仮に通じたとしても、誰もわたしの言うことに答えてはくれなかったろうと思うわ」

ハントら一同は黙って顔を見合わせた。これ以上、ジーナに何を訊いても無駄だろう。

「話はよくわかったよ。きみは自分で思っている以上に消耗している」カレンは言った。「ベスト・ウェスタンへ帰ることはないな。PACの居住区に君の部屋を用意するから、ゆっくり休んで頭をすっきりさせるといい。またあとで、いろいろ訊くようになるかもしれない」

「本当」ジーナは素直にうなずいた。「わたし、頭の中を攪拌器《かくはんき》で掻《か》き回されたみたい」

彼女は皿に残ったサンドイッチを片づけながら、思い出すままにジェヴェックス体験を語り、これがジェヴレン社会を集団狂気に追いやった元凶であるというダンチェッカーの主張と同じ趣旨のことを繰り返した。やがて、彼女はサンディに付き添われて居住区に引き取った。

「一つ理解できないのは……」カレンと二人きりになって、ハントは言った。「彼らはジーナがわたしらやガニメアンと繋《つな》がりがあるのを知っていながら、どうしてバウマーに潜りのジェヴェックスのことをしゃべらせたのかという点だ。かなり大きな金が動く商売上の秘密だとしたら、何でまたジーナにそれを明かすんだ？」

「わたしもそれを考えているんだ」カレンは実験用の丸椅子に腰を下ろして顎をさすった。「ただ……」彼はハントを見上げた。「きみの言う〝彼ら〟が誰を指すかによって見方は変わってくるな。カプラーを押さえて潜りの商売をしているのはイチナだ。システムが遮断されたら組織は大きな打撃をこうむることになる。ところが、バウマーがもし、片方で宗教と結びついた政治団体とも通じているとしたら、どうだ？　彼らといっても、その場合は相手が違う。わたしの言う意味がわかるかな？　バウマーがそこらに大勢いる依存症の一人で、どこでジェヴェックスに接続するか不用意に洩《も》らしたという見せかけにしておけば、政治的な背後関係を隠すには好都合だろう」

ハントは思案顔で煙草《たばこ》を吸いつけた。「きみの言うのも理屈だな。えげつないやり方だが、何か事があった場合、影響をもろにかぶるのは組織の方で、宗教団体は尻尾を出さずに済むわけだ」彼は椅子の背に凭れて、ジーナの話を聞きながら書きつけたメモを読み返した。「具体的には、ユーベリアスの光軸教か？」

「可能性としては、大いにあり得るな。ただ、今のところユーベリアスはギアベーンで引っ越しの準備に忙しいらしいがね。腹心も一緒だ。実はね、ヴィック、ここへ来てわたしはユーベリアスのアッタン移住計画は案外はったりでもないのかもしれないという気がしはじめているんだ」カレンは頭の後ろに両手を組み、テーブルを蹴って椅子ごとハントに向き直った。「一つだけはっきりしているのは、バウマーの口からはもはや何も聞けないということだ」

「そうだな」ハントは溜息《ためいき》をついてライターをポケットにしまった。

ジーナは浴室の温風機で体を乾かし、髪をとかすと、ふらつく足で寝室に戻り、清潔な匂いのする毛布に包《くる》まってほっと吐息を洩らした。ヴィザーを試した時よりもはるかに疲労が激しかった。いろいろと重なったストレスがここへ来てどっと表に出たせいもあるだろう。

明りを消して、ショー将軍から言われたことを頭の中で繰り返した。ゴンドラを出た後、連絡役の案内で、シバンのさる場所で彼女は将軍と会った。ハントとカレンには、何一つ無用なことは話していない。将軍は人知れず〈ヴィシニユウ〉号でこのジェヴレンにやってきたのだ。コールドウェルの申し出を受け入れて、任務伝達の席で顔を合わせたのが最後だったが、まさかジェヴレンで将軍と再会しようとは、ジーナは思ってもいなかった。任務伝達の場面は、何故かつい昨日のことのようにありありと記憶に残っている。

PACの中枢にジェヴレン側のスパイが潜入していることをハントやガルースに気取《けど》られてはならないのは言わずもがなだったが、将軍はくどいほどその点にこだわった。バウマーもまた、ショー将軍の宰領《さいりよう》する情報機関によってジェヴレンに送り込まれたのだろうか、とジーナは首を傾《かし》げた。いずれにしろ、ジェヴレンの情況についてバウマーが彼女以上にさして多くを知っているとも思えない。

しかし、彼女の視野を越えたところで惑星間の外交問題に発展しかねない、何か由々《ゆゆ》しい事態が起きていることは確実だった。ここは余計なことを考えず、ひたすら命令に従って行動するのが賢明というものだ。

バウマーについては、精神に異常を来《きた》していると結論するしかなかった。彼はいっさいの心的機能を喪失し、身のまわりのごくありふれたものすら認識できないありさまだった。隔離されている病室の壁やドア、器具、備品、どれを取っても特殊なものは何一つなかったにもかかわらず、彼にとってはすべてが驚異であるらしかった。彼は壁を撫《な》で回し、何やら呟《つぶや》きながら、抽斗《ひきだし》の把手《とって》やデスクに備えつけのペンといった単純なものを翫《もてあそ》んで何時間も飽くことを知らず、コンピュータのタッチパッドのような高度な装置にはまったく理解を示さなかった。ましてや、これを操作して機能を引き出すことなど思いも寄らない。機械装置の類《たぐい》はどんなに簡単なものも不思議であり、かつ、脅威だった。ペダルで蓋が開閉する屑《くず》入れを抱えて床に坐り込み、梃子《てこ》の部分を動かして、一時間近くそれに没頭したこともある。部屋の片隅に置かれた体重計に近づくにもずいぶん時間がかかった。

だといって、まったく物を忘れてしまったわけでもなく、むしろ、目の前にある物と自分、あるいは、物と物の関係を把握する能力が欠如していると見る方が正確であると思われた。バウマーの頭の中で、概念構造に大きな変化が生じたか、意識がそっくり別人と入れ替わったか、いずれにせよ、以前のバウマーはもはやそこにはいなかった。

言葉を失ってはいなかったが、彼の言うことはおよそ支離滅裂だった。わずかに意味が通じることといえば、脈絡を欠きながらもしきりに繰り返す、念力を奪われたことに対する呪《じゅ》咀ばかりだった。彼は絶えず魔法使いが術を働くとでもいうような仕種（しぐさ）をした。周囲から声をかければ一応の理解は示すものの、恐怖と惑乱のせいで、筋の通った応答はできなかった。地球人の医師団も、ガニメアンの心理学者グループも、そうしたバウマーの状態をどう説明したものか、まったくお手上げだった。

しかし、ニクシーにはわかっていた。

「ジェヴレンで人が〝目覚める〟っていうのはこのことよ」彼女は言った。「こうやってアヤトラが登場するの。体の中に宿っているのは、それまでとはまったくの別人よ。別の世界から移ってきた異人種なのよ。わたしもその一人」

どうやら、ニクシーの言う通りだった。言語能力と随意の運動機能、脳の働きを示す無意識の生理調節機能を除いては、かつてハンス・バウマーという人格を構成していたすべてがその神経組織から消去されていると思われた。体の動きが鈍いのは頭が混乱しているせいで、時間が経てばもとに戻る、とニクシーは自身の体験をふり返って言った。

「で、これはジェヴェックスに接続した人に限って起こることなのね？」シローヒンはニクシーに尋ねた。バウマーの状態を観察して、ハントやダンチェッカーとともに医療科学研究所の一室に引き揚げてきたところだった。

「それはもう、必ずよ」

「きみの場合も、やっぱりそうかね？」ダンチェッカーが尋ねた。「きみは……というより、きみが乗り移った人物は、その時、カプラーでジェヴェックスに接続していたのかな？」

「憶えてないわ」ニクシーは言った。「長いこと頭がこんがらかってて、何がどうなったのか、自分でもずっとわからなかったもの。でも、人から聞いた話では、そう、ジェヴェックスと繋がってたみたい」

ダンチェッカーは、ほんの体裁に眉を寄せながらも、だから言ったろう、という顔で一同を見回した。眼鏡の奥で光る目を見れば、彼が得意の絶頂であることは明らかだった。ややあって、ダンチェッカーは言った。「どうやら、わたしの考え方で間違いはなかったと言えそうだね。バウマーは極度の精神分裂に陥っているのだよ。人間の神経組織の奥深くで起きている精神活動プロセスと、本来それとは相容《あいい》れない異質な技術の上に成り立っているシステムの間の不用意な相互作用が分裂を招いたのだね」彼は眼鏡をはずしてポケットから真っ白なハンカチを取り出した。「同情には価《あたい》するけれども、ヴィック、もういい加減にきみのお気に入りの走馬灯幻想説《ファンタズマゴリア》は捨て去らなくては駄目だ」

「違うわ。本当に別の人間が乗り移るのよ」ニクシーは引き下がらなかった。

「そうとしか思えないというのはよくわかるよ」ダンチェッカーは一歩譲って鷹揚《おうよう》に笑い、ハントとシローヒンに向き直った。「すべてはジェヴェックスの創作だよ」

「ヴィザーが読み取ったニクシーの記憶と完璧に整合する擬似体験だと言うのかね?」ハントは頭をふった。「わたしらが問題にしている神懸かりになった人物は現実に対する基礎概念というものを持っていない。それは頭で考えて作り出せる性質のものではないんだ」

ダンチェッカーはにったり歯を見せた。「だから、ジェヴェックスの創作だと言っているだろう」

シローヒンはダンチェッカーとハントを見くらべた。教授の説に鞍替《くらが》えする気だろうか、とハントは訝《いぶか》った。

「じゃあ、ジェヴェックスはあの人たちすべてに同じ仮想を植えつけたとおっしゃいますの？」

「わたしははじめからそう言っているよ」

「でも、どうしてそんなことがあり得るかしら？」

「ああ、それはまた別の問題だよ。まあ、こうして正しい道が見えてきたからには、遠からずその答も出るだろうと思うがね」ダンチェッカーは余裕綽々《しゃくしゃく》といった態度だった。

「幻想が無意識の精神作用に対する反応だとしたら、何千という個々人がみな同じ仮想を抱くことはとうていあり得ないはずですね。でも、すべてはジェヴェックスの創作だとしたら、たしかに整合性は説明され……」

「その通り」

ハントはニクシーの顔を見守っていた。いかにも非科学的であることは誰よりも彼自身が認めないわけにいかなかったが、何故かニクシーの揺るぎない確信に満ちた穏やかな表情は多くを語っていると思われた。ダンチェッカーやシローヒンを納得させることはむずかしい。それにしても、ハントはニクシーを信じる気になっていた。

早まった結論は禁物であろう。ハントはこの不可解な問題をゆっくり時間をかけて考えてみたかった。何よりも公開の原則を重んじる立場から、ハントは狐憑《きつね》きになった地球人もまたジェヴレン人たちの言う別の世界から移ってきたことを主張するかどうか、調べてみるに価するという考えをみんなに話した。ダンチェッカーが口にした走馬灯幻想という言葉はなかなかに意味深長だった。ダンチェッカーもシローヒンもハントの着想になるほどとうなずいた。

彼らはバウマーに鎮静剤を与え、ヴィザーに接続して意識を読み取る計画を立てた。ところが、ヴィザーは自らそれを承認できない状態にあるバウマーのプライバシーを侵すことは許されないという理由で、頑として協力を拒んだ。そこでやむなくハントがバウマーの問診に当たることになった。

数日を経てバウマーは落ち着きを取り戻し、話もだいぶ筋が通るようになった。ニクシーの助けを借りてハントはバウマーに質問を重ね、その意識の深層を探ったが、ほどなく、バウマーの抱いている走馬灯幻想はニクシーの記憶と細部に至るまで見事に一致することが判明した。ハントは、今、目の前にいるのは何らかの精神的損傷によって変貌したドイツ人バウマーではなく、まったく別の人格、それも、地球育ちの人類とは似ても似つかぬ異人種であるという確信を深めた。

だとしたら、その人格はジェヴェックスが作り出したソフトウェアの一種であって、何らかの経路を辿《たど》ってバウマーの意識に潜り込んだということだろうか？　ハントはユーベリアスが自分はまさにそのようにしてこの世に出現した存在であると語っているのをどこかで読んだことがある。その時は、何を馬鹿な、と思ったが、バウマーを見ていると、まんざら妄言とばかりも言えないのかもしれなかった。

しかし、もしそれが事実なら、現実のカリケチュアとして生み出され、ジェヴェックスがその能力の限りを傾注して維持に努めている架空の存在が、いつしか複雑にして深遠窮《きわ》まりない精神性を獲得し、生身の存在として独り歩きをはじめたということにほかならない。とうていあり得べからざることである。お伽噺《とぎばなし》のピノキオなら、糸に操られずとも生命を得て動きだして不思議はないが、現実世界の生命は高度な構造と制御の上に成り立つものであって、操り人形とはわけが違う。

操り人形は自身の生命力によって活動する有機体を模してはいるが、実際は外部から働く力によって生けるがごとくに動くにすぎない。同様に、ジェヴェックスの作り出す架空の存在も、しょせんは模擬人格で、ジェヴェックスに操られて人間もどきにふるまうだけのことである。とはいうものの、ニクシーや、何者であれバウマーに取って代わった別の人格がハントですら認めざるを得ないほど生身《リアル》であるとすれば、ジェヴェックスの与《あずか》り知らぬ生命活動本来の高度に複雑な構造が機能していなくてはならないはずである。しかし、そのように高度な存在は、自然界の長い進化の過程で、人為とは無縁に出現するものでしかあり得ない。

どう考えても理屈に合わないことではないか……。

しかし、そこで言う自然界が、ハントらが常識で考えているところとは異質の別な世界だとしたらどうだろう。

ここに至ってハントは自然界とは何かと自問して多くの時間を費やした。ジーナがはじめて訪ねてきた時のことが記憶に蘇《よみがえ》った。その席で彼女は同じ質問をした。それに答えてハントは、自然界とは、つまるところフォトンその他のエネルギー量子《りょうし》、および、それらの相互作用を支配するいくつかの単純な法則だと言ったのだ。

属性の集合。座標の海を漂う数字の群……。

数字と座標ははたして何を意味しているだろうか？

それは誰にもわからないことである。だとすれば、そこに何が隠されていないとも限らない。

しかし、現実の全宇宙はそこから進化したのだ。

38

ロドガー・ジャシレーンを中心とするガニメアンの情報通信技術者集団に地球側からダンカン・ワットが参加して、今も必要最小限度の機能を維持しているジェヴェックス・システムをめぐる技術上の謎の解明が進められていた。イチナの闇商売で処理される情報の推定量が残存システムの処理能力を大きく上回っていることが判明して実態調査の必要が生じたのである。

シローヒンのレーザー装置実演を笑い飛ばしたジェヴレン人、マッカーサーはその後めきめきと頭角を現わして、今や螺階教の指導的立場を窺《うかが》う勢いである。マッカーサーは新参者で、覚醒してアヤトラになったのはジェヴェックスが遮断された後のことだった。ほかにもそのような例は少なくない。ガニメアン当局は惑星全土から伝聞も含めて情報を収集し、アヤトラの総数を把握することに努めた。また、ゾラックがシバン市域のネットワークを盗聴した結果を踏まえ、ほかの情報源から得たデータを分析して、システムの利用者、一千人／時間当たりの〝アヤトラ発生率〟も割り出した。イチナにしてみれば断じて公表してもらいたくない危険率統計である。外挿法《がいそうほう》によってこの数字を惑星全土に拡大すれば、犯罪組織が金を取って違法なシステム使用を斡旋《あっせん》する闇商売の規模がわかる。ヴィザーがこれを逆算して、それだけの情報を扱うに必要なシステムの処理能力を推定したところ、公式に認められている歴史調査と公共事業のためのシステム稼働率を加えてもなお、ジェヴェックスが処理する情報量は残存システムの能力をはるかに超えていた。

この事実から導かれる結論は、ジェヴェックスはジェヴレン人が認めているよりもずっと大規模なシステムであるか、さもなければ、どこかに別系統のシステムが隠匿されているか、二つに一つである。不審を抱いたガニメアン技術者集団は一部の協力的なジェヴレン人の助けを借りて、密《ひそ》かにネットワークの主要な通信制御装置や端末を検査し、監視することにした。

カレンはジーナにギアベーンのホテルを引き払って本式にPACに移るように言った。バウマーの人脈がある程度まで読めてきた今となっては、ジーナを独りぼっちにしておくことはできなかった。ジーナはベスト・ウェスタンに電話して部屋を解約し、午後遅くレバンスキーとコバーグに付き添われて私物を引き取りに行く相談がまとまった。

予定より一時間ちょっと前に、マリオン・フェインと名乗る女性からジーナに電話があった。ベスト・ウェスタンに泊まっている地球人で、ジーナの本は残らず読んでいるという。ホテルのフロントに手持ちの二冊を預けておくから、サインしてもらえないだろうか、と女はねだり、ジーナの応諾を聞いて上機嫌で言った。「まあ嬉しい。あなたは憶えていらっしゃらないかもしれませんけれど、前にリスボンのパーティでちらっとお目にかかったことがありますのよ」

実のところ、ジーナはポルトガルへ行ったことはない。リスボンのパーティ云々《うんぬん》はシバンで思いがけなくショー将軍に会った時に伝えられた合言葉である。ジーナはブリーフケースのフォルダーからPAC内部の動きを詳細に認《したた》めたメモを取り出した。そこには、バウマーの状態、ニクシーの貢献、この事態をめぐるさまざまな解釈と意見が記されている。ジーナにしてみれば、それはジェヴレンの社会問題であって、惑星間の外交にかかわることとも思えなかったが、将軍からは細大洩《も》らさず、と釘を刺されている。ジーナはガニメアンがジェヴェックスの残存システムの処理能力と実際に扱われている情報量の食い違いを発見し、ガルースがシステムの拠点を監視する決断を下した経緯を整理して書き加えた。

メモを畳んでハンドバッグにしまいながら、ジーナは後ろめたい気持ちを隠せなかった。

ショーに会って以来、スパイとしてUNSAに入り込んでいることが意識に重くのしかかっている。彼女の流儀に反する行動である。ゴダードでショー将軍から誘われた時、どうしてこんなことを引き受けたのかと今さら悔やんだところではじまらない。あの頃は、ハントたち科学者グループも、ガルースも、ほかのガニメアンたちも、今ほどよく知ってはいなかった。それは事実だが、スパイを引き受けることはただ単にジェヴレン行きの切符を手に入れるだけのためではないという気持ちもあった。

ショー将軍はこれをよほど重大なことのように彼女に言い含めたに違いない。ふり返ってみると、将軍は実にすすめ上手なセールスマンだった。

乗り移った相手が誰であったかは知らず、ダンチェッカーのいわゆる走馬灯幻想《ファンタズマゴリア》の異界では、ニクシーは男だった。彼、ニクシーはさる大きな町の神殿で、一門の宗徒として修行を重ねたが、道なかばにして出奔し、山中で隠者のような生き方を貫きながら独自に一派をなしている導師のもとに弟子入りした。ここで修養を積んだ後、ニクシーは予言者たちからかねて話に聞いていた空の彼方の別世界に〝昇天〟した。ニクシーがバウマーのように取り乱さなかったのは導師が賢明な配慮をもってあらかじめ、移転した先で体験するであろうことを説き聞かせたからである。ニクシーは何かにつけて神秘的な霊気の流れのことを口にしたが、昇天を果たした者たちは時にその流れに乗ってもとの世界に立ち返り、予言者を介して上界での見聞を語るという。これは〝覚醒〟したアヤトラがやみがたい望郷の念に駆られ、カプラーの助けを借りて、その実相がいかなるものであれ、もとの異界と交信するために起こる現象と思われた。

バウマーもまた、曠野《あらの》で弟子たちに教えを説く世捨て人のような指導者のことを話したが、その脈絡に欠ける言葉から、ニクシーが曠野の場所を特定することはむずかしかった。バウマーは報復を恐れていた。正当な資格を得て昇天を目前にしていた者を蹴落として自分がファンタズマゴリアを脱したからである。バウマーに乗り移った人格が、異界にあっては信心家でありながら、極めて猜疑心《さいぎ》が強く、いっさい人の言うことを信じないところから、ハントはキリストの復活を疑った十二弟子の一人になぞらえて、彼をトマスと綽名《あだな》した。今やバウマーの脱け殻でしかない彼をもとの名で呼ぶことは躊躇《ためら》われたせいもあって思いついた名前である。

「いいかね。わたしは闇の神に仕える悪魔ではないよ。きみがその天使を蹴落とそうとどうしようと、わたしの知ったことではない」ハントは言った。「そもそも、わたしはきみの世界の神々とは縁もゆかりもないんだ。きみはいったいどうしてそんなにわたしらの言うことが信じられないのかな?」

トマスは顔をそむけ、実験台の遠心分離機に目をやった。と、そのうちに彼は手を伸ばして水平分離筒の蓋を開閉し、何やらわけのわからぬことを呟《つぶや》きながら回転軸や歯車を撫《な》でさすった。機械装置やその働きが生み出すものに今もって彼は異常な関心を抱いている様子だった。同じ形の建物や、ＰＡＣの廊下のモザイク模様、端末装置の光電子チップやサブアセンブリー等、あらゆる種類の規則的な配列に彼は驚異の目を瞠《みは》った。科学者グループは、ファンタズマゴリアにおける物体の変形は、移動の方向に引き伸ばされるためであり、一日周期の変化は惑星の回転によるものであるとするヴィザーの解釈を受け入れていたが、ならば、その惑星がどこにあって、そこでどうしてそのようなことが起こるのかについては誰も説明できなかった。

「わたしが悪魔に見えるかね？」ややあって、ハントは再び話しかけた。「わたしは悪魔の姿をしているかな？」

トマスは意味のないことを口走り、それからむっつり考え込んだ。「きさまは姿を変えられている！」彼はいきなり大声を発した。「やつめらは手先の姿をさまざまに変えて人を欺くのだ。われらはそのように聞かされた」

「誰から？」

「われらは物に宿って姿を現わす……人の姿かたちに心を許してはならぬ」

「いったい誰が……」

「紫の螺旋《らせん》！　それが目印……いかなる姿であろうとも」

「きみは悪魔を見たことがあるのかね？」

「その力は偉大にして……」トマスはふっと口をつぐみ、怪訝《けげん》な顔でハントを見つめた。「ああ、何度も見た。神々が遣《や》ってよこす。徴《しるし》を運んでくる。神々に背く者を懲《こ》らしめる」

「悪魔はどんな姿をしているね？」

「きみは……わたしの言うことを信じないのか？　天罰が下るぞ。火あぶり、八ツ裂き、蛇の餌食。蛆虫《うじむし》にたかられる。蠍《さそり》の毒にやられる。牙で嚙《か》み裂かれ、とぐろに巻かれて締め殺される。体じゅうに腫れものができる。血膿《ちうみ》を流してのたうちまわったその挙句……」

「そんなことでは驚かないぞ」

「太陽の神の怒りに触れると、悪魔が空から襲ってくる。鷲《わし》の頭に獅子《しし》の体。竜の翼……」

ハントの傍らでニクシーが真顔でうなずいた。「そうよ。わたしも知ってるわ」

「じゃあ、トマスは狂っていないっていうのか？」ハントは彼女に問い返した。「今の話の通りのことが、本当にあるのか？」

「ええ、そうよ」

ファンタズマゴリアの奇怪な魔物の姿を説明するのに地球人の知っている生きものを持ち出してくるところがハントには意外でもあり、興味深いことでもあった。トマスはバウマーの記憶を漁《あさ》って自分の抱いているイメージに一番近いドイツ語の語彙を用い、それをヴィザーが英語に通訳するのだが、まったくかけはなれた、条件の違う二つの世界で進化したものの間に類似、相同があり得るだろうか？　仮に条件が同じでも、系統を異にするところに同じものが生まれる可能性はないというのが進化の法則ではなかったか？　いや、それ以上に不思議なのは、ニクシーがファンタズマゴリアで自分は人間の姿をしていたと記憶していることである。ヴィザーが彼女の記憶から呼び出した異界の情景を見るに、そこに生きているのはまさしく人類にほかならなかった。

面白いことに、トマスは異界の生きものに地球動物の姿を見たが、ジェヴレン人は同じものにジェヴレン動物の姿を見出《みいだ》している。異界の霊魂は乗り移った相手の意識構造をそっくりそのままわがものとするから、そこに出現した新たな人格が自己を表現するにはありものの概念で間に合わせるしかない。これを例えるなら、撞木《ハンマー》を違えても鳴る鐘の音は同じ理屈である。取り憑《つ》かれた者が言語能力を失わないこともこれで説明がつく。ダンチェッカーとハントの考え方も両立する。が、一方で彼らが対立する問題点は依然、未解決のままである。

「きみがやってきたこの世界は、神々の支配を受けていない、と言ったらきみはどう思うかな？」ハントはなだめすかすように言った。「きみの言う神々は、ここではきみに指一本触れることもできやあしない。世の中の仕組みが違うんだ。きみは……」

「お話し中だけれど、ちょっと」ゾラックが割り込んだ。

「ああ、何かね？」

「サンディがドアの外にいる。博士に会いたいとかで」

「いいよ、通してくれ」

ゾラックが保安錠を解除するのを待ちかねたようにサンディが顔を覗《のぞ》かせた。

「やあ」ハントは椅子の背に凭れて一息ついた。「ダンカンと一緒に潜りカプラーの摘発じゃあなかったかね」

「ダンカンはロドガー組とコンピュータの処理量計算。わたしの出る幕じゃあないわ。それより、ちょっと、お耳に入れておきたいことがあって」

「保険の勧誘、環境保護論、キリスト教の伝道はお断り。それ以外だったら話を聞くよ」

「そんなんじゃないの。ジーナのこと」

「ジーナなら、キングとコングをお供《とも》に荷物を取りにギアベーンへ行っているはずだよ」

「だから、彼女が留守の間にと思って」サンディはあたりを憚《はばか》るふうにちらりとニクシーの方を見た。「あの、ちょっと内密を要することなのだけれど」

サンディは何やら思い詰めた様子だった。ハントはニクシーに向き直った。「しばらくトマスの相手をしてくれないか。きみ一人の方が話が通じることもあるようだしね」

「いいわよ。ここはあたしが引き受けるから」ニクシーは何のこだわりもなく言った。

ハントとサンディは連れ立って部屋を出ると、ガニメアンの技術者たちが高さ八フィートの明滅するホログラフを解析している薄暗い場所を抜け、医療棟を後にして、PACの中央廊下に出た。ハントは足を止め、眉を上げてサンディをふり返った。

「彼女、たぶらかされているのよ」サンディは前置き抜きに言った。

「誰に？」

「はっきりしたことはわからないけれど、バウマーを陰で操っていたジェヴレン人の一味。ジーナをたらし込んだのよ」

「きみは、どうしてそれを？」

「仮想世界にトリップしたっていう彼女の話。あれは作りごとよ。あんなふうじゃあなかったはずよ。と言うより、ジーナはありもしないことを話していると思うの」

「きみがそう言う根拠は？」

「好奇心なんて嘘よ。ジーナはカプラーでコンピュータに接続したらどうなるか、知ってるはずですもの。わたしたち、〈ヴィシニュウ〉号でこっちへ来る途中、仮想体験を試してさんざんな目に遭ったの。バウマーがどう言葉巧みに誘おうと、ジーナが二度と再びカプラーに近づくはずがないのよ」

ハントはきらりと目を光らせ、探るようにサンディの顔を覗き込んだ。「どこか、邪魔の入らないところで話そう」

39

図書室の横手に、人気《ひとけ》のないこぢんまりとしたラウンジがあった。ガニメアンと地球人の体格に合わせて大小の椅子がいくつかと、書見台《しょけんだい》、それに、ワークステーションが何台か配置されていた。

「彼女の話、ぜんぜんおかしいわ、ヴィック」サンディは背後で自動ドアが閉まるのを待って言った。「ジェヴェックスが人の意識に入り込んだら何をしでかすか、ご存じないでしょう」

ハントは、今さら何を、という顔で肩をすくめた。「見たい夢を見せてくれる。別に目くじらを立てるほどのことでもないじゃないか」

「そのことで、ジーナとわたしがクリスに話をした後、ジェヴェックスを試してごらんになりました？」

言われてみれば何もしていない。ハントは虚を衝《つ》かれた思いだった。「いや、別に……。このところ何かと忙しかったしね」

「やっぱりね。先生は科学者だから。ジェヴェックスは技術の一体系であって、研究に便利な装置でしかないの。クリスにも同じことを言いましたけど」

「ああ、わかっているよ。ジェヴェックスはお楽しみの役にも立つ、ときみは言いたいわけだ。ジェヴェックスの擬似体験は麻薬と同じで、病みつきになったら止《や》められない……。しかし、わたしは麻薬はやらないよ。いつもハイな状態だから、そんなものは必要ないんだろう、とよく言われるけれども。もっとも、体内の化学組成に影響がなくて麻薬のトリップよりいい思いができるなら、ジェヴェックスも面白いかもしれないね」

サンディは首を横にふった。「ジェヴェックスは必ずしもこっちの思い通りになるとは限らないわ。それどころか、自分でも知らなかった無意識の願望を掘り起こしたりするから始末が悪いのよ。あるいは、敢《あ》えて考えまいとしていることとかね。ジェヴェックスの擬似体験で、それまでずっと自分で思ってきたのとは違う自分を見せつけられることもあるわ。事実という相手の攻撃から自分自身についての偏見を守ろうとして、人は頭の中に壁を築くけれど、気がついてみるとその壁がなくなって……」

ハントはサンディの表情を窺《うかが》って、彼女の言うことを冗談に紛らせようとしたのは間違いだったと悟った。彼は態度を改めた。「しかし、そんなふうには思っていないジェヴレン人は無数にいるよ。ジェヴエックス体験がきみの言うように、本当に始末の悪い不愉快なものだとしたら誰も病みつきになりはしないだろう。ガルースがシステムを遮断してジェヴレン人からジェヴエックスを取り上げるまでもないじゃあないか」

「麻薬だって、場合によっては不愉快なトリップもあるわ、ヴィック。ほかの人たちがどんな思いをしたかはいざ知らず、わたしはヴィザーの擬似体験が自分にどう影響したか、はっきりわかっているの。ジーナについてもそれは同じ。彼女が二度と再びシステムに近づこうとするわけがないのよ。少なくとも、自分で言ってるように、バウマーに誘われたからなんて、それは考えられないことだわ。しかも、彼女は任務を負ってバウマーに接触したはずでしょう。それよりも何よりも、これから接続するシステムがヴィザーじゃなくてジェヴエックスだとわかっていたとしたら、彼女は絶対に誘いに乗らなかったはずよ」サンディは言葉を切ってじっとハントの顔を見つめた。ここが肝腎なところ、と彼女は祈る思いだったが、その表情からハントはすでに話の先を読んでいることが明らかだった。サンディはうなずいた。「でも、ジーナは嘘をついているわけじゃあないわ。覚えている通りを話したのよ。どうしてそんなことになったか、考えられる説明はただ一つよ」

「そうか！」ハントは唇を噛《か》んだ。

「バウマーははじめからジーナを騙《だま》していたのよ。そうして、何者であれ黒幕の手に彼女を引き渡したに違いないわ。土地のマフィアが潜りで商売にしているカプラーとは別のところで、彼女の身に何かが起こったのだわ」

ハントはみなまで聞かずにうなずいた。サンディの話ですべては辻褄《つじつま》が合う。「カレンに話さなくては」

コバーグとレバンスキーが同乗するジーナの車はギアベーン・ベスト・ウェスタン・ホテルのあるビル街にさしかかった。手前の草地に掘立《ほったて》小屋やテントを連ねて瞑想《めいそう》集団がコミューンを作っていた。宇宙船が運んでくるエネルギーが大宇宙との交感を助けると信じているグループである。すぐ隣では、まさにそのエネルギーが癌《がん》を誘発し、奇形児の原因になると主張する市民団体が抗議集会を開いていた。いずれの効果もこれを実証するデータはなかったが、そこに集まっている者たちにとって、そんなことはどうでもよかった。

「どうかしてるぜ、まったく」ホテルの前の広場を横切る車から集会の模様を眺めてコバーグは言った。「本当に、地球から軍隊を連れてくるっていうのも悪くないかもしれないな。そうでもしなきゃあ、この惑星はおさまりがつかないんじゃあないのか?」

「あるいは、さっさと引き揚げるとかな」レバンスキーは相槌《あいづち》を打った。「ここのことはテューリアンに任せてさ」

「いやあ、テューリアンに任せたら、今よりもっとひどい状態になるだろう」

「おれたちはちょっと考えが古すぎるんだよ、ミッチ。テューリアンは昔で言やあ自由主義《リベラル》だろう」

「その伝《でん》で行きゃあ、神が自由主義者なら、十戒じゃあなくて、十ケ条の提案だ」コバーグが言い、二人は顔を見合わせて笑った。

ユーベリアス以下、数千の光軸教徒第一団はすでにこの朝、シャトルでジェヴレンを発《た》った。軌道に待機するテューリアン宇宙船が彼らをアッタンへ運ぶ段取りである。しかし、なおかつギアベーンの街は大勢の市民がごった返していた。何か事故でもあったらしい。ジーナは路肩に寄せられた二台の車の燃えつきた残骸を指さした。「ねえ、見て。乱闘事件か何かあったのかしら?」

「整備不良で事故を起こしたんじゃあないか」コバーグはろくに関心を示そうともしなかった。

車はホテルの前庭に乗り入れた。警官が何人か所在なげにたむろしていた。コバーグがジーナに付き添ってフロントに向かい、レバンスキーは後へ退《さ》がってロビーを見張った。年季の入った彼の目は、人の出入りはもちろんのこと、ロビーで起きるどんなささいな動きも見逃しはしなかった。

「二〇一号室」ジーナはフロントの係に言った。「さっき電話で部屋を解約して、荷物を取りに来たんですけど」

フロントはコンピュータの端末で顧客情報をあらためた。

顔見知りになった支配人、エリック・ヴェンダーズが奥から現われた。「ここを引き払うって？　まさか、うちよりいいホテルを見つけたなんていうんじゃないだろうね」

「PACに移るのよ。仕事の関係で、市内の方が足場がいいし」

「そういうことなら、やむを得ないね」

ジーナはキーを捜すふりをしてハンドバッグからショー将軍宛のメモを取り出した。「何か騒ぎがあったの？」彼女は尋ねた。「お巡りさんがたくさんいるし、途中で炎上した車も見かけたわ」

「ちょっとごたごたがあってね」ヴェンダーズはうなずいた。「でも、もう片づいたよ。何が何だか、さっぱりわからない。こっちはジェヴレンの政治問題にはかかわらないことにしているし」

フロントの係は端末から顔を上げた。「では、本日限りでチェックアウトということでございますね、マリンさま」

「わたし宛に届いているものがあるはずですけど」

「少々お待ちを」

「読者がわたしの本にサインをくれっていうのよ」ジーナはヴェンダーズに事情を話しながら、背後に控えているコバーグを強く意識した。自分でも意外なほど声が上ずるのをどうする術《すべ》もなかった。「わざわざPACまで電話してきて」

「これでございますね。〝ミズ・ジーナ・マリン〟としてございます」フロントは薄茶色の大きな角封筒を差し出した。

「ああ、それね。ありがと」

外線の電話が鳴った。

「ちょっと失礼」ヴェンダーズはオフィスへ引っ込んだ。

角封筒の中身はジーナの著書『緑のゲシュタポ――一九九〇年代の知られざる覇権構想』だった。扉に、連絡を乞う旨《むね》のマリオン・フェインのメモが挟まっていた。ジーナは見返しに「星間宇宙初の愛読者、マリオン・フェインに感謝を込めて。思いもかけず、地球をより身近な世界として意識させて下さってありがとう」と記し、サインをして「惑星ジェヴレン、シバン市にて」と書き添えた。

肩越しにそっとふり返ると、コバーグは相変わらずすぐ後ろにゆったりと、それでいて隙もなく構えていた。なお悪いことに、フロントの奥は鏡張りで、体で隠そうにも彼女の手の動きはコバーグから丸見えである。ジーナは咄嗟《とっさ》の機転でハンドバッグから手帳を床に落とした。カードや切り抜きや心覚えの紙切れが足下にちらばった。

「あらいやだ！」

「わたしが拾うから」コバーグは屈《かが》み込んで紙切れを拾い集めた。

「ごめんなさい」ジーナは手早くメモを挟んで本を閉じ、角封筒に戻すと、自分の名前を消してマリオン・フェインと宛名を書き替え、フロントに手渡した。「これ、封をし直して、この方が取りに見えるまで預かっていただけるかしら」

「かしこまりました」

コバーグは起き上がってジーナに手帳を渡した。彼女は手帳をバッグにしまい、二人は見張りのレバンスキーをロビーに残して二〇一号室に上がった。

カレンの部屋で、ハントはしきりに手をふり回しながら急《せ》き込んでまくし立てていた。

「だからさ、彼らがジーナに偽の記憶を吹き込んだとするとだよ、彼らが隠したがっていることはどこへ消えてしまうんだ？　ジェヴェックスならジーナの意識は読み取り自在だろう。こっちとしては、はじめに返ってジーナが知っていたことを残らず洗い出さなきゃあならないんだ」

サンディは身ぶるいした。「そんな目に遭うくらいなら、蛸《たこ》に犯された方がまだましだわ」

カレンは椅子の背に凭《もた》れて、指の関節で顎を叩いた。「野郎……」彼はそれと聞き取れぬほど低く悪態をつき、正面の壁を睨《にら》んで採るべき道を思案した。「まったく、もう……」

ハントはカレンの表情を窺いながら煙草《たばこ》をつけた。

「もっと早くに何か言えばよかったんですけど」サンディは沈黙に堪《た》えかねて言った。「今朝方まで確信がなかったものだから……。はじめ、ジーナは〈ヴィシニユウ〉号で何もなかったように、まるではじめての体験みたいな話をしたでしょう。それから、バウマーを探るために誘いに乗った、と言って、自分でもそれはおかしいことに気がついて、いろいろに言い抜けをしているのよ」

カレンは空《くう》の一点を見つめてうなずいた。

「向こうはジーナがわたしらの身内であって、わたしらがバウマーを疑っているのを知っていたということだ」ハントは言った。「わたしらがゾラックに市内の情報通信網を盗聴させているのをジーナは知っている。しかし、最悪の事態は辛うじて避けられたな。あの時点で、ジーナはわたしらが何を摑《つか》んでいるかいっさい知らなかったはずだから」

カレンは焦《じ》れったそうに何度か小さくうなずき、あらたまってハントに向き直った。「もう一つ、考えなくてはならないことがある。わたしは危機管理の立場で物を見ているのだがね。彼らはジーナにたっぷり偽の記憶を吹き込んだ。それはそれで筋が通っている。サンディが疑問を抱かなかったら、こっちは手もなく騙されていたに違いないんだ」

ハントとサンディはうなずきながらも、カレンがどこへ話を持っていこうとしているのか、見当がつきかねる顔だった。カレンは宙に掌を返した。「それはともかく、ジーナが記憶にありながらわれわれに黙っていることについてはどうだ？　わたしの言う意味はわかるかな？　じゃあ、言い方を変えよう。仮に外部からＰＡＣにスパイを送り込むとして、恰好な人材とジーナに目をつけてジェヴェックスに接続させるとなったら、きみはどうするね？」

ハントは愕然《がくぜん》として天井を仰いだ。サンディは考えたくもないという顔で額を押さえた。

「まさか、そんな……」

カレンは指先で小刻みにデスクを叩きながら二人を見くらべていたが、ややあって、ふいに傍らの制御パネルをふり返った。「ゾラック！」

「お呼びですか？」地球の部下と変わりない人工知能の応答に、カレンは密かな満足を味わった。

「コバーグとレバンスキーはもうギアベーンへ行っているか?」

「つい今しがた着いたところです」

「ようし。秘話回線でジーナに聞かれないようにわたしからの指示を伝えてくれ。何かあっても絶対にジーナから目を離すな。相手が誰だろうと、いいか、相手が何者であるかを問わず、ジーナが人と接触することを許すな。ジーナに近づく者があったら、その場で逮捕だ。必要なら警察の手を借りてもいい。戻り次第、ただちにわたしのところへ来るように」

「かしこまりました」

ジーナたちは車に戻った。コバーグが彼女のバッグ二つを運び、ロビーを見張っていたレバンスキーが先に立って車のドアを開けた。ジーナが乗るのを待ってレバンスキーは後部へ回り、トランクに荷物を積み込んでいるコバーグに話しかけた。コバーグがうなずいて何か答え、広場の警官隊の方へ顎をしゃくるのをジーナは見た。レバンスキーがホテルを指さし、二人はまたうなずき合った。

「何かあったの?」ジーナは乗り込んできた二人に尋ねた。

「いや、別に」コバーグはなにげないふうに答えたが、二人の態度はどこかわざとらしかった。

車は広場を回ってもと来た道を走りだした。ホテルが背後に遠ざかると、レバンスキーが英語で入力できるようにプログラムし直したオートドライヴ・ユニットに命令を発した。「行先変更。どこなりと安全な場所に駐車しろ」車は路肩に停まった。

「どうしてこんなところに停まるの」ジーナは二人の顔を見くらべるようにして言った。

「いや、なに、心配することはないですよ」レバンスキーは軽く答えた。コバーグが車を降り、建物の外壁にぴたりと体を寄せてホテルの方へ引き返した。

「どうしたっていうの?」ジーナは執拗《しつよう》に尋ねた。「あの人、どこへ行くの?」彼女はドア・ノブに手を伸ばした。「ねえ、わたし……」

レバンスキーは穏やかに、しかし、強くその手を押さえた。「何でもないですよ。本部から新たに指示があっただけです。詳しいことはわかりませんが、ひょっとすると、あなたは何か事件に巻き込まれているのかもしれない」

ベスト・ウエスタンのフロントに紅毛の女が近づいた。黄色いコートを着て花模様のスカーフを巻いた女は媚《こ》びを含んで、フロントの係に笑いかけた。「済みません。マリオン・フエインですが、受け取るものがあるので、ちょっと見ていただけません? 今朝方ここに預けた角封筒ですけど」

「少々お待ちを」フロントは背後の小仕切りに向き直った。

「ああ、その上の……そう、それ。どうもありがとう。身分証明書か何か見せるのかしら?」

「いえ、結構です」

「ああ、そう。必要かなと思ったもので。あとで何かあったりするといけないでしょう。どうもありがとう。これ、本よ。著者にサインしてもらったの。わたし、愛読者だから。偶然ホテルが同じなんてねえ。ああ、これこれ。宛名が書き替えてあるわ」

フロントを離れようとする女の前に、紺のスーツを着た長身の、肩幅の広い男が立ち塞がって手を出した。「それはこっちへもらいましょう」

女はぎくりと体を強張《こわば》らせた。見る間に表情が険しくなった。咄嗟《とっさ》に情況を判断して、女はコートの下に手をやった。素早い動作だったが、コバーグはそれより速く、一歩踏み込んで女の手から拳銃をはたき落とした。

女は身を翻《ひるがえ》して玄関へ走ったが、待ち受けていた警官の腕の中へ正面から飛び込む恰好になった。「卑怯者《ひきょうもの》!」警官に引っ立てられながら、女はふり返ってコバーグに唾《つば》を吐いた。

このありさまを物陰から見守っている者があった。数分を経ずして話は光軸教のシバン神殿に伝わった。

マリオン・フェインと名乗る件《くだん》の女は、はるか以前に視床下部《ししょう》神経中枢に微細な素子を埋め込まれていることを知らなかった。素子は暗号電波に感応した。女は警察の車で運ばれる途中、ふいに意識を失い、本署に着いた時はすでに事切れていた。

40

〈シャピアロン〉号に搭載されている短距離輸送船隊の一機がシバン市の東十五マイルのところにある、くすんだ赤銅色の低い建物の屋上発着所に降り立った。やってきたのはダンカン・ワットと、ロドガー・ジャシレーンの率いるガニメアン・コンピュータ技術者集団である。先着のガニメアンとジェヴレン側技術陣の出迎えを受けて、一同は塔屋《とうおく》のロビーを抜け、エレベーターで地下に降りた。刳形《くりがた》の飾りをあしらったパステル調の漆喰《しっくい》壁とガラス壁が交互に並ぶ円形の広間から四十五度の角度で放射状に廊下が伸びていた。彼らはその一つを辿《たど》って奥へ向かった。

　外見は何の変哲もないこの建物が、実は、シバン市域を覆うジェヴェックス・ネットワークの要《かなめ》をなす通信処理制御センターの一つだった。かつてジェヴェックスが機能していた頃、この赤茶色の平たい箱形をしたおよそ目立たない建物の地下のギャラリーを、厖大《ぼうだい》なデータの流れが束《つか》の間《ま》も絶えることなく行き交っていた。それは単に惑星一つのみならず、十指に余る恒星を含む宇宙空間がそれ自体の生命の営みに脈動する姿であった。ジェヴレンをして完全に独立した自律の惑星たらしめ、その市民に必要な情報を自在に検索する能力を与え、伝説の神々のごとく、瞬時に宇宙を跨《また》ぎ越えることを可能にした高度に複雑なコンピュータ機構の神経節の一つがこの建物だった。制御センターはまた、ジェヴェックスという広大無辺の存在の命を宿す聖域の奥の院とも言えた。

　少なくとも、数世紀以前から伝わるシステムの設計図に見る限りは、そのように理解して間違いなかった。

一行はコンソールが幾重にも層をなし、ディスプレー装置や周辺機器が壁面を埋める管制室を過ぎて、さらにその下の広い一室に降りた。巨石記念物のようなキャビネットが列をなし、ボックスカーほどもある分子合成クリスタルの夥《おびただ》しいブロックが蛍光を発しつつ精密な幾何学《きかがく》模様を描き出していた。これだけのシステムが扱う情報の量を思っただけでダンカンは気が遠くなった。

ところが、何と驚くべきことに、これがことごとく見せかけの立体映像だったのだ。その事実をあばいたのはガニメアン技術者集団である。上階の制御装置から伸びる太いライトガイド・ケーブルも、データビームの基幹回線も、どこにも通じていなかった。キャビネットをぎっしり埋めるホロ・クリスタル・アレイは徒《いたずら》に無意味な数字のパターンを反復するばかりで、管制室のディスプレーや状態表示盤に点滅する信号はすべて架空のものだった。そもそも、そこにあるはずのジェヴェックスはかけらほどの実体もなかったのだ。

ガニメアンの技術者たちはダンカンを管制室に案内して制御装置のキャビネットを開けてみせた。中はがらんどうで、わずかに光電子ウェファーの集積が厚さ三インチほどの層をなしているにすぎなかった。

「こいつがこの部屋全体の映像を合成しているんだよ」ガニメアンの一人が言った。

「しかし……とても考えられない……」ダンカン・ワットは絶句した。

「そうだろう。だからこそ、自分の目で見てもらいたかったんだ」

ジャシレーンは放心の体《てい》であらぬ方を見つめているジェヴレン人の制御センター所長に詰

め寄った。「これはいったい、どういうことだ？」

「わたしは何も知らない」

「ここはいつからこういう状態になっているんだ？」

所長は押し黙ったきり、いっさい口を開こうとしなかった。沈黙は防御なり。これ以上問い詰めたところで埒《らち》が明くはずもなかった。

ワットは意味もなくライトを点滅させているもう一つの空っぽのキャビネットを覗《のぞ》いて声もなく頭をふった。情報処理量から逆算すれば、ジェヴエックスは公式の設計図に示されているよりもはるかに規模の大きなシステムでなくてはならないはずである。にもかかわらず、もし、この制御センターが典型的な一例だとしたら、ジェヴエックスは無きに等しい。だが、しかし、何らかのシステムがジェヴレン社会を支えてきたこともまた疑いを容《い》れぬ事実である。

41

ジーナはPACの居住区にあてがわれた個室のクローゼットに衣類を掛け終え、空のスーツケースを奥の隙間に押し込んだ。着く早々、カレンに呼び出された時の動揺はまだ尾を曳《ひ》いていた。カレンは単刀直入に言うだけのことを言って話を切り上げたが、ジーナはすっかり頭が混乱してしまい、この先どうふるまったものやら思案の糸口も摑《つか》めないありさまだった。カレンはコバーグが持ち帰った文書をジーナの前に突きつけた。彼女が自著の扉に挟んだ例のメモである。マリオン・フェインはイチナとは別ながら、どこかで繋《つな》がりがあると見られるジェヴレン人組織の使い走りだった、とカレンは話した。

意外にも、彼はいっさいジーナを責めず、怒りを露《あらわ》にするでもなかった。難詰《なんきつ》されれば返す言葉もなく、こっぴどく油を絞られても仕方がないと覚悟を決めていたジーナは狐につまれた気持ちだった。まさか、ショー将軍が敵方ということはあり得まい。カレンの話にあった正体不明の組織がシバンにおける彼女と将軍の密会を察知して、連絡役の替え玉に自分たちの手先を差し向けたのだろうか？　その点について、カレンは何も言わなかった。ジーナは背の立たない深みから掬《すく》い上げられた素人の自嘲にいたたまれない思いを味わった。実際、彼女はその通りのていたらくだったから、自責の念は募る一方だった。

「きみはその女を、誰の手の者と思ったね？」ハントは長椅子にゆったり構え、部屋のオートシェフがどこでどう調達したものか、手品のように湧いて出たクアーズを飲みながら尋ねた。

ジーナは保安当局が正規の尋問を避けて、ハントに心理学的なアプローチでやんわり事情を探らせることにしたのだと理解していた。ただでさえ辛いところへ持ってきて、今度はテンジクネズミやモルモットと同じ実験動物にされた心境だが、そんな扱いを受けても文句を言う筋はないことが彼女には一層こたえた。信頼を裏切ったことが発覚した以上、質問攻めは当然の報いだろう。ところが、当局は気味悪いほど彼女に優しかった。どうせなら、もっと厳しくしてくれた方がいいのに、とジーナは片づかない気持ちだった。

ハントはさらに言った。「参考までに聞かせておくがね、ここの病理学研究室では何者かがボタンを押して、あらかじめ女の脳髄に埋め込んであった自爆装置を作動させたと睨《にら》んでいるよ。ご親切なことで……」彼は手を上げて、ジーナが何か言いかけるのを遮った。「ちょっと待った。わたしらは、きみが相手を知って付き合っていたとは言っていない。が、それはともかく、きみ自身がどういうつもりだったか、それを話してもらいたいんだ。いいかね、このことで誰もきみを責めてはいないし、ましてや審判を下そうなんていう気は毛頭ないんだ。というのは、これはきみが自分で思っているよりはるかに奥が深い事件だから。しかし、少なくとも、わたしの訊くことに答えるくらいはしてくれてもいいのではないかね」

ジーナはオートシェフに歩み寄り、ディスペンサー・トレイで押し出されたままになっていた自分の飲みものを手に取った。ハントに背を向けてグラスを口に運びながら、オートシェフの蓋が開いてぱっくりこの身を呑み込んでくれないかと祈る思いだった。「自分でも、あまりの馬鹿々々しさに呆れ返って物も言えないくらいだわ」彼女は顔を伏せて言った。「要するに、わたしなんてその程度のつまらない人間なのよ。これまではそんなふうに思ったこともないし、正直、もう少しましなつもりだったけど、われながら情けないわ」

「誰しも長い間には時にそんな気持ちになることがあるものさ」ハントは手を伸ばしてビールを注ぎ足した。説教する態度は微塵《みじん》もなく、寛《くつろ》いだ気さくな口ぶりだった。「まだロンドンにいた子供の頃、友だちの真新しい自転車を借りたことがあってね。転んでめちゃめちゃにしてしまったのだよ。わたしはそいつを友だちの家の前に置いて、こっそり帰ってきた。きちんと直して返す知恵どころか、自分のしでかしたことを正直に言う勇気もなかったのだね。これが後々ずっと気持ちの負担になってね、いや、今でも時々思い出して、おれは何と見下げ果てたやつだろうと厭《いや》な気持ちになるよ」

「でも、今度のことは、とうてい子供の自転車とは一緒にできないわ」ジーナは言う傍《そば》から後悔した。同情を買おうとしているような言い方が自分でも気に入らなかった。

　ハントはわずかながら苛立《いらだ》ちを声に出した。「いい加減にしないか。きれいごとばかり言ってないで、現実的に考えなくては駄目だ。世の中、思う通りにいくもんじゃない。後からふり返ってみれば、まずかったということは誰にでもあるんだ」彼は飲みさしのグラスの縁越しに真っすぐジーナを見つめた。「事実がわかってみれば、必要以上に自分を責めていた、ということだってある。物の見方が変わるからね。新しいことを知れば、自分がいかに無知であったかわかるし、一方で、知らなかった自分を責める気持ちも薄れるんだ」

「疑わしきは罰せず、というあなたの気持ちはありがたいけれど、わたし、お情けはごめんだわ」

「いや、これはお情けじゃあない。わたしらはきみがまだ知らないことを摑《つか》んでいるかもしれないのだよ」ジーナはハントに背を向けたままだったが、彼女が良心と闘っているのは手に取るようによくわかった。ジーナには逃げ場がない。要するに、彼女にしてみればあまりあっさり降参したように見られたくないというだけのことである。ハントは黙ってしばらく待った。

「それで……きみはいつから雇われているのかな？　相手は誰だ？」頃合いを見て、ハントはあらためて尋ねた。

ジーナは溜息《ためいき》をつき、せわしなくグラスを傾けてハントに向き直った。「それが、そう簡単な話ではないのよ」

「誰もそうは思っていない」

ジーナは肘掛け椅子に浅く腰を下ろした。

「実を言うと、そもそものはじめから……まだ地球にいた時からなの。わたしを雇ったのは、あなたのボスのコールドウェルよ。詳しいことはよく知らないけれど、どこかの情報機関か、何かそれに類する組織が動いているんだと思うわ。ジェヴレン側がＰＡＣに情報屋を送り込んでいるらしいという疑惑があって、それをわたしに探らせる計画だったのよ」

ハントは躊躇《ためら》いもなく首を横にふった。「いいや、グレッグはそんなやり方をする男じゃあない。今のは無しだ」

「だって、わたし、本当のことを話しているのよ」

「わたしは信じない」

「ええ、ええ。わかったわ」ジーナは肩をすくめた。「正確にはコールドウェルじゃなくて、軍部の別の人。ショー将軍と名前を聞いているだけで、どういう立場の人だかは知らないわ。

コールドウェルがわたしを紹介したのよ。将軍が話をする間も、コールドウェルはずっとその場にいて……」ジーナは頭をふり、空いている方の手を上げて何かを押し戻すような仕種《しぐさ》をした。「将軍は、これはとても重大なことだと言ったわ。その時、わたしはまだあなたたちと知り合う前よ。正直な話、この何日かわたし、そのことですごく悩んでいたの。でも、将軍に言われて、わたしは仕事を引き受けたのよ。機密事項だからって、堅く口外を禁じられたわ。わたしとしては、命令に従うしかないでしょう?」

ハントは表情を変えずにジーナを見返した。信じられない点は前の話と少しも変わりないが、今度は糸を手繰《たぐ》れば何か出てきそうだった。

「地球を発《た》つ前に、グレッグと一緒にその将軍某《なにがし》に会ったんだね?」

「そうよ。ゴダードの、コールドウェルのオフィスで」

「わたしのところを訪ねてきたのは、その後だな?」

「そう……だと思うけど」ジーナは額を押さえた。「さあ、どうだったか、はっきりしないわ」

「どんな人物だ?」

「そうねえ……大柄で、赤ら顔で、目は青。生姜《しょうが》色の髭《ひげ》を生やしているわ。きびきびしてて、典型的な軍人よ。灰色の、ちょっと青みがかった制服で、高級将校の略綬《りゃくじゅ》やモールをいっぱいつけてたわね」

「その将軍が、PACにジェヴレン側の情報屋が潜り込んでいると言ったって?」

ジーナは怪訝《けげん》な顔をした。「それ、どういうこと？　将軍が嘘をついたというの？」

「それについては、今は措《お》くとしよう」

「将軍は、情報屋の潜伏を疑うに足る理由があると言ったわ」ジーナは話を続けた。「でも、それを探るのに、カレンを通した正規のチャンネルでは信頼が置けないから、誰も知らない、公《おおやけ》の筋とは無関係な人物を監視役に立てようというわけなの。現地の人たち……カレンやガルースにさえ内密に探りを入れる方針よ」ジーナは小さく肩をすくめた。「それで、わたしのようなどこの馬の骨だかわからないフリーの人間がひょっこり現われるのがいい、という考えだったんでしょうね」

ハントは煙草《たばこ》を取り出し、口に銜《くわ》えようとして、ふと顔を上げた。「で、その時、マリオン・フェインと接触する手順を教えられたのか？」

ジーナは、そんなことはどうでもいいではないか、とでも言いたげに、やや投げやりに溜息をついた。「それはずっと後。こっちへ着いてからよ。将軍はシバンへ来てるのよ。わたし、会ったわ」

ハントはきっと表情を堅くした。「いつ？」

「バウマーに街を案内してもらった日よ」ジーナは記憶を辿《たど》って言った。「わたし、漠然とだけれど、バウマーも将軍の命令で動いているのかなっていう気がしないでもなかったわ」

「今となっては、その点は確かめようがないな。それで、どうした？」

「バウマーが仮想世界の中毒だっていうのは人目を欺く演技だったのではないかしら。たしかに、クラブへは行ったわよ。でも、あれはわたしが後で本当らしい話ができるようにするためよ。調べられてもいいように足跡を残す目的もあったでしょうね。ただ、あそこには前に話したほど長くはいなかったわ。別の人に連れられて、すぐほかの場所へ行ったのよ。どこだか憶えていないけど、ごくありふれたアパートのようなところ。そこで将軍に会って、ワシントンで別れて以後のことを報告したの。連絡員の合言葉を教えられたのはその時よ」

「なるほど」ハントは煙草を吸いつけると、部屋の中を行きつ戻りつしながら考えに耽《ふけ》った。ジーナは椅子に深く坐り直した。「あなただったら、どうしたと思う？」沈黙がやや長きにわたったところで彼女は尋ねた。

「え？」ハントははっとわれに返って言った。「まあ、だいたいきみと似たようなものだろうね。自分でも言っている通り、きみはその時点でまだわたしらのことを知らなかったのだし」

「それ聞いて、ひとまずほっとしたわ」

ハントはジーナが片隅の椅子に置いたブリーフケースをデスクに移し、再び腰を下ろして彼女に向き直った。「きみがはじめてレッドファーン・キャニオンのわたしの家に来た時、二人で話したことを憶えているかい？　きみは、現実とは何か、と質問した。それに答えてわたしは、フォトンがすべてだと言ったんだ。それ以外の、目に映るものはみな自分が頭の中で作り上げた仮想だ、とわたしは言った」

「概念構成の話ね。ええ、憶えているわ」

「人間の頭脳というのは不思議なものだね。もう昔の話だけれども、ケンブリッジ時代の友人に偉人伝に名を残すような大科学者を夢見た男がいてね、環境のいい静かな土地に大きな家を買って、ありとあらゆる設備をととのえた。板壁をめぐらせた、暖炉のある書斎。当時としては最先端のコンピュータ。これで世界じゅうの名だたる研究機関にアクセス自在だよ。立派な書庫に、至れり尽くせりの実験室。黒板まで用意して、考えが閃《ひらめ》いたらすぐ書き留められるように、家中にメモ用紙を備えつけた……。ところが、悲しいかな、何一つ発想は浮かばなかったよ。身のまわりを科学者に必要な装置道具で固めて、自分は何もせずに七ツ道具が奇蹟《きせき》を働いてくれるのを、ただじっと待っていただけだ。世の中にはこれと似た話がいくらでもある。しかし、物事はそうお誂《あつら》え向きにはいかないんだね。知恵というのは、自分の中から湧いて出るものでなくては駄目なんだ。そう、きみが主イエス・キリストについて言ったようにね。キリストのメッセージは、汝自身《なんじ》を知れ、ということだ。自分を知るのに、周囲の世界に知恵を頼っても、しょせん、何も出てこない」

「どうして今ここでそんな話を持ち出すの？」

ハントはこともなげに肩をすくめた。「人間の頭の内外《うちそと》で、不思議なことが起きているというだけの話さ。サンディから、きみたちが〈ヴィシニュウ〉号でヴィザーを試したことを聞いたよ。きみがそこまでやったとは知らなかった。というより、まさかきみがそこまでやれるとは、正直言って、思っていなかったよ。それもまた、おかしな話じゃあないか。好奇心旺盛《おうせい》なることをもって身上とする科学者であるはずのわたしとしたことが。それはともかく、自分で考えていたのとは違う自分を発見するというのは、ちょっとした驚きだったのではないかな？」

ジーナはぎごちなく体を揺すり、グラスを口に運ぶ手もとが狂って飲みものを膝にこぼした。彼女はサイドテーブルのティッシュ・ペーパーを取ってスラックスを拭いた。

「ヴィザーに接続して、何かよほど不愉快なことがあったのかな？」

「それと今の話と、いったいどういう関係があるの？」ジーナは声を尖《とが》らせた。

「どうもこうもない。ここが肝腎なところなんだ」ハントの打って変わって厳しい態度に、ジーナは思わず眉を釣り上げた。一呼吸置いて、ハントは言った。「サンディの話だと、コンピュータは仮想世界を描き出すだけではなしに、人の無意識の中まで読み取って、自分の好ましくない姿をも見せつけるのだね。これがきみには大きくこたえた。さっきもきみは味方を裏切っていることを思って非常に悩んだと言ったけれども、そのほかにヴィザーはきみがそっとしておきたかった何を箱から取り出して見せたのかな？」

「あなた、わたしに何を言わせたいの？」ジーナは激しく食ってかかった。

「どうしたっていうんだ？　そんなに厭《いや》なことがあったのかい？」ハントは斜に構えてからかうように言った。「人間、誰だって何かあるものだよ。バウマーの権力への妄執だってそうだ。サンディは血を見たり、人が悲鳴を上げるのを見たりすると興奮する自分を知ったっていうじゃないか。きみの場合は、何だ？」

「止《や》めて、ヴィック！　こんな話、したくないわ」

「小さい時、大好きな叔父さんにスカートの下に手を入れられて、それ以来、年寄りの方が安心だと思うようになったとか、そんなようなことかな？」

「どうとでも勝手に考えたらいいでしょう。わたし、もう、まっぴら」

「ははあ。やっぱり、その手の話だな。きみは〈ヴィシニュウ〉号でこっちへ来る途中、いつか自分の夢想を話して聞かせると言ったのだがね。憶えているかい？」

ジーナはサイドテーブルに叩きつけるようにグラスを置いた。脚《ステム》が折れて飲みものがあたりに飛び散るのも構わず、彼女はぐいと顎を突き出してハントを睨んだ。「わかったわよ！　そんなに言うんなら聞かせてあげるわ。わたしにはね、別れた夫がいるの。その人、フリーセックスの信奉者なのよ。あなただって、そういう世界があることを知らないわけでもないでしょう。類は友を呼ぶで、三人取りだとか、乱交パーティだとか、盛んにやっていたわ。あちらは何とかしてわたしを誘い込もうとしたけど、とうとう最後までご期待には添えなかったというわけ。どう？　これで気が済んだ？　イギリス人の男性にも、ずいぶん変わった趣味の人がいるそうね」

「それで？　きみは自分の夫がそういう男だとは知らなかったことを気に病んでいるのか？」

ハントはふと真顔に返ったが、ジーナはすぐには気がつかなかった。

「どういたしまして。ぜんぜん、そんなことないわ」彼女は肩をそびやかした。「ただ、どこかで自分があまりにも臆病なことを腑甲斐《ふがい》ないと思う気持ちがあっただけよ。深入りすれば、ヴィザーが始末をつけてくれたのかもしれないけれど、本当にそれを望んでいるのかどうか自分でもわからなくて。というより、とても恐くて、やっぱりそこまではのめり込めなかったわ。これでどう？　満足した？」ジーナは低く声を落とした。「お願い。一人にして」

ハントは彼女から目をそらさず、今、自分で言ったことをよく考えるようにと促すふうだった。ジーナは彼が意識的に皮肉な態度を取っていたと悟って当惑の表情を浮かべた。

「にもかかわらず、きみはこのシバンで、バウマーに誘われて、またコンピュータと交感したというのかい？」ハントはその言葉がジーナの胸におさまるのを待って、首を横にふった。

「それはあり得ないな。ああ、きみの言い分は聞いた。でも、わたしは信じない。きみ自身、それですっきり片づくとは思っていないだろう」

ジーナはさっぱりわけがわからない顔でハントを見返した。喧嘩《けんか》腰《ごし》の態度は影を潜めていた。「そう……自分でも不思議なのよ。どうしてあんなことになったのか……何故か、拒めなかったのよね」

ハントは肩をすくめた。「本当に拒む気があれば話は簡単だよ。バウマーにいくら誘われたって、興味がないと突っ撥《ぱ》ねればいいんだ。どこかで一杯やるとか、ほかにいくらでも時間の過ごし方はあるんだからね」

ジーナはうんざりした様子で髪を掻《か》き上げた。「本当に、これがそんなに重大なことなの？」

「ああ、そうだとも。何故かというと、きみの話はすべて架空だからさ。わたしは思うに、きみは自分で話した場所へは行っていない」

「そんな馬鹿な」

「しかし、きみは今その口で、自分でも不思議だと言ったじゃあないか。サンディもそう言っている。サンディの話を聞いて、わたしはきみの言うことは事実ではないと確信したんだ」

ジーナは悪い夢を見ているのではないかと訝《いぶか》る表情で頭をふった。「ねえ、こんな話をして何になるの？　わたしは自分の行動をありのままに話してるのに、その場所へは行っていないなんて、どうしてそんなことを言うの？」

「どこそこへ行った、とどうして自分でわかる？」

「それは……ずいぶんおかしな質問ね。あなた、今朝トイレに行った、とどうして自分で知っているの？　行ったのを憶えてるからでしょう。それと同じよ」

ハントは真っ向からジーナの顔を見つめたまま、椅子の背に凭《もた》れて満足げにうなずいた。

「人間の頭脳というのは不思議なものだね」彼は最前《さいぜん》の言葉を繰り返した。「そうは思わないか？」

ハントはジーナの表情を窺《うかが》った。ジーナは床に目を落とした。こぼれた飲みものがテーブルの脚を伝って流れ落ち、カーペットに染みを作っていた。ジーナはティッシュ・ペーパーで床を拭こうと屈《かが》み込み、はっと体を堅くして顔を上げた。その目に宿る光は彼女がはじめて何かに気づいたことを物語っていた。「あなた、何が言いたいの？」彼女は声にならぬ声で尋ねた。

「ヴィザーを介してグレッグ・コールドウェルに問い合わせればわかることだがね」ハント

は言った。「もちろん、それはするけれども、今この時点で千ドル賭けてもいい。ショー将軍なんていう人物はどこを捜したってていやあしないんだ」ジーナの恐怖の表情を見れば、もはや余計な説明は必要なかった。ハントは深く溜息をついて言葉を続けた。「きみはわたしらの知らないどこかにあるジェヴェックス端末で、偽の記憶を書き込まれているのだよ。バウマーとPACを出た後、何者かがきみに接触したことは疑いの余地もない。つまり、その時点までにきみが知っていたことは、そっくり読み取られていると考えなくてはならないわけだ。その後で、敵はきみの記憶を書き替えた。しかも、ご念の入ったことにショー将軍などという架空の人物まで登場させてきみをたらし込んだ。フェインと名乗る連絡役が情報を求めてきたのは、その時がはじめてだろう。少なくとも、わたしが理解している限りではそのはずだがね」

ジーナはうなずいた。ハントは溜息をついた。

「敵もさる者だよ。きみとサンディが〈ヴィシニュウ〉号で仮想体験を試みていなかったら、わたしらはまんまと騙《だま》されたに違いないんだ」

ジーナは欠落や矛盾はないかと記憶をふり返った。不整合はどこにもなかった。「わたしの記憶のどこが作りもので、どこが事実か、自分でもわからないわ」彼女は身ぶるいした。「まさか、わたし、バウマーと同じようなことになっているんじゃあないでしょうね」

ハントはきっぱり首を横にふった。「それは大丈夫だよ。きみはただ、部分的に記憶を失っているだけだ。深酒をして酔っぱらったって、そういうことは起きる。きみはちっともおかしくないよ」

「何だか、自分が自分でないみたい。自分の体験にないことが記憶に紛れ込んでいるって、あまりいい気持ちのするものではないわ」

「心臓移植や人工透析というやつも、似たようなものかもしれないね」ハントは彼女を慰める態度で穏やかに言った。ジーナは身の上に起こった現実を受け入れた。衝撃が去れば協力的にふるまうようになるだろう。そこが肝腎なところだ。

ジーナがじっと考え込んでいる間に、ハントは濡れた床を始末した。

「記憶をもと通りにする方法はあるのかしら？」しばらくして、ジーナは言った。

「さあ、それはどうかな。わたしらとしては、ヴィザーにきみの記憶パターンを分析させて、書き替えられた部分が修復可能かどうか調べてみたいのだがね。頭の中を探られるのは厭《いや》かい？」

ジーナは頭をふった。「わたしだって興味があるわ。わたしはそういう人間だって、前から言ってるでしょう」

「上等。きみは大丈夫だ。じゃあ、わたしはもう行くからね。何かと用事が重なっているもので」

「ねえ、ヴィック」ジーナは行きかけるハントの背中に向かって呼びかけた。

ハントは足を止めてふり返った。「何だね？」

「ありがとう」

ハントはにっこり笑った。「そういうふうに受け取ってくれると嬉しいよ。ずいぶん立ち入ったことを言って済まなかった」

「いいのよ」ジーナは努力して笑い返した。「サンディもわたしのこと、馬鹿だって言ってなかった？」

「いいや。どうして？」

「ヴィザーのポルノ幻想に怖気《おぞけ》をふるったから。自分だったらとことんのめり込んだろうってサンディは言うのよ」

ハントは声を立てて笑って、また行きかけた。「そうだろう。それが科学者の好奇心というものさ」

「もう一つ、あなたに聞かせておきたいことがあるの」

「ほう？」

ジーナは意味ありげにじわりと笑った。「ヴィザーがわたしの無意識から読み取ったデータで描き出した幻想だけど……」

「それがどうかしたかい？」

「その中に、あなたも登場しているの」

42

書き替えられたジーナの記憶がはたして修復可能かどうか、ガニメアンたちは一様に懐疑的だったが、記憶の真贋《しんがん》の継ぎ目を探るために、ヴィザーが意識を読むことにジーナは同意した。ヴィザーは空白の時間に彼女が現実に取った行動のなにがしかなりと再現できないものかと、ジーナの意識にある限りのデータを処理し、照合し、内挿法《ないそうほう》を用いて分析を試みたが、何一つ実のある結果は得られなかった。ジーナの記憶は、重ね書きすることによって変えられたのではなく、記憶を構成する要素自体が組み替えられている状態だった。組み替えられる前にそこに蓄積されていた情報は消え失せて、どういじくったところで復原の望みはなかった。チェスの駒が、前の試合でどのような盤面を展開したか考えてみても始まらないのと同じことだ、とハントは思った。

一つだけ確実に言えるのは、ジーナがバウマーとともにPACを出てから一人でふらりと戻るまでの間に、彼女の記憶とは違う何かが起きたことである。しかし、ジーナとバウマーの証言を突き合わせて異同を洗い出すことはもはや不可能である以上、いつどこで何があったかは知る由《よし》もない。空白の時間があるということを除いては、何も浮かんではこなかった。もし、カレンが追及している組織の正体をあばく有力な手がかりがあるとするならば、それは空白の時間の中に隠されているに違いない。

そうこうするうちに、テューリアン地球合同政策評議会ＪＰＣの代表、カラザーからガニメアンによるジェヴレン信託統治打ち切りが検討課題として取り上げられることになった、とガルース宛に公式に伝えられた。ガルース以下〈シャピアロン〉号のガニメアンに何ら非があるわけではないことは、誰よりもカラザーがよく知っていた。ガルースらは不可能情況にあって意想外の難題を引き受け、実に涙ぐましい努力を重ねてきたのだ。

「本質的に起源も性質も異なるわれわれは、惑星統治どころか、ジェヴレン人を理解することすら覚束《おぼつか》ない。これは認めざるを得ないことなのだよ」カラザーは言った。「ジェヴレンとの長い交流の歴史も、われわれに何一つ教えてはくれなかった。テューリアンとしては、ジェヴレン人を理解している地球人の意見に従うしかあるまい」

これは、以後ＪＰＣの政策は地球人の決定に任されることを無条件に認める発言にほかならなかった。何事によらず、テューリアンは地球側の決定を追認するしかない。そうなれば地球軍の進駐は時間の問題であろう。


カラザーから通達を受けて一時間足らず後、意気消沈したガルースは、ハント、カレン、ダンチェッカー、それに、シローヒンの面々を自室に呼び集めた。ゴダードのコールドウェルもヴィザーとゾラックの中継でスクリーンに顔を出した。果たせるかな、コールドウェルはショー将軍なる人物の存在を言下に否定した。

ハントは事態の流れを押し止《とど》めるこれが最後の機会とスクリーンに向かって問いかけた。

「きみからUNSAを通じてJPCに働きかけて、何とか現状を維持する手はないものかね？　こっちがどういうありさまかはきみも承知しているだろう？　暴動。暗殺。誘拐。記憶の書き替え。神経中枢に埋め込まれた自爆装置。デルはこの情況を背後で操っている組織にあと一歩のところまで迫っている。もう少し時間がほしいんだ。今ここで引き揚げたら、これまでの努力も水の泡だ」

「ユーベリアスの移転は陽動作戦に違いないですよ」カレンが脇から言った。「地球式の修道院でデイジーを栽培しにアッタンへ行くわけがない。JPCが後押しを控えてくれると、こっちはずっとやりやすいんですがね」

「それにしても、ユーベリアスはどうしてまたこういう大変な時期にジェヴレンを飛び出したのかね？」ダンチェッカーが腑《ふ》に落ちない顔で言った。「本当にジェヴレンの将来を考えているとしたら、それ以上にアッタンが大事だというところがわたしには理解できない」

「だから、そこを探る必要があると言っているんだ」カレンは言い返した。

スクリーンのコールドウェルが発言した。「きみたち、一つ見落としている点がありはしないか？」

「何だって？」ハントは眉を寄せた。

コールドウェルはいかつい顔の前で空気を掻《か》きまわすような手つきをした。「わたしはずっとこの地球で、ユーベリアスの真意や、アッタンで何を企んでいるかについてきみたちの議論を聞いてきた。実に興味深い話ではあるが、一つ肝腎なことが抜けている。これまでのところ、きみたちの話とユーベリアスを結びつける具体的な証拠は何もないではないか」一同はそっと顔を見合わせた。コールドウェルは言葉を続けた。「わかっているのはただ、ユーベリアスがジェヴレン社会の混乱の根を何光年も離れたところへ運び去る考えで移転を申し出たということだけだ。大いに歓迎すべきことで、JPCもそのように受け取っている」コールドウェルは肩をすくめた。「ユーベリアスと、カレンがしきりに問題にしていることを関連づけるものは何もない。仮にユーベリアスが何かを企んでいるとしても、それを明らかにできる証人は三人しかいない。ところが、その三人は、もはや証人の役には立たない。フェインは死んだ。ジーナは記憶を書き替えられている。バウマーは気がふれて、わけのわからないことを口走るだけだ。わたしにどうしろというのかね？　ユーベリアスの移転が陽動作戦だとしたら、あっぱれ大成功というほかはないだろう。ＵＮＳＡとしてＪＰＣに歯止めをかけろと言われても、わたしには説得材料となるわずかな事実一つない。もちろん、わたしとしてもこれでめでたしめでたしと思っているわけでは断じてないが、柄《え》のないところへ柄をすげて騒ぎ立てるというのはできない相談だ。今のままでは、土台、話にも何にもなりはしない」

コールドウェルの言う通りだった。ハントは肩を落として椅子に沈み込んだ。政治はコールドウェルの領分である。彼は政治の仕組みを心得ている。どうも面白くないというだけの理由で船を揺すって、具体的な裏づけがなかったら、いざ本当に何らかの事実を摑《つか》んだ時、もはや誰も見向きはすまい。

重苦しい沈黙が室内を支配した。ガルースは窓際に立って荒廃したシバンの摩天楼を見渡した。今や市街は見る影もなく寂れ果てている。にもかかわらず、ガルースはシバンに言い知れぬ愛着を覚えるようになっていた。〈シャピアロン〉号でミネルヴァを発《た》って以来、この土地へ来てはじめて故郷に帰ったような安らぎを感じたためでもあるだろう。引き続き権限を任されるものなら、断じて荒療治はしたくなかった。干渉を避け、ジェヴレンが自ら解決の道を捜し当てるのをじっと見守る方が彼の性分に合っている。思えば歴史の評価に耐える過去の変化はいずれもそうやって自然の成り行きに従った結果である。価値ある変化とはそうしたものではないか。

「それでもなお、何かに手が届きかけているというわたしの気持ちは変わらない」ガルースは誰にともなく言った。

ハントはJPCの方針を伝えかたがた、様子を見にジーナの部屋に立ち寄った。

「なるほど、考えてみればグレッグの言うのはもっともなんだ」ガルースのオフィスでの経緯を話して、ハントは言った。「ユーベリアスがわたしらの抱えている問題とは無関係だとしたら、JPCのやることに文句をつける筋はない。まだ看板のペンキが乾いてもいない駆け出しの弁護士が相手だって、こっちは歯が立たないだろう」

ジーナは頭をふった。「でも、きっと何か手がかりはあるはずよ」

「あるいはね。しかし、まず見込みがないな」

「わたしが行った、バウマーのオフィスはどう？　あそこを調べたら何か出てくるのではないかしら」ジーナは藁《わら》をも摑む思いで言った。

「すでに何者かに先を越されたよ。さんざん引っ掻き回した上、火をかけていった。名前を書く紙切れ一枚残っていない。どこかで誰かが、これでしめしめと思っているわけだ」ハントは椅子にかけたまま伸びをした。「世の中、いったいどうしてこう厄介なんだろうかね、ジーナ。人間は快楽だけを追求していたらよさそうなものじゃないか。人生は長くないんだし……。こうしてみると、何だね。ユーベリアスの修道院へ入るのも、案外、悪くないかもしれないな。わたしがそんなふるまいをしたら、それこそまさに奇蹟《きせき》じゃないか」ハントは草臥《くたび》れた顔でジーナに笑いかけた。「それはそうと、気分はどうかね？　今まで訊こうともせずに、済まなかった」

「そう、抜歯の後に似た感じね。はじめはしっくりしないけど、だんだん馴《な》れてくるの。あなたが言った通りだわ」

「それを聞いて安心した。サンディとは話したかい？」

「ええ。自分の言い出したことが無駄ではなかったって喜んでいたわ」

そこへゾラックが、ガニメアンの技術者集団とジェヴェックス・ネットワークの拠点を捜索中のダンカン・ワットからの連絡を取り次いだ。調査が進むにつれて、当初の疑惑はますます現実の色を深めつつあった。ジェヴェックス網は本来の設計よりもはるかに小規模であるどころか、ガニメアン技術陣のあばき出したからくりが模式的なものだとすれば、事実上、システムはなきに等しかった。

「またしても、だよ」ダンカン・ワットは言った。

ハントは眉を顰《しか》めた。「やっぱり作りものか？」

「もっと質《たち》が悪いんだ。こいつは直《じか》に見てもらおうと思ってさ」

「今どこだ？」

「トラガノン。シバンから三百マイルばかり北だよ」

「で、そこで何を発見したって？」

「それがさ、少なくともこれまでは、インターフェースの制御回路とh－スペース伝送装置だけは本物だったろう。そこへ、空っぽの箱でしかない見せかけの機器を仰々しく並べ立てて、ビームガイドを這《は》わせてあるだけだ。ところが、ここはそんなものじゃない。これから見れば、ほかのこけおどしはまだ可愛気《かわいげ》があるよ」

ワットが脇へ避《よ》けて、背後の広い窓が画面をいっぱいに占めた。集中制御室を思わせるその窓の向こうは、ただ薄暗く何もない空間が奥へ延びているだけだった。打ち放しのコンクリートの床には厚く埃《ほこり》が積もり、剝《む》き出しの四角い柱の列の間に、わずかに天井のランプが弱い光を落としているほかは、情報通信機器と思《おぼ》しきものの影もなかった。

一瞬、ハントはどこに視線を向けたものかと戸惑った。「これか？」

「これだよ。がらんどうだ。書き割りを飾ろうともしていない。ロドガーは、もう何世紀もこの状態だろうと言っている」

カメラが横にふれてワットの姿が消え、画面は廃坑のような通路に変わった。ここかしこに塵芥《じんかい》が散らばり、梁《はり》からちぎれたケーブルが垂れ下がっていた。ネズミに似た小さな生きものが暗闇の底を駆け抜けた。かつてはここに夥《おびただ》しい情報通信機器が据えつけられ、それが何らかの理由で撤去されたのかどうか、ハントには俄《にわ》かに判断がつきかねた。

そこはダンカンがこれまでに探索したどの地下施設よりも広いようだった。ハントはテューリアンの設計技師が意図したであろう設備を想像に描いた。幾重にも層をなして空間を埋めるクリスタル・スラブ。保守点検作業用のエレベーターや渡り板……。ハントは前に一度、ヴィザーの仮想移動でテューリアンの集中処理システムを見学したことがある。画面の荒れ果てた光景と、頭に思い描いた絢爛《けんらん》たる装置群はあまりにもかけはなれていた。その落差に、彼は漠然とながら何やら重要な意味が秘められているように感じた。画面を見つめるハントの胸中に沈痛な思いと幻夢の陶酔が交錯した。

「とにかく、そうやってあちこち飛び回っているわけね、ダンカン」ジーナがスクリーンに向かって話しかける声を、ハントは上の空で遠くに聞いた。

「寂れたといったって、シバンなんぞはまだいい方だよ。嘘だと思うなら、こっちへ来てみろって」ワットは言った。

微《かす》かな動きがハントの目を捉えた。二本の柱の間の天井に近い暗がりで、白色の小さな光点がいくつか明滅していた。あらためて目を凝らすと、地球の昆虫に似た小さな生きものが天井から落ちる弱々しい光束を横切って、めまぐるしく飛び交っていた。虚空の闇に軌道を描く星の運行を、時間を縮めた映像で見ているようだ、とハントは思った。

「ＪＰＣが新たに方針を打ち出したこと、もうそっちへ伝わってる？」ジーナは言った。

「いや、聞いてない。何だって？」

「それがねえ、あんまりいい話じゃなくて……」

ハントの意識の中で、眼前の映像と、そこにはない想像上の光景が不思議な形で重なり合った。彼の目には何も映っていなかったが、意識の奥で彼が見ているのは、その空間を埋めつくすテューリアンの情報処理装置の厖大《ぼうだい》な集積だった。小さな光点はなおもクリスタル素子の格子を貫いて軌跡を描き続けていた。気がつくと、光点はもはや星ではなく、原子に姿を変えていた。

いや、それは量子《りょうし》力学的な基本粒子かもしれなかった。

いったい、何の粒子だろうか？　その正体は誰にもわからない。どうして知ることができようか。

しかし、実在する宇宙は量子力学的な基本粒子から進化したのではなかったか……。

43

新任の副警察署長、ランゲリフは故人となった前任者のガニメアン体制に協力的な姿勢を引き継いで足繁くPACに通った。とりわけ、カレンが地球から連れてきた保安部要員たちに接して危機管理の知識を学ぶことに意欲を示し、部下のうちから人材を選んで、PACで三日間の研修会を催すほどの熱の入れようだった。一方、ガニメアン側がいくら催促しても埒《らち》が明かなかった建築業者たちもここへきてやっと腰を上げ、失われた時間を惜しむかのようにに多数の作業員を送り込み、建物の補修、改築を急ぎはじめた。そんなわけで、この数日、PACにはさまざまな業種のジェヴレン人がひっきりなしに出入りしていた。

しかし、科学者グループはそれどころではなかった。ダンチェッカーのいわゆる走馬灯幻想世界、ファンタズマゴリアについて、ハントが無から有を産む体《てい》に言い出した新しい解釈をめぐって議論が紛糾していたからである。

数学の実用性は、限られた範囲ながら、現実の物理過程を数式によって近似的に記述し得る僥倖《ぎょうこう》にある。どうしてそのような対応が成り立つのか、明快な理由があるわけでもないが、科学者や技術者にとってはありがたいことに、未知の情況や設定のむずかしい情況で実験を行うのに数学モデルは有効である。例えば、橋梁《きょうりょう》の設計一つにしても、その良否を検討する手段として数学モデルを使えば、実際に橋を架けて強度を試験するよりもはるかに簡単で、しかも安上がりである。設計者は数式を駆使して机上に橋のモデルを作り、そこにモデルの汽車を走らせ、あるいはモデルの風を吹かせて何が起こるかを予測することができる。しかし、科学が現実世界をより深く正確に解明するにつれて、いささか事情が変わってくる。そこでは複雑性や非線形性がより重要な意味を持ち、数式では扱いきれない場合もある。やがては実物が作られたモデルのさらに優れたモデルであるような場面にまで立ち至るのである。一輪の水仙、あるいは、それを形作っている細胞の一つ、ひいてはその細胞から取り出したDNA分子一個の方が、記号を用いて分析的に記述するのに必要な夥《おびただ》しい数式よりもはるかに簡潔明快にそこで起きていることを語ってくれる。

現実を模写するコンピュータ技術は単に分析的な方程式を機械的に解くことからはじまって、次第に高度なシミュレーション技法へと発展した。この段階的発展の方向はシステムの構造に反映されている。演算速度と精度に対する要求が高まるに従って、受動データをボトルネックに送り込んで集中処理しようという考えに基づく初期の設計哲学に代わり、多くの単純な装置を並列して大量のデータをその場で同時に処理する考え方が主流を占めるようになった。

ガニメアンの技術ははるか以前にこの方向で究極の水準を達成していた。ガニメアンのシステムは三次元に配列された厖大《ぼうだい》な数の微細な素子から成っている。個々の素子は、データ処理、記憶、伝達の基本的な機能を統合する限られた性能を有するにすぎないが、多数の素子が協同することによって、システムは大量の情報を扱うことができる。ゾラックは比較的初期の発展段階で完成を見たシステムだが、テューリアン星間文明の全域に跨《また》がって瞬時に仮想移動をやってのけるヴィザーの驚異的な性能は、まさにコンピュータ技術の極点である。

テューリアンの巨大システムを構成する素子は一つ一つが単元的な処理装置で、上下、左右、斜めすべての方向で隣接する素子同士、一連のごく単純なプログラミング法則に従って情報交換を行っている。

「いくつかの属性、例えば、量子数《りょうしすう》といった固有の特性に規定される根元的な実体が、基本法則に従って相互作用をしているとするね。何のことはない。要するに……」ハントはUNSAの研究室に呼び集めたダンチェッカー、シローヒン、ダンカン・ワットの面々を見渡した。「量子力学的エネルギーの粒子を考えればいいわけだ」

ハントは話を続けた。

「素子が格子状に配列されたシステムの構造、すなわち、データ・スペースのマトリックスの中で、励起《れいき》状態にある素子はわれわれの知っている通常の物理的空間における基本粒子と同等の特性を持つと考えられる。わたしの言う意味はわかるだろう。量子力学的粒子の正体がどのようなものであるかは、この際、問題ではないのだよ。何であれ、動きは似たようなものだからね」

ハントは目をしばたたいて一同の反応を窺《うかが》った。ダンチェッカーとシローヒンはすぐには呑み込めない様子で、黙ってハントの顔を見返すばかりだったが、長年ハントと一緒に仕事をして、思いも寄らぬところから発想が湧いて出る場面には馴《な》れっこのダンカンはたちまち膝を乗り出して、真っ先に口を開いた。

「つまり、素子は無数にあるけれども、そのうち、特定の状態にあるものだけが、データ・スペースにおいて実体を持つ、ということだね？」

ハントはうなずいた。「その通り。励起状態にない素子は情報を交換しない。粒子が場の量子を交換しなければ相互作用はないのと同じだよ。だから、それぞれに固有の特性があるにしても、励起状態になければ素子の存在は無に等しい」

「なるほど」ダンカンは顎をさすってハントの言葉を反芻《はんすう》した。「つまり、その場合、マトリックスはディラックの空孔《くうこう》理論で言うところの〝負エネルギー電子の海〟と同じ状態であるわけだ。粒子は正エネルギーの準位に叩き上げられることによって特定される位置でしかない……。うん、よくわかるよ。粒子が正エネルギー状態に変わった後へできる空孔が、いわゆる反粒子だ」

「半導体の空孔がこれだね」ハントはうなずいた。「きみの言う通りだよ」

ダンチェッカーは椅子の背に凭《もた》れ、何から話しはじめたものか戸惑うふうに瞬《まばた》きを繰り返して大きく溜息《ためいき》をついた。「ちょっと、はっきりさせておきたいのだがね。それは、マトリックス内の演算処理過程で起きてくることではないだろう。つまり、ソフトウェアが生み出す効果ではないね？」

「ああ」ハントはうなずいた。「システムの構造そのものに本来的に内在する問題だよ。コンピュータ環境の意図せざる副産物と言ってもいい。早い話が、パンに黴《かび》が生えるようなものだ」

「なるほど」ダンチェッカーはそっけなく言った。必ずしも納得したわけではないが、ともかく、もう少し先を聞こうという態度だった。「そこまではいいとして、それから？」

「考えれば考えるほど、ジェヴェックスの内部で何かそのようなことが起きているに違いないという確信が深まる一方なのだよ」ハントは言葉を接《つ》いだ。「どういう事情によるものかはともかく、遠い過去のある時点でジェヴェックスの処理スペース内にある種の条件がととのって、励起した演算素子がわれわれの宇宙における基本粒子の働きをするようになった」

「巨根《ビッグ・ワン》の勃起みたいに？」ずっと話を聞いていたゾラックが軽口を飛ばした。

「冗談はなしだ、ゾラック。今は真面目な話をしているんだから」ハントは手を上げてゾラックをたしなめた。「そうして、われわれの宇宙と同じように、その基本粒子から一つの宇宙が進化した。ソフトウェアの模擬効果ではない、現実の宇宙だよ。きみに対する答がこれだ、クリス。ファンタズマゴリアは実在する。どこから出現したかは今話した通りだ」

「ちょっと待った」ダンチェッカーはいたたまれずに立ち上がり、一瞬、あらぬかたを見やってから、わけのわからぬことを口走りながらテーブル越しにハントに向き直った。「いったい何の話だ、これは？　わたしらはここで、真面目に科学を論じているのではないのかね？　譬《たと》えにもせよ、きみの話は牽強付会《けんきょうふかい》にすぎる」

そう来るに違いない、と読んでいたハントは少しも慌てなかった。「まあ、落ち着いて
「冗談じゃない。こんな馬鹿げた話は聞いたことがない。データ処理の抽象概念から物理学をでっち上げるとは……。いいかね、ヴィック。わたしは……」

「とにかく、わたしの言うことを聞いてくれないか、クリス。素子はすでにして定位特性を持ってマトリックス内に位置を占めている。わたしの理解が間違っていないとすれば、テューリアン・システムには機械符号変換を制御する包括的なプログラムが与えられていて、それがために、励起した素子は互い同士、絶えず情報を交換しているのだね」

「ええ、その通り」シローヒンが言った。

ハントはうなずいた。「そこまではよし、と。わたしは正直に言って、遠い過去にジェヴェックスが作られた時の設計哲学がどういうものであったかについては何も知らないよ。ただ、ここは話を進める都合で、情報をやりとりする素子の間の距離をできるだけ短くするように、最適化基準が設けられていたと仮定しよう」

「話を進めるための仮定とはいいながら、それは事実と考えているわけだろう」ダンカンは心得顔で言った。

「そういうことだ。そこで、例えば、ある一つの素子の右側で交換される情報量が左側よりも多くて、右隣の素子においてはこれが反対だとしたら、この二つの素子の座標を交換すれ

ば効率はもっと高くなる。これは事実上、各素子がマトリックス内を一スペース量子分だけ移動したと同じことだ」

「言うなれば、プランク長《ちょう》だな」ダンカンは仔細《しさい》らしげに呟《つぶや》いた。

ハントは重ねてうなずくと、さらに言葉を接いだ。「あるいは、こうも言えるね。独立した素子が別方向で異なる量の情報を交換する場合を考えると、当然、その素子は情報量・時間・距離の総和を最小にして、対抗する力にバランスするような動き方をするだろう。言い換えれば、情報交換のプロセスが力のベクトルの座標系を形作るなら、最適化規準によって作業量の最も少ない経路、ミニマム・アクション・パスが決定される。測地線の極値、つまり、最短距離だ。わたしはゾラックでシミュレーションをやってみたよ。ここで必然的に生じてくるのが重力の問題だ」

シローヒンはハントの顔を覗《のぞ》き込んで、ゆっくり押し出すように言った。「互いに引き合う粒子で満たされた空間を想定しているわけですね。原始宇宙の状態ね」

「その通り」

「斥力《せきりょく》についてはどうかな」ダンカンが尋ねた。「電荷に相当する何かがあるんだろうか?」

ハントはちょっと首を傾《かし》げるようにして、突っ立ったままのダンチェッカーをふり返った。生命科学の第一人者ははたと膝を叩きこそしなかったが、最前《さいぜん》の喧嘩腰《けんかごし》な態度は影を潜めていた。「クリスの言う通り、類比に頼りすぎるのは禁物だろうね」ハントは言った。「が、それはともかく、わたしなりの考えはある。例えば、何もかもが引力のみによって最小のエネルギー状態に崩壊するとなると、全体は稠密《ちゅうみつ》なかたまりとなって情報の流れる余地がなくなってしまう。つまり、素子間の距離は能《あた》う限り最短になるけれども、システムは窒息を起こして機能しない。つまり、最適化規準は一つでは不足だということだね。反対に、情報が移動する自由空間を最大にする規準を導入しなくてはならないわけだ。この二つの要請がせめぎ合うところに何が出現するかといえば、おそらくは生物の方で言う凝集塊に似た有機的組織体だ。そこには下界とほとんど交渉のない同種のプロセスだけが寄り集まって、これを隔てる空隙《くうげき》では、また別のことが起こるのだね」

「興味深いお話ですこと」シローヒンは声を殺して言った。

「お楽しみはこれからだよ」ハントは勢いづいた。「素子はビット反転動作にある一定の時間を要するはずだね。従って、大きな凝集塊は小さな塊にくらべて動きが鈍重になる。つまり、抵抗は凝集する素子の数に比例するわけだ」

ハントが質量になぞらえて物を言っていることは誰の耳にも明らかだった。

彼はさらに続けた。「集合体が移動している時に情報交換の効率を高めようとしたら、集合体を構成する個々の素子に反転動作をさせる代わりに、パターン・スイッチングのアルゴリズムを用いればいい。設定されたパターンは外部から力の作用を受けない限り減速しないからね」

今度は慣性の法則である。

「ところが、素子が一個であっても、マトリックス内における情報伝達の速度は最終的にスイッチング・スピードを超えることはない」

ハントの宇宙では、速度に相対論的限界があった。

「それはあくまでも、例えばの話だね？」ダンチェッカーが口を挟んだ。声はまだいくらか上ずっていたが、もはや最前のように尖《とが》ることはなかった。これもまた一種の慣性で、ダンチェッカーは気を取り直しかけていた。「証明された事実ではないね。科学を論じているわけではないな？」

「ああ、もちろん」ハントは相槌《あいづち》を打った。「とはいうものの、これでどこへ目を向けたらいいか、だいぶはっきりしてきたのではないかね」

ダンチェッカーはふんと鼻を鳴らした。「どこへ目を向けるだって？ ジェヴェックスの中を覗《のぞ》くどころか、だいたい、システムがどこにあるかさえまだわかっていないじゃあないか」

シローヒンはハントの言わんとすることをはじめて完全に理解して、はっと顔を上げた。「わたしたちがいるこの現実の宇宙は空間を占める夥《おびただ》しい基本粒子から進化しました。複雑な構造が自律生成する潜在過程を含む物理法則と確率の法則に従って宇宙は生まれたのです」彼女は言った。「そこから知性が顕現するまでに高度に複雑な存在が登場したのみならず、その知性が認識する印象と体験の世界、それも、根底をなす量子力学的現実とはおよそかけはなれた、統一体としての世界が生まれました。だとしたら、コンピュータのマトリックス宇宙にも、これに劣らず高度に複雑な存在が出現するというのはまったくあり得ないことだろうか……？　あなたは、そうおっしゃるのですね」

「わたしは間違っているかな？」ハントは肩をそびやかした。「ニクシーの世界がわれわれの知っているこの宇宙に実在し得ないことは明らかだ。にもかかわらず、どこかに実在することはもはや疑いない。その世界の不思議な特質の依《よ》ってきたるところについても、これでいくらかは説明がつくのではないかね。さっきも言った通り、二つの世界の間には多々類比を見出《みいだ》すことができる。少なくとも、物体が空間を移動する原理は両者に共通だ。しかし、向こうの世界の現実を表現する物理法則は、われわれの宇宙の量子力学的法則に従うものではないのだね。では、向こうの世界を支配するものは何かといえば、プログラマーがシステムに与えた命令だ。だから、われわれの常態や因果律の概念が通用しなかったところで異とするには当たらない。こう考えてくると、これまでのニクシーの話はすべて無理なくうなずけるのだよ」

「まさか、プログラマーがはじめからこうなることを意図していたというんじゃああるまいね」ダンチェッカーは納得しかねる顔だった。

ハントは首を横にふった。「ジェヴレン人の誰一人、何が起きているか気がついてはいないだろう。言わばこれは予期せぬ出来事で、ジェヴェックスというシステムを構築する目的から派生した鬼っ子のような副産物だよ。当然のことながら、マトリックス宇宙に出現した人種も、自分たちがどこからやってきたかわかっていない。それはそうだろう。わたしらはこの現実がエネルギー量子を基礎として成り立っていることを知っているけれども、彼らの場合、現実の基礎が情報量子であることを先験的に認識し得るわけがないのだからね」

ハントの言葉に暗示された進化の予測に大いに関心をそそられて、ダンチェッカーは席に戻った。「いいだろう、ヴィック。とりあえずその奇想天外な仮説を支持するとしよう。断っておくが、あくまでも議論のためであって、わたしがただちにきみの説を信じるというのではないよ」

「ああ、わかっているとも」ハントは真顔でうなずいた。

「一つわたしが疑問に思うのは、その宇宙の大きさだ。われわれの宇宙よりはよほど小さいものであることは言うまでもないだろう。にもかかわらず、同等の複雑な構造を持つとしたら、励起状態の素子の数はわれわれの宇宙に存在する粒子に匹敵するほどでなくてはならないはずだ。どう考えたって理屈に合わない話じゃあないか」

「サイズから言って、宇宙全体の規模に対して基本素子の占める比率は、粒子よりもはるかに大きい値を取りますね」シローヒンが言った。「宇宙は量子粒状性を呈しているでしょう。非線形性が顕著で、空間の曲率も大きいのではないかしら」

「境界効果も重大だろうな」ダンカンは半ば独りごとのように言った。

ダンチェッカーは焦《じ》れったそうにうなずいた。「ああ、諸君の言うことはいちいちもっともだよ。いやね、わたしが問題にしているのはもっと初歩的なことなんだ。生命と知性を維持する構造となると、その複雑なことといったらない。数の知れた部品を組み立てて装置を作るなんていうのとはわけが違う」ダンチェッカーはこんなことくらいわからないかとでも言いたげに両手をふりまわした。「そうだろう。素子の数だけだって厖大《ぼうだい》なものになることは避けられない。天文学的数字などといってもおっつかないほどではないかね。いったい、それだけの処理能力と容量を持つ大きなシステムを置く場所がどこにあるね？ きみの発想は実に卓抜だよ、ヴィック。その点はわたしとしても認めないわけにはいかない。しかしね、もしわたしがざっと計算した数字に間違いがないとすれば、ニクシーとヴィザーの話から想像されるほど高度に複雑で、かつ多様性のある世界を生起せしめる充分な可能性を考えると、システムの規模はちょっとした惑星一つ……」

ダンチェッカーは自分自身が言おうとしていることの本当の意味に気づいてふっと口をつぐんだ。一同もまた咄嗟《とっさ》にその意味を悟った。シローヒンは愕然《がくぜん》として声を失い、ダンカンはのけ反《ぞ》るように椅子の背に凭れた。

「そうか！」ハントは嘆息した。科学者たちは信じることを恐れるふうに互いに顔を見交わした。

謎の惑星アッタンの正体はこれだった。

ガニメアンの技術陣がジェヴレンのどこを捜してもジェヴェックスを発見する望みはなかった。

44

「幻に垣間見《かいまみ》たハイペリアには、驚くほど込み入ったからくり仕掛けがありました」スラクスは言った。「異界の住人の手で作り出されたからくりは、部分々々が見事に絡み合い、働き合って、あたかも意志あるもののごとく動くのです。動きが動きを誘い、さらにまた新たな動きを呼んで全体が一糸乱れず、群舞さながらに秘められた目論見《もくろみ》によって仕事を進めるありさまは実に目を瞠《みは》るばかりです。導師、ハイペリア人はあのようにからくりを操ることによって念力を凝らす重荷から解放されるのですか？ それとも、念力によって意のままにからくりを働かせることができるのですか？」スラクスは埃《ほこり》っぽい道の辺の岩上に並んで坐っているシンゲン－フーの顔を覗《のぞ》き込んだ。しかし、師はすっかり打ち沈んでスラクスの声も耳に入らぬ様子だった。蓬髪《ほうはつ》は乱れるに任せ、長衣は襤褸《らんる》と化したみすぼらしい姿にスラクスは胸が痛んだ。笏杖《しゃくじょう》こそ携えてはいたが、シンゲン－フーは見る影もなくやつれ果てていた。「ハイペリアには遠くのものを見たり、離れた土地にいる相手と話をしたりする仕掛けがあります。空の彼方にまで旅をすることのできる乗りものもあります。導師、ハイペリアという異界はいったいどこにあるのですか？ われわれのいるこの世界を包み込む、ひとまわり大きな世界ですか？ それとも、ハイペリアはわれわれが頭の中に作り上げた夢にすぎないのですか?」スラクスはもう一度、師の顔を窺《うかが》った。シンゲン－フーはうつろな目で足下の草の斜面を見下ろしたきり、表情を動かすでもなかった。

聖山の頂きで儀式の最中にニールーを敵と憎む神の手勢に攻められ、スラクスが昇天の機会を逸してからというもの、シンゲン－フーは塞ぎの虫に取り憑かれ、意志も気力も衰えきっていた。ニールーに見捨てられたか、さもなければ、ニールーは敵対する強い神に挫《くじ》かれたに違いないと思い込んだシンゲン－フーは傷心のあまり鬱《うつ》状態に陥り、自分の通力《つうりき》すら信じられないありさまだった。若い弟子たちの集《つど》っていた学堂も今はない。地底の神ヴァンドロスの表象、緑の三日月を掲げる神官にけしかけられた兵士の一団が傾《なだ》れ込み、跡形もなく破壊したからである。弟子たちは散りぢりに逃げ去ったきり、二度と再びシンゲン－フーのもとへは戻ってこなかった。シンゲン－フーは托鉢《たくはつ》をしながら辺境の村々を渡り歩いて辛くも命を繫《つな》いでいた。ただ一人、スラクスだけがそんな導師に付き従っていた。弟子の務めと心得てか、必ずや師の立ち直るであろうことを信じてか、あるいはただ行くところがなかったためか、それは推量の外である。

日はようよう西へ回りかけるところだったが、背後の丘には早くも黄昏《たそがれ》の闇が迫っていた。太陽はかつての輝きを失って天空を蹣跚《よろぼ》い、常夜に力無く鈍い光を点ずる星も今や数えるばかりだった。スラクスとシンゲン－フーはこの二日間、わずかに一握《いちあく》の野苺《のいちご》と泉のほとりで刈り取った水草を口にしたほかは何も食べていなかった。スラクスは密《ひそ》かに、ダルグレンの家で叔母ヨーネルが毎日のように食べさせてくれた盛りだくさんの料理や手製の菓子を思い出した。もう遠い昔のことのような気がした。それどころか、別の世界の体験とさえ思われた。スラクスは頭をふって気を取り直し、妄念を払い退《の》けた。

道の向こうの草叢《くさむら》で何かが動いた。茶と白の縞模様のあるスクレッジェンが下草の中に後脚で立ち、鼻をひくつかせながら大きな目で瞬《まばた》きもせずに師弟二人を見つめていた。スラクスは熱い湯気の立つシチュー鍋を思い浮かべた。カータの若芽を刻み込んで、野生のハーブで香りをつけたスクレッジェンのシチューを想像しただけで口中に唾《つば》が溢《あふ》れた。

「先生」彼はそっとシンゲン-フーに顔を寄せて耳打ちした。師が念力で金縛りにしてくれれば、石を投げ、あるいは棒切れで叩き殺すことができる。「あの草叢の陰。わかりますか？　あれを捕らえれば、今夜は腹いっぱいのご馳走《ちそう》です」スラクスは言葉を切って導師の様子を窺った。「食事にありつけるのです……ヴァル風味の、こってりしたスクレッジェンのシチューをこしらえましょう」シンゲン-フーは目をしばたたいてスラクスをふり返った。「ほら、あそこです」彼は声を殺して言った。「お願いします。まだおできになります。通力を失っておいでではありません」

シンゲン-フーは道の向こうに目をやって舌なめずりした。スクレッジェンは怯《おび》えるふうもなく、じっとこっちを見つめていた。導師はふるえる手を上げ、ほころびた衣《ころも》の袖口から節くれだった指を突き出すと、スクレッジェンに向けて気を放った。スクレッジェンは欠伸《あくび》を一つしてくるりと背を向け、蔑《さげす》むように尾をふりながら、逃げるともなく歩き去った。

「御報謝……難儀に喘《あえ》ぐ高徳の師に御報謝を」麓の村の広場で、スラクスは鉢を差し出して施しを乞うた。

「今日びは誰もが難儀をしているのに。ここをどこだと思っているんだろうね」通りがかりの女が腹立たしげに言った。

居酒屋の前にたむろしている農夫の一人が声をかけた。「何だ、おまえら修験者《しゅげんしゃ》か？　だったら奇蹟《きせき》を見せてもらおうかい」

「ここへ来る物乞いはみんなそう言うんだ」別の一人が言った。「田舎者だと思って馬鹿にしやあがる」

「これまでも町から泥棒が来てさんざんな目に遭っているんだ。とっとと失せやがれ」第三の農夫が罵った。

「わたしらは泥棒などではない。身を捨てて神に仕える者だ」スラクスは胸を張って言い返した。「ここにおいでの導師はな、ご自身は地上にお留まりなされて、多くの者に昇天の道を開かれたお方だ」

「何だ、導師だ？　このぼろをまとった糞爺《くそじじい》がか？　霊気の流れに憑《つ》かれたやつめらが考えることといったら酒のほかにありゃしめえ」農夫らは二人を嘲《あざわ》笑った。

「ここにおれの杖がある」第二の男が杖を持ち上げて言った。「頑丈な堅木の杖《つえ》だ。こいつに素手を潜《くぐ》らせてみろ。駆け出しの若い道者《どうしゃ》だってできることだ」彼は一緒になぶれと誘う目つきで左右の仲間を見た。「導師なら朝飯前だろう」農夫らは調子を合わせて哄笑《こうしょう》した。

「目にもの見せておやりなさいまし」スラクスは祈る思いでシンゲン‐フーに呟《つぶや》きかけた。「決して通力をなくしておいでではありません」しかし、シンゲン‐フーはその場に立ちつくしたまま、うつろな目で農夫の杖を見つめるばかりだった。

二人は群衆が雑言とともに投げつける石塊《いしくれ》や塵芥《ちりあくた》を浴び、犬に吠《ほ》えられ、ほうほうの体《てい》で村から逃げ出した。その夜、空に姿を見せたニールーは常になく陰が薄かった。闇の神は己《おの》れを恥じているのだ、とスラクスは思った。

オレナッシュの町なるヴァンドロスの神殿で、祭司エセンダーは幻を見た。ハイペリアから立ち返った聖霊が夢枕に現われて、やがて起こるであろう大いなる奇蹟のことを告げたのである。感動に打たれたエセンダーは王のもとへ急いだ。

「ヴァンドロスの怒りを鎮めるわれらが祈りは届きました。試しを受けた末、落ち度なしと認められた上からは、われらは救われることでございましょう」

「試しだと？　どのように試されたというのだ？」王は問い返した。

「ハイペリアよりこの世を見下ろす神々の試しでございます。われらは神々のもとに使徒を送る務めを課され、求めに適《かな》う働きをいたしました。それ故、大覚醒の暁《あかつき》には、神々に仕える下僕の長《つかさ》に選ばれるのでございます」

「ついに大覚醒の時は満ちたか。して、その徴《しるし》は？」

エセンダーは畏敬に声をふるわせた。「遠からず昼は戻り、星々は再び輝きを増すでありましょう。天空には旧に倍する光が満ち溢れることでございましょう。その時、ウォロスの民は神々の招きによって、挙《こぞ》って昇天いたすのでございます。ハイペリアの扉は開かれまする。神々の首長よりわたしに伝えられたお告げの次第、かくの通りでございます」

王は祭司の言葉に感嘆した。「まことにそのように告げられたというのか？　疫病は去って、世界はもと通りになるとか？」

「神々の間に激しい戦《いくさ》がございました。天空に光を満たす力が盗まれ、世は累卵《るいらん》の危機に瀕《ひん》しましたが、その力も旧に復しました。ニールーの旗を穢《けが》す偽り者どもは、ヴァンドロスの緑の三日月を掲げる正しき者に屈したのでございます」

「されば、民は挙って天に昇るとか？」

「今ぞハイペリアを冒瀆《ぼうとく》せし者どもの滅びの時。ウォロスよりして異界に昇る篤信の民は神神の怒りを世に伝う軍勢となりましょう。大君は万軍の主、わたくしは兵士らを鼓舞する予言者でございます」

「すりゃ、われわれはハイペリアを見知るというのか？」王は驚倒《きょうとう》の体《てい》で言った。

エセンダーは感極まって声を張り上げた。「われらこそは、ハイペリアを支配いたすのでございます」

45

ジェヴェックスが、事実、ハントら科学者グループの想像に違《たが》わぬものであるとすれば、ジェヴレンの兵器産業は連邦建設者がアッタンの地表でほんの片手間に進めていた仕事にすぎまい。連邦派は惑星内部を刳《く》り抜いて、h－スペース情報通信網を介してジェヴレン世界を制御するジェヴェックスの一体型超大規模データ処理マトリックスを構築する計画だった。究極の狙いは、言うまでもなく、テューリアンのヴィザーに勝るとも劣らぬ自前のシステムを持つことである。計画の秘密を守るため、連邦派はヴィザーのようにシステムを世界じゅうに分散させず、一ケ所に集中した。ジェヴレンで機能する装置はシステムの遠隔インターフェース端末でしかなかったのである。

かくてマトリックス宇宙の誕生を可能にする特異な条件がととのった。ハントはこれを在来の外宇宙〈エクソヴァース〉との対比で内宇宙〈エントヴァース〉と命名した。ことのついでに〈エント〉は内宇宙人を意味するようになったが、トールキンのファンタジー世界を思わせる含蓄ある名称としてこの呼び方は大いに歓迎された。

すべては極めて興味深く、かつ刺激的で、科学者ならば長年にわたって思考を翫《もてあそ》ぶに足る新たな材料と言ってよかった。しかし、ダンチェッカーが指摘した通り、これはあくまでも仮説の域を出ない。ニクシーがハントの仮説を支持したからといって、また、アッタンに構築された惑星規模のジェヴェックスがジェヴレン世界に分散されたシステムと同等の機能を持つというだけの理由で、ファンタズマゴリアがソフトウェアに起因する幻想である可能性を捨てさることはできなかった。言い換えれば、エントヴァースが実在するか否かはアッタンへ行ってみなくてはわからないことである。

が、それはともかく、ジェヴェックスがアッタンに集中しているとすれば、ユーベリアスの動機がシステム乗っ取りであることは明白だった。支配権を握った後に何を企んでいるにせよ、この事態は見過ごせない。JPCとテューリアンが権限を手放すのは考えものである。それを防ぐには、ガルースがカラザーに直談判《じかだんぱん》するほかなかった。しかし、臆測で物を言ったところではじまらない。ガルースの立論を能《あた》う限り説得力あるものにするため、科学者グループは夜を徹して話し合い、テューリアン側から出されるであろう質問を想定してファンタズマゴリアの特異性をエントヴァース仮説がどこまで説き明かせるか検討した。

ハントはエントヴァースにおいて固体と認識されるはずの、励起《れいき》した素子の凝集体の移動を考える際、パターン・スイッチング・アルゴリズムを基礎的な前提条件としたが、これが一連の神秘現象解明に道を開いた。テューリアンの初期のデータ処理技法に目を向けたシローヒンは、マトリックス内を進行するパターンはその前縁において後端のビット反転より早く素子が励起されるのが普通であることに気づいたのである。この時間差によってわずかながら二つのパターンが重複し、その分だけ静止状態にくらべて移動の方向に長くなる。伸長の度合いは移動の速さに比例するから、エントヴァースでは動くものは大きさが一定しない。加えてヴィザーが推理した通り、惑星の自転の影響で、変化の方向は時刻によってもまた異なる。エクソヴァースにおいては物事に規則性があり、一定不変である故に、科学という知識の体系が成立した。機械技術はその応用である。物の大きさ一つ定まらないエントヴァースに科学技術が生まれなかったとしても無理はない。

エントヴァースにおいて、時に固体同士が浸透し合う現象はどう説明されるだろうか？　励起した素子の量子数が一種の優先順位表示であると考えれば、これはさしてむずかしいことではない。二つの物体が出会えば互いに相手の素子を奪い合うであろう。しかし、多くの場合がそうであるように、両者の順位が同等なら、そこで跳ね返るだけのことである。ところが、一方の順位が上である場合、その物体は接触している限り相手の容積を借りる形となり、離れる時にもとの状態に返すのである。異なる物質の間に働く親和力に差があることもこれで説明できる。一つの原因が常に同じ結果を生じるとは限らないエントヴァースでは、物事を予知することが困難である。往々にして天変地異がふりかかる。いずれも優先順位、すなわち伝送されるデータの相対的重要度の大小に起因することである。

科学者グループの話し合いが進むにつれて、エント人の中に奇蹟《きせき》を働く者があるということも、あながち不合理とは言えなくなった。そもそも、エント人の存在が情報処理量子《りょうし》の上に成り立っているのであってみれば、彼らのいわゆる念力が周囲に影響を与えるものだとしてもさして不思議はない。例えば、ある物体を形作る素子の活動レベルを変えて重力に対する反応を調節し、あるいはまた、その物体に他から放射された力を与えることも可能であろう。アヤトラたちが魔法を信じて疑わないわけもこれであらかた説明される。エントヴァースでは、魔法は日常茶飯のことである。彼らがテューリアン・コンピュータの内部処理機能と直接対話する特殊な能力を備えているのは出自と無関係ではあるまい。

「地球では神話、伝説で片づけていたことも、何だかそうではないような気がしてきたわ」コーヒー休みになって、ジーナはハントに言った。「オリンポスの神々とティターン族の戦いとか、半獣神とか……神々が山上から岩を投げて町を埋めてしまう話とか。あれはみんな本当のことで、ただ、舞台が違うだけではないかしら。ジェヴレンが地球に送り込んだ工作員の中には、きっとエント人もいたはずよ。エント人が過去の体験として話したことが地球の歴史に混じり込んで神話伝説が生まれたとしても不思議はないわ」

ハントはしばらく考えてから言った。「エルヴィン・シュレーディンガーは、この大宇宙が量子スケールよりはるかに大きいのは量子の揺らぎが完全に除外されたところにはじめてわれわれが物事を認識するのに必要な秩序が生まれるからだと言っている。つまり、秩序の原点は素粒子論の基礎である不確定性にあるのだね。ところが、もし、エントヴァースについてわたしらが今ここで話し合っていることが事実なら、コンピュータ数学的に厳密正確な働きから、ゆくりなくも予知不可能な巨視的宇宙が誕生したことになる。考えてみれば皮肉な話じゃあないか」

フォトンの流れがエクソヴァースの隅々まであまねくエネルギーと情報を伝達すると同様、

転変きわまりない厖大《ぼうだい》なデータの錯綜《さくそう》するパターンがエントヴァースの基盤を形作っている。外部から注ぎ込まれたデータは、これを処理する素子のマトリックスの海を流れ進んで、やがて出力ゾーンに落ち合い、エクソヴァースに抽出される。

このことから、ただちに思い浮かぶのはエネルギーと質量を吸い込む在来宇宙のブラックホールである。ダンカンは、ニクシーが夜空に見たという紫の螺旋《らせん》は出力領域に生じたデータの渦流ではないかと考えた。してみると、エントヴァースの星はデータの入力口ではあるまいか。もし、その想像が当たっているならば、ガニメアン政府がジェヴェックスを遮断して以降、エントヴァースはほとんど星も見えない暗夜の底に沈んでいる筈《はず》である。それかあらぬか、先頃アヤトラに変貌したマッカーサーは神々の星を消し去ったことについてただならぬ怨念を抱いている。

ニクシーは、ある明るい星をめぐって一年周期で波動し、交錯する星座群のことを話した。彼女の記憶する星座の、季節ごとのおおよその位置からゾラックがシミュレーションを繰り返してスクリーン上にエントヴァースの星空を描き出した結果、ファンタズマゴリアがそのまわりに軌道を描いている星は立体格子上に配列されたデータ入力口の一つに相当することがわかった。格子の行列上に並ぶ星は、惑星がその行列を横切る時、見かけの運動として集まり散じるのであった。データ入力口と出力口の配置は情報処理の作業負荷を均等に分散させる効率的な設計に違いなかった。

最後に一つだけ、カラザーとの交渉に臨むにあたって、たとえその場限りであろうとも、ひとまずは納得の行く説明を用意しておかなくてはならない問題が残った。すなわち、エント人がいかにしてエクソヴァースの存在を知り、かつ、いかにしてこの現実世界に立ち現われたのか、ということである。意外にも、答を出したのはとっくりと時間をかけてニクシーと話し合ったダンチェッカーだった。科学者グループは数時間の仮眠を取り、昼休みに再びガルースの執務室に集まった。翌日の午前中、ハント、ガルース、シローヒンを前に、ダンチェッカーとニクシーは結論を披露した。

例によって、ダンチェッカーはジャケットの襟を軽く摑《つか》んで立ち、講義口調で話した。ガルースは自分のデスクに坐り、シローヒンは片側に椅子を寄せてダンチェッカーの話に耳を傾けた。ニクシーは一面の壁を占めるディスプレーを背にして控え、ハントは腕組みをしてドアに凭《もた》れていた。地球を発《た》つ前にコールドウェルは、今度ハントが何か持ち帰るとしたら、それは宇宙を措《お》いてほかにあるまいと言った。あの時、ハントは無理な注文と笑って取り合わなかったのだ。

「エント人は、高密度大容量のデータ処理演算マトリックス内部に出現した世界の生きものとして進化した」ダンチェッカーは自分たちの仮説を、あたかもすでに立証された事実であるかのように話した。この後ただちにカラザーと面談することにしているガルースを後押しする科学者グループのために、理論の復習とまとめをしておこうという態度だった。「進化の過程でエント人は彼らの世界に溢《あふ》れる情報の流れを読み取って解釈する能力を獲得した。

これは、われわれがエネルギーの流れ、ないしはフォトンの流れを読み取るのと同じことと考えていいだろう。ところで、エントヴァースを抱き込んでいるマトリックスの本来の機能は、厖大な量の神経情報を処理することである。言い換えれば、この情報の流れはカプラーによってシステムに接続しているジェヴレン人の意識に出入りするのだね。情報の流れは符号化された印象、概念、認識を運んでいる。能力に恵まれた一部のエント人は、言うなればチャンネルを合わせるように自分の意識をこの流れに同調させて、読み取れる形で情報を拾い出すことを覚えたのだよ」

「それがわたしたちの見た幻よ」ニクシーが言葉を挟んだ。「今ではそれが外の世界の景色だとわかるけど、その当時は見たことも聞いたこともないようなものばかりで、不思議な幻としか思えなかったわ」

ハントとダンカン・ワットの間でこの可能性が話題に上ったこともないではなかった。皮肉なことに、ハントがそれ以上深入りを避けたのは、とうていダンチェッカーを納得させる自信がなかったからである。

「ニクシーの言う通りだよ」ダンチェッカーは先を続けた。「科学的に物を考える習慣もなし、エクソヴァースに関する知識もなかったエント人は、自分たちの体験を語る言葉を持たなかった。それ故、幻は異次元世界の風景と理解するしかなかったのだね。天上界、あるいは、あの世の風景といってもいいかもしれない」ダンチェッカーは大教室の学生を相手にする表情で面々を見渡した。「ところで、エントヴァースに働くもろもろの自然力の相対的な強さは、われわれの知っている力の比率と同等かというと、決してそうではない。とりわけ、巨視的レベルにおける重力の支配は、エクソヴァースの場合その物理特性をあらかた決定して、かつ、質量と重さに第一義の役割を与えるものだけれども、エントヴァースでは、重力はさほど根元的なものではないらしいのだね。どうしてかはもっと詳しいことがわからなくては正確に説明できないのだが、ニクシーとヴィザーの話から察するに、どうやらエントヴァースでは界面効果の方が大きな役割を負っているように思えるね」

「全体の規模が小さいためだろうかね？」ガルースが遠慮がちに言った。

ダンチェッカーは片手をちょっと襟から離した。「さあ、それはどうだろうか。今の段階では電荷やクーロン力に相当するものを仮定する根拠はない。従って、分子間の吸引力もエクソヴァースにおけると同様な量として捉えることができるかどうか、その点は何とも言えないのだよ」

ハントは大いに関心をそそられた。これは彼が考えもしなかった問題である。

ダンチェッカーは言葉を接《つ》いだ。「わたしは思うに、エントヴァースの隅々にまで浸透してすべてを支配する根底的な流れは、われわれの世界にはこれに相当する何物もない物理的特性を有する実体として顕在化するのだね。その効果は精神的交感によってこれを制御して、方向を持つ収束した力に変換することができる」

「わたしたちの言う魔法がそれよ」ニクシーが脇から説明を補った。「その道に入ってある程度修行を積めば、意志の力で指先から光の矢を放てるようになるわ。宙に浮かんだり、念力で物を持ち上げたりできる修験者《しゅげんしゃ》もいるわ」

ダンチェッカーは人差し指を立てて一同の視線が自分に集まるのを待った。「しかしながら、最も強い流れは天文現象のように高いところを走っているのだよ。エント人の中に遠くのものに意志を及ぼすことのできる者がいることはすでに見てきた通りだが、そういう一部の異能者たちはいつの頃からか、流れを引き寄せて掴み取る術《すべ》を身につけた。流れはすなわち力に変換される。その力によって出力領域に運ばれるのだね。こうして彼らはカプラーに接続している神経組織に乗り移る。まったく新しい存在に生まれ変わって外界を眺めている自分を発見するわけだ。それはかつて幻でしか見たことのない世界、しかも、彼らを除く大多数は幻にすら見たこともない世界だよ」

シローヒンはそっとみんなの表情を窺《うかが》った。「エント人の人格を形作っていた情報パターンが何らかの形でデータストリームに取り込まれて、エクソヴァースの宿主の脳に移転して自己表現をするということですね」

ダンチェッカーはややあって肩の力を抜き、ゆっくりとニクシーの脇のディスプレー・パネルに歩み寄った。「その正確な仕組みとなると、正直な話、わたしにもよくわからないのだがね」

それはハントにしても同じだった。「カラザー以下、テューリアン当局がこんなことで納得するだろうか?」彼は左右をふり返って言った。「ヴィザーによれば、ニクシーの記憶は実のところ、現在、彼女の神経組織の活動によって描き出される映像だよ。ニクシーがエントヴァースで人間の姿をしていたというのもそのためだ。だとしたら、エントヴァースで進化した知能の構造がわれわれといかに異質なものか、想像を絶するというほかはないな。そういう起源を持った意識が人間に乗り移って、はたしてただちに機能する足場を見つけられるものだろうか？」

ダンチェッカーは何も映っていないスクリーンから向き直った。「ああ、まったくきみの言う通り、信じ難《がた》い話だよ。それどころか、ありていはわたし自身、こんなことがあっていいはずのものではないという気持ちが強い。にもかかわらず、すでにわたしらは抗すべくもなく、現実にそういうことが起こっているという結論に傾いているのではないかね？　どうしてそれが起こり得るかの問題に答えるためには、もっともっと豊富な知識が必要だよ。わたしらは人間の意識について、何も知ってはいないのかもしれない」ダンチェッカーは片手をふり上げた。「だから、なおのこと、アッタンの実情を調査する必要があるのだよ」

「その過程は、不可逆なのだね？」ガルースが質問を挟んだ。

「ああ、その通り」ダンチェッカーはうなずいた。「エント人の存在を支えている情報のかたまりは出力領域で消滅するからね。文字通り、エントヴァースから忽然《こつぜん》と姿を消してしまう」

「ブラックホールの瞬間移動と同じようなものだよ」ハントが脇から言った。「情報内容が出力口を抜けて別のところへ実体化するわけだ」

「そうすると、肉体は移動しないのだね？」科学者ではないガルースはダンチェッカーの話を理解しようと悪戦苦闘している様子だった。「エント人の体はどうなるのかな？」

シローヒンがちょっと躊躇《ためら》いを見せながら言った。「あなたはまだわかっていないようね、ガルース。もともと肉体なんてどこにもないのよ。すべては情報の話なの。エントヴァースという世界そのものが、情報の作り出す空間なのよ。エント人が世界を形あるものと認識した事実はまさに、エントヴァースの進化の産物よ」

「ああ、なるほど……それでわかった」ガルースはしばらく考え込んでから、ふっと眉を寄せた。「しかし、エントヴァースへ帰る道があるという話ではなかったかな？　ニクシーは霊魂が戻って、弟子を集めて昇天の日のために教えを垂れると言った」

「帰る道はあるのだよ」ダンチェッカーが引き取って説明した。「ジェヴレンのニューロカプラーだ。アヤトラも、一般のジェヴレン人と同じようにカプラーを使うことができる。カプラーに接続して……」

ゾラックが割り込んで緊急の用件があると告げた。

「何だ、ゾラック？」ガルースは問い返した。

「警察の副署長、ランゲリフが面会を求めています。ジェヴレンの独立と民族自決を掲げてPACを制圧する趣意です。あなたから行政府のスタッフに全権限の委譲を指示するよう要求しています。只今《ただいま》をもって、ただちにです」

46

ガルースが愕然《がくぜん》として声もなく立ち上がるところへ、ランゲリフがそっくり返って踏み込んだ。数人の警察官が付き従っていた。ランゲリフは声明文と思《おぼ》しき書状をガルースのデスクに叩きつけた。彼らはそれぞれに武器を帯びていた。軽いショックから即死までプラズマの強度を自由に変えられるジェヴレンの標準警察仕様ビームピストルである。

ハントは明白な情況を見過ごしていたと悟って歯ぎしりした。警察の協力的な態度。危機管理に関する研修会。ここ数日、PACに詰めかけているジェヴレン人たち……。科学者グループの誰一人、それらの事実と反乱を結びつけて考えようとはしなかった。オベインの不慮の死にしても、暗殺の可能性を強く疑いながら、もしそうだとすれば、違法なカプラー使用を闇商売にしているイチナが利益を守るために企んだこととして顧みなかったのだ。ユーベリアスはアッタンに移ったとしても、ジェヴレンで留守を預かる誰かが必要だったことは明らかであるにもかかわらず、カレンでさえそこに思い至らなかった。誰も彼も、エントヴァース仮説に心を奪われて、周囲の情況に神経が行き届かなかった。

「どの道、ガニメアンによるジェヴレン統治は近く打ち切られるはずと、すでに通告があったはずだな」ランゲリフは言った。どこかから情報が洩《も》れているに違いなかった。「とはいえ、支配者の顔が変わるだけでは意味がない。そのような事態を未然に防ぐため、われわれジェヴレン人民は今この場から自分たちの将来について責任を掌握することとする。これはわれわれの独立宣言だ。貴君の権限において、ガニメアン、テューリアン、地球人、ジェヴレン人すべてを含む臨時政府関係者全員に、われわれの意思に従うよう指示してもらいたい。われわれは妥協を潔《いさぎよ》しとしない。話し合いの余地はない」

「いや、きみは間違っている」ガルースは抗弁した。「ガニメアンのジェヴレン統治終結はJPCにその動議が提出されているだけであって、まだ決定には至っていない。きみは……」

ランゲリフは手をふってガルースを遮った。「それは単なる形式の問題でしかない。JPCの精神はよくわかる。人民の安全と資産を守って秩序を維持しようということだな。しかし、情況はすでに手に負えなくなっている。上からの命令を待つばかりで断固たる措置を取らないのは無責任ではないか。それ故、われわれは事態がこれ以上エスカレートするのを防ぐために行動を決意したのだ」

「耳を貸すんじゃない」ハントは低く言った。「ランゲリフはJPCの人間じゃあないぞ。そいつを焚《た》きつけた人物もJPCとは関係ない。これはクーデターだ」

「おまえの出る幕ではない。黙って引っ込んでいろ」ランゲリフは声を尖《とが》らせた。

ランゲリフとしては高潔な精神をふりかざし、理性に訴えてガニメアンを屈伏させる計算だった。居丈高《いたけだか》な態度は相手の動揺を誘うはったりである。これが、従来ジェヴレン人がいいようにあしらってきたテューリアンなら、ランゲリフの作戦は功を奏したかもしれない。

ところが、ガルースはテューリアンの遠い先祖に当たるガニメアンである。おまけに、彼は地球体験があって多少なりとも人間の心理を知っている。

「きみにそのように言われる筋はない」ガルースは昂然《こうぜん》と肩をそびやかした。「わたしの任期ははっきりと定められている。非常事態の懸念もない。そんな脅《おど》しに乗るわたしだと思うか？　きみが光軸教と気脈を通じていることは前からわかっている。遠からずＪＰＣもそれを知ることになるだろう。さっさとここを出ていってくれ」

ランゲリフは色をなして武器に手をやった。

「何をする気ですか？」シローヒンがガルースに加勢してせせら笑わんばかりに言った。「警官隊を連れてもこずに。ここにはＰＡＣの保安部が詰めているんですよ」

ガルースはデスクの脇の警報ボタンに手を伸ばした。が、それより早く、ランゲリフが肩越しにふり返って発した号令に応えて、一団の武装警官隊が傾《なだ》れ込んだ。

「やり方が汚いよ！」ニクシーが突っかかるのも構わず、ランゲリフは手真似で警官隊を室内に配置した。

「気の毒ながら、おたくの保安部は貴君が信じているほど任務に忠実ではない」ランゲリフは口を歪《ゆが》めて言った。「恭順の機会を与えたが、そっちから手荒なやり方を強いるとあってはやむを得ない。いいだろう」彼はハント以下、居合わせた者たちに向かってぞんざいに手をふった。「ようし。みんな、立て。指揮官の言う通りにしろ。おとなしく従った方が身のためだ」

「言語道断！」スクリーンの前に立ちつくしていたダンチェッカーは怒りに身をふるわせて、ようよう声を絞り出した。「こういう非文明的、暴力的手段に訴えて、いったい何が……」

「止《よ》せよ、クリス」ハントは諦め顔で言った。「ここで何を言ったってはじまらない」

ガルースがなす術《すべ》もなく突きつけられた銃口を見つめる間に、ほかの者たちは黄色い制服の無表情な警官隊が囲む中を戸口の方へかたまった。

一方、別動の警官隊は改築の作業員を装ったジェヴレン人集団とともにPAC各階に散ってオフィスやワークステーションからすくみ上がったガニメアン職員たちを狩り出しにかかった。デル・カレンは二人のジェヴレン人に銃を向けられて両手を上げていた。指揮官の警部補はデスクの脇のスクリーンに映し出されている状態表示を仔細《しさい》にあらためた。隣室でもコバーグとレバンスキーが不意を食らって武器を奪われ、身体検査をされていた。境のドアの隙間から、コバーグが左右に視線を走らせるのが見えた。距離を目測して反撃行動に要する時間を読んでいるに違いなかった。

「馬鹿な真似は止《よ》せ、ミッチ」カレンはドア越しに注意した。「おまえ一人が抵抗したところで風向きは変わらないぞ」

ジェヴレン人の一人に銃で肋《あばら》を突かれてカレンはうっと呻《うめ》いた。

「やかましい！」警部補はスクリーンを睨《にら》んだまま声を張り上げた。

と、そこで不思議なことが起こった。

外の廊下に足音が入り乱れ、叫び声が飛び交った。ジェヴレン人集団はうろたえてあたりを見回した。ドアの向こうでランゲリフの声がした。「ぐずぐずするな！　全員退去！　後のことは構うな。警部補ノーゾルト、パスカース、リトイターの三人はその場に残って捕虜を見張れ」

ジェヴレン人たちが先を争って廊下に走り出ると、ひとりでにドアが閉まった。カレンの部屋から苦痛の叫びが迸《ほとばし》って、見張りに残った二人は思わずふり返った。コバーグとレバンスキーがそのわずかな隙を見逃すはずはなかった。

カレンはジェヴレン警察の警部補が椅子から崩れ落ち、ガニメアンの対話装置を搔《か》きむしりながら床にのたうつさまを呆然と見つめていた。はずれたイヤフォンから洩れる周波数の高い、軋《きし》るような音は距離を隔てたカレンの耳にさえ、鼓膜を錐《きり》で突かれるほどだった。

「今のうちだ、ほら」耳の奥で呼びかける声にカレンははっとわれに返り、警部補の襟首を摑《つか》んで引き起こすと、武器を奪って、左右のストレートを顎に決めた。境のドアを抜けて隣室へ行くと、ちょうどコバーグとレバンスキーが床に伸びた見張りの二人から体を起こすところだった。

「どうなっているんだ、いったい？」カレンはいまだに情況が吞み込めずに言った。コバーグとレバンスキーは各自の武器を取り返した。

廊下のドアが再び開いて、ジェヴレン人の警官三人が飛び込んできたが、アメリカ人が彼らに銃を擬し、同僚の二人が床に倒れているのを見てたじたじと後退《あとじさ》った。カレンたちは警官を武装解除して廊下に出た。ランゲリフの姿はどこにもなく、最前《さいぜん》の混乱を説明する何物も見当たらなかった。近くの壁際にガニメアンが二人、茫然《ぼうぜん》自失の体《てい》で立っていた。

「どうなっているんだ、いったい？」カレンは同じことを尋ねた。

「わたしらにもわからない」ガニメアンの一人が答えた。「一度捕まったけれども、警官隊に命令があって、そのまま放ったらかしにされたんだ。向こうはすっかり混乱しているよ。どうやら、命令が食い違っているらしいね」

「ランゲリフはここへ来たのか？」

「いや、声がしただけで、姿は見えなかった」

そこへまた警官が二人、角を曲がって走り出た。コバーグとレバンスキーが押し止《とど》めて武器を奪うと、それを待っていたようにカレンの部屋のドアが開いた。すでに六人が閉じ籠められているところへ新入りの二人が加わって、ドアは自動的に閉まった。

「声は壁から聞こえたな」コバーグは狐につままれたような顔であたりを見まわした。「建物がそっくり自動装置になって警官隊を分断しているんだ」

カレンははたと膝を叩いて言った。「ゾラックだ、こいつはコンピュータの手柄だぞ」

「ほかに思案があるものかね？」耳の奥で、聞き馴《な》れた声が言った。「ランゲリフはガルースの執務室だ。これは政権奪取の企てだよ。PACには前々から反乱分子が潜入していたのだね。保安部は大丈夫だが、中には寝返ったのもいる。ああ、また警官が六人、R－5区をそっちへ向かっているぞ」

「まずそいつらを片づけよう」言うより早くカレンは先に立って廊下を急いだ。コバーグとレバンスキーはぴたりと後に続いた。

ガニメアン対話装置を着けていたのはカレンの部屋で高周波発信音に痛めつけられた警部補だけではなかった。PACのいたるところで、警官隊は矛盾する命令を受けて右往左往していた。何人かは途中で止まったエレベーターに閉じ籠められ、ありもしない脅威を告げられてロビーから偵察に出た一隊は背後でドアが閉じて孤立した。ここかしこで、少なからぬ反乱勢がドアに挟まれて身動きできなくなっていた。全体の数から言って、反乱勢は先に潜入した同志の手引きで乗り込んだに違いなかった。

ガルースの執務室と次の間の明りが消えた。そっと戸口まで移動したハントは、か細く甲《かん》高《だか》い電子音に続いて混乱した叫び声が闇を貫くのを聞いた。彼は咄嗟《とっさ》に床に伏せ、そのまま這《は》い進んでドアを抜けた。

手探りで動き回る人の気配がして、圧《お》し殺したやりとりが耳をかすめた。ガルースの部屋からランゲリフがジェヴレン語で命令を発した。ランゲリフはガニメアン対話装置をはずしているに違いなかった。ハントのイヤピースに通訳された命令が響いた。「散開しろ。出入り口を残らず塞げ。アブリンツ！　部下三名とともにコンコースへ回ってエレベーターを確保しろ」

別の声がこれに応じた。「ワーセレク、クウォン、ファッセロ。行くぞ」

執務室のランゲリフが叫んだ。「おい、今のはおれではない。トリックだ。その場を動くな」

たちまち同じ声がそれを言い消した。「おれはランゲリフだ。言う通りにしろ」

「耳を貸すな。これはまやかしだ」

「ランゲリフはおれだ。向こうこそ偽ものだ」

「どうすりゃあいいんだ？」暗がりで誰かが弱り果てて言った。

ゾラックがハントの耳に囁《ささや》きかけた。「壁に沿って八フィートばかり右へ行くと、向こうのドアへ通じるアルコーヴがある。ドアは開いている。その奥は機械室だ」

ハントは言われた通り壁に沿って移動した。エレベーター・コンコースの方から銃撃音とうろたえた叫び声が聞こえてきた。地球人の命令と、ジェヴレン人の応答がそれに続いた。

「わかった、降伏する！」

「両手を上げて出てこい」地球人はさらに命令した。「これで全員か、巡査部長？」

「この区画は制圧しました。反乱勢の三名は死亡しました」

「何だ、あれは？」ランゲリフが食ってかかるのが聞こえた。

「ＰＡＣの保安部が外を固めています」警官の一人が答えた。「この階は制圧されました。われわれは退路を断たれています」

「そんなことがあるものか」

「今のはおれではないぞ」またしても、もう一人のランゲリフが言った。

ハントは手探りでゾラックに教えられたドアを抜けた。デル・カレンの声が聞こえた。

「計算違いだったな、ランゲリフ。警官隊の半数はこっちの息がかかっている。この建物は封鎖した。もうこれまでだ。武器を捨てて出てこい」

「指示に従え」ランゲリフの声が言った。

「言うことを聞くな」ランゲリフは叫んだ。

ハントは暗がりに張り出した金具の角でいやというほど頭を打った。装置のラックや支柱を便《たよ》りにやっとの思いで立ち上がったところで、彼ははじめて事態を悟った。ゾラックは宇宙船の制御コンピュータである。〈シャピアロン〉号の乗員の安全を守ることは何にもまして重大な使命である。ガルース以下、ガニメアンたちが銃口を突きつけられて邪険にあしらわれるありさまを見て、ゾラックは唯一可能な行動を取ったのだ。

ランゲリフもまたそこに思い至った。「機械にしては上出来だな」彼は闇の中で唇を歪めた。「とはいうものの、ガニメアンを守る気なら、もうその辺でいい加減にしておけ。われわれはガニメアンを二人ここに拘束している。ドアの外にも何人か押さえている。五秒以内にもと通り明りを点《つ》けなかったら発砲するぞ」

「おい、聞いたか？」別の場所で誰かが言った。「地球人なんてどこにもいやあしない。あれはコンピュータだ」

背後のドアが閉まって明りが点いた。ハントは立ち並ぶ電子装置のキュービクルと錯綜《さくそう》するケーブルに囲まれていた。

「効果満点だな」彼はゾラックの働きを賞《ほ》めた。

「わたしとしてはこれが精いっぱいだよ」ゾラックは言った。「反乱勢の一部はあちこちに閉じ籠めたけれども、敵もさるもので、編制を立て直しつつあるね。ＰＡＣの保安部から敵側に回った者もいる」

「全体の情況は？」

「混乱の極みだよ」

「ほかのみんなはどうした？」

「ガルースとシローヒンはまだ執務室だ。ダンチェッカーは明りが消えているうちに廊下の向かいのエレベーターに誘導したよ。ニクシーは一人で姿をくらました」

「そのほかは？」

「カレンと二人の部下は交戦中だよ。ダンカンとサンディはＵＮＳＡの研究室で警官隊に捕まった。ジーナは間一髪で部屋から脱出した。きみと話したがっているよ」

「繋《つな》いでくれ」

「ランゲリフもきみと話したがっている。きみが降伏しなければガルースを射殺すると息巻いているよ」

ハントは深く溜息《ためいき》をついた。この事態に関して、もちろん、ジェヴレン勢はＪＰＣの前に釈明を求められようし、彼らの言い分が問答無用で切り捨てられるわけでもあるまい。しかし、惑星の行政長官を殺害したとあっては情状酌量の余地はない。ランゲリフとて、そこを考えないほど愚かとは思えない。

「そいつははったりだ」ハントは言った。

「そうだろうか？」

「ああ、ランゲリフには、わたしと連絡が取れないと言ってくれ。対話装置がはずれているらしいとか、何とか、理由はどうとでもつけられるだろう」

「それで納得してくれればいいがね」ゾラックは、まあ、こういうことは馴れた人間の判断に任せようという思い入れで言った。「じゃあ、ジーナに繋ぐよ」

「ヴィック？　ゾラックから事情は聞いたわ。こっちへ来ようとしても駄目よ。反乱軍がうようよいるから、わたしは今、ゾラックが案内してくれた空き部屋に隠れているの」

　ハントは思案をめぐらせた。ヴィザーに接続するテューリアンのカプラーは反乱勢が真っ先に押さえているはずだから、ＪＰＣと交信する望みはない。ジェヴレン勢は晩《おそ》かれ早かれＰＡＣのバックアップ・システムを起動してゾラックの接続を断つだろう。ハントはゾラックの助けを借りられるうちにジーナと合流しなくてはならなかった。

「ゾラック！　どこかでジーナと会えないか？」

「ガルースの部屋へは戻れない。そこの裏手のコンパートメントから一階下へ降りるしかないな。それはそうと、ランゲリフの出方について、きみの判断は正しかったよ」

　機械室の奥の隔壁の裏は吹き抜けで、ケーブルやダクトが下の階へ通じていた。ハントは点検ハッチを潜《くぐ》り、工作機械が並ぶ作業場を抜けて階段へ出た。幸いあたりに人気はなかった。階段を降りると、ゾラックの手配したエレベーターが待っていた。大食堂にジェヴレン人の職員が詰めかけ、警官が汗だくで情況説明に努めているところをどさくさ紛れに突っきって、廊下のはずれの調理場に駆け込むと、同じくゾラックの案内で、ジーナが先に来て待っていた。温水機と給油ポンプの陰に立ったジーナは蒼《あお》ざめた顔をしていたが、どこにも怪我はない様子だった。

「これからどうするの？」彼女はハントの顔を見るなり言った。

「ゾラック！　見込みはどうだ？　脱出できるか？」

「とにかく、ここを抜け出すことだな。ああ、こうしている今、すでにジェヴレン側の技術者が管制室に乗り込んで通信監視バックアップ・システムの起動にかかっている。わたしは間もなく遮断されるだろう。地下室へ行く道順を教えよう。ドアは開けておく。そこから市内の貨物用管路《チューブ》へ出られる。今きみたちのいる調理場の裏口から階段を降りて、塵芥《じんかい》圧縮プラントの……」

ゾラックは説明を終える間もなく接続を断たれたが、ハントとジーナはどうにか教えられた地下の出口に辿《たど》り着いた。ドアは開いていた。二人はトンネルとシャフトが入り組む貨物用チューブに沿って進んだ。機能を停止してすでに久しいチューブは荒廃が目立ち、崩落寸前の箇所も少なくなかった。やがて二人は全自動化されたシバンの地下街にさしかかった。PACから安全な距離を稼いだと思われるあたりで渡り板を伝い、階段を登って地上に出た。しばらく行くと、ハントには見憶えのあるホテルがあった。ニクシーに連れられていったホテルだった。「ようし、ここがどこかわかったぞ」彼は言った。

「ああよかった。それで、これからどこへ行くの？」

真っ先に思い浮かぶのは〈シャピアロン〉号だった。ゾラックなり、司令官代行なりが何らかの理由で離陸を決断していない限りはだ。しかし、警察の監視が厳しいことを考えると、ギアベーンへはとても行けそうになかった。仮にギアベーンまでは行きついたとしても、〈シャピアロン〉号が駐機している宇宙港の広大な敷地を突っ切ることはまず不可能に違いない。

「この街に一人だけ、アメリカ人の知り合いがいる」ハントは言った。「そこへ行ってどうなるものか、何とも言えないけれど、とにかく、途中で口をきかないように。地球人は監視されているだろうからね」

47

行く先々に警官の姿があったが、その態度物腰から察して、彼らは非常線を張っているわけではなく、ただPAC周辺に駆り出された予備隊にすぎなかった。いずれにせよ、警察は一円を封鎖していなかったから、ハントとジーナは群衆に紛れて身の危険を感じることはなかった。いたるところに緑の三日月の旗が翻《ひるがえ》り、アヤトラたちが興奮した群衆に向かって弁舌をふるっていた。地球人の二人にはその中身はわからなかったが、あたりを満たす熱気は肌に感じるほどだった。街全体が何やら大きな出来事への期待に沸き返っていた。

アーケードや広場に溢《あふ》れる人の波を縫って歩きながら、ハントはこれまでの経過をふり返り、今、目の前で何が起きているのかを考えた。ランゲリフが自ら述べた動機でこの挙に出たとは信じがたい。JPCはすでに現体制の打ち切りを検討している。ジェヴレン勢は蜂起するまでもなく、ただ成り行きを見守っていればいいはずである。

だとすれば、ほかに考えられることはただ一つ。PACの調査活動の詳細がJPCとその背後に控えるテューリアン政府に伝わるのを防ぐ狙いであろう。とはいえ、外部に知れているのはガニメアンが主要なジェヴェックス拠点の立ち入り捜査を進めている事実だけである。ジェヴェックスがあるべき場所にないことが明るみに出るのは時間の問題だ。つまり、何者であれ反乱勢の黒幕はそこでアッタンに注目が集まるのを望んでいないということである。言い換えるなら、反乱勢はJPCに、いったんは認めたユーベリアスのアッタン移転を再検討する根拠が与えられることを恐れているのだ。

道はとある広場にさしかかった。黄色い長着に緑のマントをはおったアヤトラが立錐《りっすい》の余地もなく広場を埋めた群衆に向かって大袈裟《おおげさ》な身ぶりで演説していた。ほかに道はない。無理にも人込みを分けて広場を横切るか、さもなければ、引き返して迂回路を捜すしかなかった。ハントはうんざりした顔でジーナをふり返った。彼女は肩をすくめた。こうなれば乗りかかった船と、ハントは拳をふり上げて歓声を発しているジェヴレン人の間に割り込んだ。

群衆の興奮はカーニバルや祝典の浮き浮きと華やいだ気分とは異なり、もっと張りつめた熱狂を孕《はら》んでいた。人々は紅潮し、口を歪《ゆが》めてスローガンを喚《わめ》き立て、目には異様な光を宿していた。衝《つ》き上げる感動に身を任せた群衆はほとんど忘我の境だった。子供たちを日曜学校に通わせる善良な市民が、何かの拍子にリンチ集団と化し、ニュルンベルクのナチ党大会のあの悪鬼の群に変貌したと同じ心理が働いていると思われた。

が、人込みを搔《か》き分けて数ヤード進んだところで、それは違う、とハントは自分に言い聞かせた。異常心理に衝き動かされているのは群衆ではなかった。狂乱の根源は、梱包《こんぽう》用の木箱に横断幕を張った急ごしらえの壇の上だった。アヤトラは合理世界の人格ではない。現実の性質を異にする、まったく別の宇宙に現われ出た化生《けしよう》の者である。

ハントはあらためて周囲を見まわした。群衆は何も知らず、その目には何も映らず、何も理解していない。これではジェヴレンに変革が訪れようはずもなかった。ハントは壇上の話者に目をやった。彫りの深い鷲鼻《わしばな》の狡猾《こうかつ》らしい顔をしたアヤトラは群衆の反応に神経を研ぎ澄まし、その一挙一動に異界を知る手がかりを摑《つか》もうと眼光鋭く人の波を見据えていた。

一瞬、アヤトラと目が合った。距離を隔てていながらも、ハントは手に取るさまに意識を読まれているような、不思議な気持ちに襲われた。今その肉体に宿っている人格ははたしていつ頃、別の世界を眺めている自分に気づいたろうか。そのとき、恐怖を覚えたか否かは知らず、肉体を得た人格は自身の新たな存在とその不可逆性を受け入れ、与えられた場所で生き延びる才覚を身につけたのだ。その間、ジェヴレンに生まれ育った大衆は幻想に浸って怠《だ》惰《たい》に暮らし、荒廃した街々をテューリアンが復興してくれるのをひたすら待ち望むばかりだった。愚昧《ぐまい》なジェヴレンの大衆の中から侵入者たちはそれぞれに信徒を集めて身のまわりを固めた。今、ハントが目《ま》のあたりにしている光景がまさにそれである。まったく同じことが、ジェヴレンが送り込んだ工作員によって地球の歴史を通じて繰り返されてきた。彼らの狂気と支配欲は、普通の人間にはとうてい理解できない性質のものだった。今のハントにはそのわけがよくわかる。地球に潜入してその歴史に汚点を残す非道を働き、あるいは、故なくして人類に罪の意識を植えつけた工作員たちは、もともと現実世界の人間ではなかった。彼らの唯一の目的は、今ハントが眼前に見ている通り、自分に従う狂信者の軍団を育て上げ、同じエントヴァースからやってきた競争相手に対抗することだった。単純にして無知蒙昧《もうまい》な地球人は、テューリアンの過《あやま》てる善意がジェヴレンの大衆を堕落させたと同様、ある目的のためにいくらでも利用できる、何でも言いなりの衆愚と化したのだ。何でも言いなりの衆愚……。マレーのアパートに着くまで、この言葉はハントの頭を離れなかった。

「どなた?」白い扉枠に囲まれた紫のドアの、どこからともなくローラの声がした。

「ヴィックだ。マレーは内《うち》かな?」

声はすぐさまマレーに変わった。「今度は何だ? お宅のおかげで、こっちの評判はさんざんだ。付き合いの筋がよくないというんで誰も寄ってきやあしない」

「とにかく、わたしらを入れてくれないか。大事な話だ」

「わたしらだ? おお、そいつは助けてくれだ。また人間戦車を連れてきたな」

「そうじゃない。わたしとジーナだ。ジーナはわたしの知り合いで、アメリカ人ジャーナリストだよ」

「あたしはまだ自伝を出す気はないよ。結末が決まっていないんでね」

「冗談は抜きだ。ジェヴレン人のクーデターでPACが占拠された。シバン警察も一枚嚙《か》んでいる」

「そいつはえらいこった」

「惑星ぐるみかもしれない。詳しいことはわからないが、いずれにせよ、連邦はまだ消滅していないらしい。というわけで、こうやって外に突っ立ってはいられないんだ」

ドアが開いた。ハントは顎をしゃくってジーナに先を譲った。マレーは居間で二人を迎えた。「ジーナ・マリン」ハントは紹介した。「こちら、マレー。彼も西海岸だよ。サンフランシスコだ」

「ああ。宇宙は狭いねえ」初対面の二人は会釈し合って形ばかり握手を交わした。

「はじめまして。お噂は聞いているわ、マレー。ニクシーとはもうすっかりお馴染《なじ》みよ」

「あとでゆっくりアメリカの話でもするとしようか。ニクシーはどうしてる？　このところ、こっちはとんとお見限りでさ。PACへ引っ越したか、海兵隊でも志願したか、いずれそんなところだろうと思っていたんだ」

「ニクシーは大活躍だよ」ハントは言った。「最後に会った時は無事だったけれども、どさくさで離ればなれになってしまってね。ジーナとわたしも命からがら脱出したんだ」彼はマレーがいつも坐っている椅子の脇のスクリーンに目をつけて、その前に立った。「ちょっと試していいかな?」ジェヴレン式の装置も今では使い馴れている。ハントは入力パッドを叩いて五六チャンネルを呼び出した。「ゾラック! 通じるか?」しばらく待ったが応答はなかった。

「まずいことになっているのか?」マレーは尋ねた。

ハントは諦め顔でうなずいた。「〈シャピアロン〉号からPAC経由の接続が断たれている」

マレーが何やらジェヴレン語で音声入力すると、スクリーンに短いメッセージが出た。

「何だって?」ハントは説明を求めた。

「非常時システムで、通訳サービスは制限されてるとさ」マレーは、飲むか? という思い入れで眉を上げ、罎《びん》とグラスの並んだキャビネットの方へ頭をふった。

ハントはうなずいた。「ありがたいねえ。一杯もらおうか」

「わたしもいただくわ」ジーナはそれがジェヴレンの飲みものとも知らずに言って、肘掛け椅子に腰を下ろした。

マレーはキャビネットの前にしゃがんで飲みものを注ぎながら肩越しに尋ねた。「それで、どうなったって?」

「ジェヴレン勢がPACの不意を襲ったのだよ。ガニメアンを追い出して建物を占拠した。その後どうなったかはわたしも知らないよ」

「やってくれたね」マレーは自分のグラスにダブルで注いで、一気に半ばを飲み干した。ハントとジーナにグラスを勧めてから、彼は大きなテーブルの縁に腰をかけた。「昨日、信者どもを大勢引き連れて他所《よそ》の惑星へ引っ越したエンドウ豆のお化けも反乱勢の片割れか？」

「今のところまだ確認されてはいないけれども、ああ、わたしらはそうに違いないと見ている」ハントは一口飲んで質問を返した。「それはそうと、何かあるのかな？ 街の空気は異常だね。ぴりぴり張りつめたようで、どこへ行っても緑の三日月だ。市民は何かを期待してそわそわしている」

「昨日からだよ。ジェヴェックスが復旧するという噂で持ち切りだ。幻想中毒患者は大喜びさ。ガニメアンが政権の座を明け渡したところで誰が涙を流すものか」

ジーナは肘掛けに腕を投げ出して室内を見まわした。ひとまずは危険が去って緊張が解け、代わって恐怖がじわじわと意識を蝕《むしば》みはじめていた。それまで拒んでいた絶望に今や抗する術《すべ》もなく、その顔は疲労の色が濃かった。

「もう、これまでね」ジーナは抑揚に欠けた声で言った。「こうなったら終わりよ。騎兵隊が来てくれるのを待って、わずかに残った身のまわりのものを持って地球へ帰るしかないわ。それまで持ち堪《こた》えられればの話だけど」

「まったく。一人でそっとしといてくれる場所はないものかね」マレーは愚痴をこぼした。

「それじゃあ、何か？ ここにも税務署の窓口ができるっていうのか？」

「そんなの、悩みごとのうちにも入らないわ」ジーナは冷やかに言った。

「ほかの連中はどうした？」

「知らないわ。自分が脱出するだけで精いっぱいですもの」

「で、これからどうなるんだ？」

「さあねえ。どう思う、ヴィック？」ジーナはハントをふり返った。しかし、どこか遠くを見る目つきで考え込んでいるヴィックの耳に彼女の声は届かなかった。「ヴィック！　どうかしたの？」

「何なりと言いなりの衆愚……」ハントは空《くう》を見つめたまま呟《つぶや》いた。「要するに、そういうことだな」

「何ですって？」

ハントはわれに返って二人に向き直った。「まだ終わりじゃあない。それどころか、まだはじまってもいないんだ」

「いったい、何の話？」

「ユーベリアスと彼の教団が何故あれほどアッタンにこだわるのか、わたしにはわかっているんだ」ハントはごくりと唾《つば》を呑んで、これから話そうとすることを頭の中で整理した。「バウマーを出しに使ってきみの頭に偽の記憶を書き込んだのはユーベリアスの一党だよ。イチナのことがわたしらに知れたところで、彼らにしてみれば痛くも痒《かゆ》くもない。というより、イチナは囮《おとり》なんだ。もともと、物事の核心から人目をそらせて、いざとなればいつでも切り捨てられるようにできている組織だからね。ジェヴェックスが復活すれば、ジェヴレン市民は大挙してカプラーに押しかける。その数といったら大変なものだ。なにしろ、バウマーと同じで、社会全体が禁断症状に悩まされていたわけだから」

ジーナは怪訝《けげん》な顔でうなずいた。「ええ、あなたの言うことはよくわかるわ。でも、どうしてそれが……」

「わからないかい？　ジェヴェックスが復活したら、ジェヴレン人の大半がオンラインでシステムと結ばれるんだよ。そうしたら、エントヴァースはどうなると思う？　何千何万というエント人が、その時が来るのを待ちかねている。それがどっとこっちへ溢れ出すんだ」

ジーナははっと口を押さえた。「あら、本当。まあ大変」

「そっちだけで何の話だ？」マレーは二人を見くらべて言った。

ハントは構わず先を続けた。「地球の歴史を何千年か遅らせたのも、テューリアンを時空の泡に閉じ籠めて銀河宇宙を乗っ取ろうとしたのも、みんな彼らの仕業《しわざ》だよ。起源を考えれば何かと不利な条件を背負った人種であるにもかかわらず、彼らはもう一歩で宇宙乗っ取りを果たすところだったんだ」ハントはグラスを大きく呷《あお》った。「それを阻止したと思ったわたしらは間違っていた。そこへ持ってきて、この事態だ……。この時点で、ユーベリアスがアッタンに着く前に引き戻せなかったら、彼らの宇宙乗っ取りを阻む手段はない」

ジーナが口を開きかけるところでチャイムが鳴った。

「何だ、ローラ？」マレーが応答した。

「ニクシーよ」ハウス・コンピュータは言った。「お客さんを連れてきたわ」

ハントは思わず腰を浮かせて飲みものをこぼした。

「ニクシーが？　帰ってきた？　よくまあ、どうやって……」

ニクシーは怪我一つなく、服も乱さず、涼しい顔で入ってきた。「ヴィック！　ジーナ！」ゾラックの同時通訳に馴れっこになったニクシーはジェヴレン語で早口にまくし立て、途中で自分の間違いに気づいてコンピュータに向き直った。通訳チャンネルはうんでもすんでもなかった。彼女は立往生の体《てい》だった。

が、ハントはそれどころではなかった。ニクシーの後からやってきた長身瘦軀《そうく》の眼鏡の男を見た途端、彼は目を丸くして声を失った。

「ああ、やっぱりここだったね」ダンチェッカーは満足げに言った。「ゾラックが接続を断たれる間際に、きみたちに抜け道を教えたと言ったのでね、ここだろうと見当をつけてきたのだよ」彼はマレーの秘蔵のコレクションであるヌード写真が飾られた壁面を一渡り眺めまわした。「わたしもとうとうニクシーの商売の場所へ連れ込まれたというわけだね。まあ、何事にもはじめてということがある。何歳だろうと、遅くはないな」

48

デル・カレンはガルースの執務室に連行された。ランゲリフが数名の部下とジェヴレン人の傭兵《ようへい》を従えて待ち受けていた。ガルースは壁際にシローヒンと並んで悄然《しょうぜん》と坐っていた。

ＰＡＣに出向いている二人のテューリアンが一緒だった。どこか別の区画でジェヴレン勢に捕まったに違いない。コバーグとレバンスキーは保安部要員の大半とともに、武器を奪われて階下《した》の一室に監禁されていた。彼らはよく戦った。しかし、衆寡敵せず、加えてランゲリフが人質を殺すと脅《おど》して、ついに投降のやむなきに至ったのである。

地球人とガニメアンの声は音域がかけ離れているため、ゾラックが遮断されると意思の疎通に不便を来たした。ジェヴレン・テューリアン専用の小型翻訳ディスクは限られたプログラムしか与えられていず、地球語も、テューリアンから見れば古代語に類するガニメアンの言葉も受けつけない。ランゲリフはカレンにジェヴレン語の通訳を命じた。保安担当責任者という立場上、カレンは多少ジェヴレン語の心得がある。彼の言葉は翻訳ディスクを介してテューリアンに伝えられ、それをテューリアンがガルースたちガニメアンに通訳するという、はなはだ回りくどい手続きで話し合いは進められた。

カレンは、しかし、進んで協力する気にはなれなかった。

「しっかりしろよ」彼は聞き覚えの、あまり流暢《りゅうちょう》ではないジェヴレン語でランゲリフに言った。「自分が嵌《は》められてるのがわからないのか？」

「きさま、何が言いたい？」ランゲリフは面食らって問い返した。

「お互い、しらばっくれるのは止《よ》そう。おまえが光軸教だということはわかっているんだ。違うか？」カレンはそうと知ってはいなかった。ただ、相手がうろたえればしめたものと出まかせを言ったまでである。「教団が人の命をどう粗末に扱うか、おまえが知らないはずはないな。マリオン・フェインがどんな目に遭ったか、見ろ。おまえの前任者にしたってそうだ」

「おれに何のかかわりがある？」

「おまえはな、何かことがあれば必ずその仕掛人に見える張り形にされているんだ。ユーベリアスは、悪いことは全部おまえにおっかぶせて、自分は手も汚さずにアッタンから戻ってくる。その時は、おまえがどぶへ捨てられる番だ。ガニメアンはすでに手を引いている。ユーベリアスはＪＰＣを手懐《てなず》けて、自分の思い通りになる新政権をでっち上げる寸法だ。よく考えてみろ。筋が通っているだろうが」

ランゲリフは言葉に詰まり、いきなり一歩踏み込んでカレンの横面を張った。カレンは溜息《ためいき》をついた。当てずっぽうは図星だったに違いない。しかし、だといって、それでこの場がどうなるわけでもない。えい面倒と彼はランゲリフの顎に右のストレートを見舞った。ランゲリフが床に伸びるのを見て、ジェヴレン人の一人がスタン・ガンを発砲した。傍《かたわ》らでガルースは目を閉じた。

ギアベーン宇宙港に駐機する〈シャピアロン〉号のコマンド・デッキでガルースの留守を預かる司令官代行のレイエル・トーレスはスクリーンに映し出された船外の模様を眺めていた。情況把握のためにトーレスが市街地上空に飛ばせた探査体からも刻々に映像が送られていた。機関長ロドガー・ジャシレーンがやってきてトーレスの隣に立った。乗員たちは各自の部署に着き、街に出ているガニメアンたちに全員即刻帰船の指令が発せられた。トーレスは万一の場合に備えて、いつでも離陸できる態勢を取っていた。

「反乱勢は市街ネットからゾラックを遮断した」ジャシレーンは言った。「この事態をどう思うね？」

「どうもこうもないな。地球人種はとかくやることがせっかちでいけない」

「それにしても、反乱勢は何を考えているのかね」

「さあてね。とてもまともな精神状態とは思えない」

「こっちの情況は？」

「警察が宇宙港地区を封鎖しようとして、テューリアン側がそれに抗議している。何がどうなっているのか、わたしにもさっぱりわからないよ」

「テューリアンからヴィザーを通じて連絡が入っています」ゾラックが受信を取り次いだ。

「何だ！」トーレスが応答した。

「今、カラザーが出ます。ちなみに、事態は地球側に通報されました。テューリアンでは急《きゅう》遽《きょ》ＪＰＣの人員を呼集しているところです」

「了解」

「ＰＡＣの方はどうなっているのかな？」ジャシレーンが尋ねた。

ゾラックは答えた。「ハントとジーナは今、安全な出口へ向かっています。ダンチェッカーはまだ建物の中です。ニクシーは行方が知れません。ほかの者は拘束されています」

「うぅむ」ジャシレーンは唸《うな》った。

トーレスは思案げに言った。「ハントと女は脱出したとしても、市街地は逃げおおせまい。といって、PACへは戻れない……」彼は声を張り上げた。「ゾラック！　どこか二人が行きそうな場所に心当たりはないか？」

ゾラックは違法の盗聴で収集したデータを検索した。「何ケ所か、ハントとニクシーが話をした場所があります。一つはホテルですが、これは見込みがないでしょう。もう一つは個人の私宅です」

「それはどこだ？」

ゾラックはデータバンクから市街の住居表示と地図をスクリーンに映し出した。「レファレンス・スクリーン、七番」嵌め込みの画面に迷路のような地図が出た。住宅街の一部がハイライトで浮き彫りにされた中で、一軒のアパートにカーソルが点滅していた。「中心街の北側です。PACからそう遠くありません」

トーレスは怪訝な顔でジャシレーンをふり返った。「PACからそう遠くない」ジャシレーンはおうむ返しに言ってうなずいた。「そうか。脱出すればそこへ向かうな。当たってみよう」

「ゾラック！　探査体をもう一機、ただちに発進準備」トーレスが命令を下した。

マレーの部屋で、ダンチェッカーとニクシーは脱出の模様を物語った。

ＰＡＣの正面ロビーを固める警官隊の指揮官は奇《く》しくもニクシーの常連の客だった。指揮官の顔を認めたニクシーが階段を駆け下りて袖を引き、逃がしてくれるように頼み込んでいるところへ、ダンチェッカーが相手構わず喚《わめ》きちらしながら、エレベーターから姿を現わした。ニクシーは咄嗟《とっさ》の機転で指揮官に、ダンチェッカーは地球からやってきたセックス・セラピストで、自分は彼の助手としてジェヴレン人の性習慣研究に協力しているのだと話した。彼女がここで捕まったら、シバン警察署長ばかりか、市の職員の大半がいい物笑いの種になるだろう。ここぞとばかり、ニクシーは指揮官を脅した。尻に火がつくのは誰だろうか？ほどなく、ニクシーとダンチェッカーは横手の通用口からこっそり押し出された。

ハントとジーナも自分たちのことを語った。それが済んで、ハントはニクシーとダンチェッカーの生還で中断したところへ話を戻したが、過去の経緯を知らないマレーには何のことやらとんとわからず、ニクシーもゾラックの助けなしにはついていかれなかった。そこで二人は別の部屋に移り、あちこちへ電話して情報収集に当たった。

ハントが話し終えると、ダンチェッカーは蒼《あお》ざめた顔で声を落とした。「うん、なるほど……エントヴァースは本来的に危険に満ちた不安定な世界である、と。それこそが、エント人の性格の依《よ》ってきたるところだ、ということだな。幻に見た世界へ逃れることが、願望を超えて妄執の域に達しているというのもそれで説明できる」

「ところが、逃れるためには、行った先に宿主がいなくてはならない」ハントはうなずいた。「ジェヴレン人が幻想中毒に冒されて、システムなしではいられなくなったのはそのせいだ。

彼らをシステムに繋《つな》ぎ止めておけば宿主には事欠かないわけだから」

ダンチェッカーはうなずき返した。「時とともに彼らは数を増したのだね。ジェヴレン市民はかつてその例を見ない異種侵略の犠牲者だ。なにしろ、何光年も離れたところにあるコンピュータの内部に発生した情報ウィルスが攻め込んでくるのだからね」

「なお悪いことに、それはまだほんの序の口なんだ」ハントは厳しい表情でドアの方を指さした。「ジェヴレンには無数のカプラーがあって、メイン・システムの復旧を待っている。アッタンに常駐している監視機構のテューリアンたちは、信心深い平和主義者の一団が兵器工場を解体しにやってくると思い込んでいるんだ」ハントは大きく首を横にふった。「ところが、どうして。ユーベリアスがテューリアン監視機構の権限を剝奪してアッタンに立て籠もったら、事実上、惑星は難攻不落だよ。ジェヴェックスが復旧して、こっちが頭を抱えている間にも、ユーベリアスは何をしでかすかわかったものじゃない」

ダンチェッカーとジーナの表情を見れば、それ以上に何を言う必要もなかった。

ハントはうなずいた。「きみは今、ジェヴレン人はコンピュータから湧いて出た情報ウィルスに冒された犠牲者だと言ったね、クリス。それはその通りだけれども、ユーベリアスがジェヴェックスを復活した時のことを考えたら、これまでのことなどは問題じゃないんだ。ユーベリアスのアッタン到着を阻止しなかったら、惑星ジェヴレンは悪疫が猖獗《しょうけつ》を極めることになるんだぞ」

ここに至って彼らは事の本質とその来由《らいゆ》を理解した。とはいうものの、それによって次の行動が決まるわけでもなかった。仮にも手段があるならば、テューリアン政府に連絡してユーベリアスを引き戻すことが先決であったろう。しかし、ゾラックが遮断されていてはどうする術《すべ》もない。ほかに道はないものか、彼らは額を集めて話し合った。

ダンチェッカーはテューリアンの支配がおよぶギアベーン地区に避難することを提案した。ジェヴレン側の妨害があったら、何とかして〈シャピアロン〉号に身を寄せればいい。それも駄目なら、いずれなりと、テューリアンの宇宙船に転げ込む考えである。

しかし、ハントは悲観的だった。「ギアベーンはとっくに監視されているよ。あの地区をめぐっては前からいざこざが絶えないんだ。ジェヴレン側は地球人に仕返しをする口実を捜している。あそこへ行くのは考えものだな、クリス」

「あっち方面はだいぶ騒々しいとさ」マレーが別室から戻って言った。

「じゃあ、どうしたらいいのかね?」ダンチェッカーは対案を求めた。

「しばらくは、ここでじっとしていることだな」ハントは言った。「そのうちにはテューリアンに連絡を取る機会もあるだろう」

マレーは浮かぬ顔で言った。「ここに長くいるっていうのは、どうかねえ? PACでニクシーは警官と顔を合わせているんだろう。だったら、よっぽどの馬鹿でもない限り、じきにあんたらはここだと見当をつけるだろうが」

これといった知恵も浮かばず、沈黙が室内を覆った。ジーナは立ち上がって肩の凝りを解《ほぐ》した。「わたし朝から何も食べていないの。そっちの方はどうにかならないかしら?」

「あいにく、食いものを切らしてしまってねえ」マレーは言った。「今日、買い出しに行かなきゃあと思っていたとこなんだ。この先に持ち帰りの店が二軒ばかりあるんでね。片っ方は菜食主義の客を相手にしてる店で、海草で作った醤油味のグリーズバーガーなんか売ってる。もう一軒は、地球で言やあデリカテッセンみたいなところだ」

ジーナはサンディがイカの腸《わた》のサンドイッチと言ったPACの食事を思い出して顔を顰《しか》めた。「炒り卵にコンビーフ。ソーセージ・パテ。それに、フライがあれば言うことなしね」

彼女は壁にかかったサンフランシスコのポスターを眺めながら物欲しげに呟《つぶや》いた。

「卵は両面焼きの半生《はんなま》。ベーコンにマッシュルーム。付け合わせはフライド・トマトだな」

ハントは溜息まじりに言った。

「ああ、わかるよ。しばらくこっちにいると、そういうものが恋しくなるんだ」マレーはしきりにうなずいた。「待てよ。地球から持ってきた缶詰がまだいくつか残ってるかもしれないな。ちょいと戸棚を覗《のぞ》いてみよう」

マレーがキッチンの方へ行きかけるところへ、またチャイムが鳴ってローラの声が響いた。

「上の階でオセイヤが呼んでるわ」

「何の用だ?」興奮した女の声がジェヴレン語で何かをまくし立て、マレーもジェヴレン語でそれに応えた。ニクシーが戸口に顔を出した。「どうもよくわからない」マレーはニクシーをふり返った。「窓の開いた帽子がどうしたって?」

ニクシーが代わってオセイヤと話した。「ああ、エプリリン」彼女はマレーの疑問をたちどころに理解した。

「帽子がどうのこうの言ってるんじゃあないのか？」マレーは尋ねた。

「言葉は同じだけど、魚の種類でそういうのがいるのよ」

「何だ、そりゃあ？　魚に窓が開いてるのか？」

「そうじゃなくて、窓の外に魚みたいなものが浮かんでるんだって」

マレーは頭をふった。「マリファナか何かやってるんじゃないのか、あいつは？」

「あたしが行って見てくるわ」ニクシーはさらにオセイヤと短く言葉を交わして出ていった。

マレーがキッチンの戸棚を掻《か》き回す音が聞こえてきた。何やら重たげなものがどさりと床に落ちた。マレーはドア越しに叫んだ。「おお、こいつは上等！　正真正銘、ハムの塊だ。ボストン・ビーンズもあるぞ」

「フライド・トマトなんて聞いたこともないわ」ジーナはハントをふり返って言った。「やっぱり、イギリス人のいかもの食い？」

「旨いんだよ、これが」ハントはごくりと唾《つば》を呑んだ。「揚げたパンに載せて食べると、汁がパンに染みてこたえられない。もっとも、仕上げはどうしたってブラック・プティングに限るがね」

「ブラック・プディングって何？」

「ソーセージと政治に関する格言で、まさにこの場にぴったりのがあったっけねえ」ダンチ

きて」

制御パネルからニクシーが言った。「マレー、ちょっとこっちへ来て。ヴィックを連れてきて」

ハントは半ば首を傾《かし》げてダンチェッカーとジーナを見ながら腰を上げた。マレーはキッチンの戸口から顔を突き出した。「何だ?」

「いいから、来て」ニクシーは言った。

マレーは肩をすくめて引っ込んだ。ハントはその後を追って玄関に回った。

階段を二つ上がって踊り場を隔てた向かい側の部屋に入った。室内は女臭芬々《ふんぷん》として、派手な色彩の氾濫《はんらん》だった。綿菓子のようなピンクの絨毯《じゅうたん》に白、薄紫、赤ととりどりのダウンのクッションを置いた長椅子。壁には目のやり場に困るほどの官能的なヌード写真。黒い壁面には背後からの照明で刻々に変化するマンデルブロー式のフラクタル模様が映し出されていた。ハントが前に会ったことのある背の高い女が二人を出迎えた。今日は商売は休みと見えて、Tシャツにスラックスという飾り気のない身なりだった。女は先に立って二人を奥へ案内した。大きなベッドと造りつけのジャクージがある、鏡を張りめぐらせた一室を抜けると、長い絹のカーテンに縁取られた窓の前にニクシーが立っていた。ハントとマレーは真っすぐ窓際に寄って外を覗いた。

目の下に建物の屋根が入り組み、重なり合って広がり、ここかしこの隙間に高架道路や低層市街が見えていた。一円を覆うドームの腹部に沿って輸送管路《チューブ》や照明用のケーブルが網状に走り、大きな空輪回廊が二本、街を縦断して遠く向こうへ延びていた。ドームの上に別の市街があるかどうかは窓から仰ぎ見ただけではわからなかった。

二百フィートあまり前方の中空に小型車ほどの、水滴の形をした銀灰色の物体が浮かんでいた。尾部に張り出した未発達な鰭《ひれ》を思わせる一対の翼と、胴体下部の伸縮自在のパイロンに吊られておいでおいでをするように揺動している装置のほかは、これといった別段目立った特徴はなかった。

「あんなのは今まで見たことがないな」マレーはさして関心も湧かない口ぶりで言った。

「警察がここを嗅《か》ぎつけたんじゃないの？」ニクシーは不安を隠しきれなかった。

ハントはにやりと笑って首を横にふった。「わたしらを捜していることは確かだがね、警察じゃあない。〈シャピアロン〉号の探査体だよ。ここだと見当をつけてきたな」

「こいつは驚いた。警察もこんなに手回しがいいと、こっちは少々具合が悪いぜ」

ハントはすかさず思案をめぐらせた。「マレー、ここにポータブルの通信装置はないか？ハウス・システムと対話するリモート端末でも何でもいい。ガニメアンがここへ見当をつけたとすれば、ジェヴレンの周波数帯域を探査しているはずなんだ」マレーがニクシーに何か言い、それをニクシーがオセイヤに取り次いだ。オセイヤはベッドの脇のユニットから灰色の大理石に金の象嵌《ぞうがん》模様をあしらったタブレット型のリモート端末を取り上げ、窓に向けてコードを打ち込んだ。応答はなかった。

「市内ネットに通じるか？」ハントはマレーに尋ねた。

「そのはずだがね」

「五六チャンネルを試すように言ってくれないか」

マレーが通訳して、オセイヤはあらためてコードを入力した。聞き馴《な》れた声が返ってきた。

「やあ、どうやらやっと連絡がついたね。みんな無事かな?」声はジェヴレン語で同じことを繰り返した。

ハントはしてやったりとほくそえんだ。「やあ、ゾラック。なかなか勘がいいな。ここを割り出したのはきみか?」

「初歩的問題だよ、ハント君。今、レイエル・トーレスと代わるからね」

「よしきた」

〈シャピアロン〉号からトーレスが呼びかけた。「ヴィック! 無事で何よりだった。そこには、ほかに誰がいる?」

「ジーナはずっとわたしと一緒だ。クリス・ダンチェッカーはニクシーと一緒にここへ来た。ほかの者たちは消息がわからない」

「残念ながら、監禁されている可能性が濃いな」トーレスは言った。「こっちでは情況の把握が思うに任せない。ジェヴレン勢の目的は何か、きみはわかっているのかね?」

「そのつもりだけれども、話せば長くなる。事態は差し迫っているんだ。ここはどうしても最高責任者、カラザーと直《じか》に会う必要がある。ヴィザーを通じて連絡が取れないか?」

「今その手配をしているところだよ。カラザーは連絡がつく限りJPCの人員を呼集している。じゃあ、これをテューリアン回線に繋ぐからね」
ゾラックのジェヴレン語の指示に従ってオセイヤがコードを入力すると、ベッドに向き合った鏡の一枚がスクリーンに変わって〈シャピアロン〉号のコマンド・デッキに立っているトーレスの姿を映し出した。背後ではガニメアン乗員たちがそれぞれの部署に着いていた。

「自分の家を離れて憩いの場を見つけたらしいね、ヴィック」ゾラックが評論家ぶって言った。

「コールドウェルは捕まったか？」ハントは取り合わずに尋ねた。

「もうそろそろ顔を出す頃だよ」ゾラックは答えた。「ゴルフに出かけていてね。ワシントンは今、日曜の午後だから」

もう一枚の鏡に派手な色柄の普段着姿のカラザーが映った。「ハント先生」彼は挨拶抜きに言った。「このことについて、われわれテューリアン政府は責任を痛感しています。ＰＡＣに押し入ったジェヴレン人たちは何を要求しているのですか？　ジェヴレン勢がＰＡＣのヴィザーを遮断したために、こちらから話しかけようにもその術がありません」

傍《かたわ》らで、マレーは感に堪えた様子でしきりに頭をふった。「カラザーじゃないか。テューリアンで一番偉い人が、オセイヤの寝室へ顔を出してるのか。へえ、こいつは驚いた」

「ＰＡＣの反乱勢は単なる煙幕と見て間違いないですよ」ハントはスクリーンのカラザーに向かって言った。「自分たちでも何をやっているのか、本当のところはわかっていないでしょう。黒幕はユーベリアスと断言できます」

ガニメアンと地球人では表情の示す意味が違ったが、それでもなおかつ、カラザーの顔に浮かんだ疑念と痛恨の色は見紛《みまが》いようもなかった。「どういうことですか？　どうしてここへユーベリアスが出てくるのです？」カラザーは言った。と、そこへハントとダンチェッカーには馴染みの深いテューリアン政府の科学顧問、ポーシック・イージアンが登場した。

マレーがハントの横腹を突ついて窓の方へ顎をしゃくった。いつの間に現われたのか、警察のフライヤーが探査体にまとわりつくように飛び回っていた。探査体はアンテナを引っ込めてゆっくり旋回した。交信先を気取《けど》られまいとしているに違いなかった。

「あまり時間がありません。事実だけを話します」ハントはカラザーとイージアン、それにトーレスが映っている二面のスクリーンに向き直った。「ジェヴェックスは以前から擬装のシステムでした。ジェヴェックスは、このジェヴレンにはありません。各拠点の制御装置はいずれも見せかけだけの作りものか、遠隔インターフェース端末でしかありません。システム本体はアッタンに集中しています。ユーベリアスの目当てはそれです。今こっちで起きていることは、アッタンから注意をそらせるための陽動作戦なのです。ユーベリアスがジェヴェックスの支配権を握ったら、この惑星はいまだかつて誰も想像にすら描いたことのない、強力な異類の侵略を受けることになります。詳細は後にあらためて伝えますが、今その隙《ひま》はありません。とにかく、わたしの言うことを信じて下さい。ユーベリアスがアッタンへ行ってシステムを復活することは何としても阻止しなくてはなりません。でたらめだろうと何だろうと、とにかく理由を構えてユーベリアスを呼び返して下さい。道義だの原則だの、きれいごとを言っている場合じゃあないんだ」

万事休すと思われたところで、ゆくりなくも直談《じきだん》の機会が開けたことに励まされたハントは得たりと舌に任せてまくし立てた。が、言うだけ言って話の終わりにかかる頃、テューリアン二人の顔に募る焦燥を彼は見て取った。返ってくる答を察する途端に冷たいものが背中を走った。果たせるかな、カラザーは言った。

「それはできません。ユーベリアスはすでにアッタンに到着しています。信者の一団とともに……いつだったかな、ヴィザー？」

「四時間前です」音声チャンネルを通じてヴィザーの返事が聞こえた。

ハントは呆然としてしばらく声もなかった。「もう着いた？」ややあって、彼は肩を落として言った。

カラザーは力無くうなずいた。「われわれはまんまと騙《だま》されました。われわれというのは、テューリアンのことです。地球人があれほど言ってくれていたのに」

ハントはまだ衝撃が去りやらず、額を押さえて言った。「そんなことはどうでもいい。問題は目の前に迫っている危機にどう対処するかです。ジェヴレンは惑星を挙げてジェヴェックスの復活を今や遅しと待ちかねている状態です。そのジェヴェックスはアッタンにある。ユーベリアスはすでにアッタンに着いている。どうします？」

「宇宙船隊を送って再度占領するわけにはいきません」カラザーは言った。「アッタンは防衛しているでしょう。こちらが充分な戦力を組織するには時間がかかります」

「連邦時代の兵器が温存されていると考えなくてはなるまいな」〈シャピアロン〉号のトーレスが口を挟んだ。

頭の回転が速いポーシック・イージアンは言った。「正面からまともに行ったところで、とうてい近づけるものではないだろう。ただ、現実にどうするかはさて措《お》くとして、一つだけ可能性がある。ジェヴェックスは前に一度、ヴィザーが侵入を果たして陥落している。何はともあれ、今ここで打つ手を考えたら、またあれで行くしかない」

「何らかの形で、ヴィザーをジェヴェックスに接続する、ということだな？」ハントは懐疑に眉を曇らせた。理屈はその通りに違いない。しかし、言うは易く、行うは難《かた》い。

イージアンはうなずいた。「ああ。ジェヴェックスが全面的に復旧しないうちに、少しでも早くだ。しかし、やるとなったら、ヴィック、これはきみたちジェヴレンにいる人間の役だ。前の例で懲りているから、向こうは外部からの侵入に対してジェヴェックスのｈ－スペース・リンクの守りを固めているはずだ。そこを何とか……」

眩《まばゆ》い閃光があたりを染めた。どこか地上から発射されたビームを食らって探査体は一瞬、火の玉と化して砕け散った。

オセイヤの部屋のスクリーンから映像が消えた。

49

直方体、六面体、偏菱体《へんりようたい》、その他不定形の構築物が渾然《こんぜん》と集合し、幾何学《きかがく》模様を描きながら重畳《ちょうじょう》して、灰色の岩盤に生じた幅十マイルの地溝を埋めていた。中にもひときわ目立つのは、古代バビロニアの神殿、ジッグラトを思わせる重層基壇構造の七面の塔である。その頂きの、一画を天蓋で覆って室内ドッキング・ベイとした発着所に、今しも二千マイル上空の軌道を回るテューリアン星間輸送船から降り立った連絡船団が翼を休めていた。

この壮大な風景は、しかし、全自動化された惑星アッタンの事実上、地下全域に跨《また》がる兵器一貫生産設備網の表面に顔を出したほんの小部分でしかない。荷役作業場の地下深く、かつてジェヴレン人の現地スタッフが来賓を迎えた一室で、光軸教の教主ユーベリアスと彼の側近たちは連邦崩壊後、交替で当地に常駐している監視機構のテューリアン代表、ペリゴルと面会した。

「本当の信仰とは、そうしたものでしょうな」ペリゴルは言った。「わたしどもは二ケ月交替ですが、正直、わたしなどはそれでもうんざりです。こんなところに進んで住みつくというのは、なかなか凡人に真似のできることではありません」

「真に大切なのは心です」ユーベリアスは気品を装って答えた。「上辺《うわべ》を飾ることに意味は

いします」

ありません。左様、邪念は精神向上の妨げです。古来、修験《しゅげん》の道ではそのように教えられています」

「はあ、なるほど。地球系の人種とガニメアン系とでは、そもそも精神構造が違うとは聞いていますが」地球とジェヴレンの神秘思想について多少研究したペリゴルは、ユーベリアスの犠牲的精神はかなりご念の入った自己欺瞞《ぎまん》だと密《ひそ》かに思っていた。

「何かほかに、わたしの方でしておくことがありますか？」ペリゴルの助手が尋ねた。

「いえ、今のままで結構」ユーベリアスは言った。「わたしどもは、これからすぐに現地へ向かいます。善は急げといいますからな」

「本当に、誰かつけなくて大丈夫ですか？」ペリゴルは重ねて協力を申し出た。「設備は稼働していませんから、見るべきほどのものもありませんが、予定されている連邦の軍事施設解体の現場を案内するくらいはお安いご用です。移転計画の参考にもなることでしょうし」

「その必要はありません」ユーベリアスはきっぱり断った。「こちらはこちらで予定がありますから」

「では、どうぞご自由に」

ユーベリアスは重立《おもだ》った弟子たちを連れて共同体建設の候補地を視察するという触れ込みだった。完全に支配権が確立されるまではアッタンのテューリアンの前であくまでも折目正しい宗教家を演じ通さなくてはならない。今いる場所と、何ケ所かの主要地域はヴィザーに監視されているからだ。テューリアンに占領される前は、情報通信網はすべてジェヴェックスに統合されていた。それ故、今はメイン・システムから遮断されている。性急に事を運んでは、テューリアン政府に彼の動きを通報される虞《おそ》れなしとしない。ユーベリアスとしては、何よりも足場を固めることが先決である。テューリアン側はこれまでのところ、アッタンの秘密防衛システムについては何一つ情報を摑《つか》んでいない。ジェヴェックスが復旧して、防衛システムの再編成が進めば、あとはヴィザーを切り離して、監視機構を封じ込めるまでのことだ。その時、テューリアン政府がどのような動きに出ようとユーベリアスの知ったことではない。すでにアッタンは難攻不落である。h－スペースを通じてジェヴレンを支配下におさめることを妨げるものは何もない。

「案ずるより産むが易《やす》しだな」ペリゴルの部屋を出ると、ユーベリアスはイドゥエーンに顔を寄せて低く言った。

彼らは錯綜《さくそう》するコンベヤーや林立する機械装置の中を貫くシャフトを下り、高速輸送チューブのターミナルに出た。惑星の地殻の曲面に沿って八方からチューブが集中していた。局所的に制御された重力波に乗って音もなく移動するカプセルは、揺れもせず、加速度を体に感じることもない。軌道速度を上回るスピードで彼らはアッタンの赤道の四分の一を移動し、地下の物質変換コンビナートの中にある監視ステーションに着いた。コンビナートでは岩石をイオン・プラズマに還元して、目的に応じて別な元素に再生する作業が行われていた。高さ数百フィートにも達するエネルギー・コンバータが立ち並び、パイプが這《は》い回るパワープラントの奥に隠しドアがあり、設計図や建設記録には記載のない秘密のシャフトに通じていた。

さらに二百マイル下ると、そこは鋼鉄の壁も物々しい堅固な地底壕《ちていごう》だった。空調設備が快適な室温を保ち、眩《まばゆ》いばかりの白色光が構内を照らしていた。三重の分厚いドアを抜けると、雰囲気は一転して、天井の発光板から降る穏やかな明りがあたりを包む居住区だった。内装は暖色を基調として、床にはふかふかのカーペットを敷きつめ、上趣味な家具什器《じゅうき》がととのえられていた。

一階下はすべてが見事なまでに統一された機能的な作業環境だった。磨き上げられたタイルの床に乾いた足音が谺《こだま》した。ガラス壁に仕切られた無人のワークステーションや手入れの行き届いたコンソールが並ぶ通路を過ぎ、ユーベリアスを先頭に一行は両開きの大きなドアを潜《くぐ》った。制御卓、スクリーン、状態表示パネルを取り巻いて見下ろすギャラリーに沿って、付属の通信室と関連設備が配置されていた。この場所こそはほかでもない、ジェヴェックスの中央管制室である。

ユーベリアスの高弟たちはいずれ劣らぬ選《よ》り抜きの技術者で、自分の責任をよく心得ていた。余計な言葉を交わすまでもなく、彼らはただちに各自の持ち場に散ってスクリーンに状態表示や機能図を呼び出した。ユーベリアスはゆっくりと管制室を行きつ戻りつしながら、ここかしこでオペレーターの肩越しにスクリーンを覗《のぞ》いた。ややあって、彼はイドゥエーンを脇へ引き寄せ、目顔《めがお》で全体の情況を尋ねた。

「あらかた予想通りです」イドゥエーンは言った。「コア・システムは〇・五パーセント・

ベースで保管ファイルを検索しています。ほかに、スタンバイ・モードで必要最小限度のシステム診断、自己検査プログラムが実行されています」これはすなわち、ジェヴレンにおいてテューリアンの科学者たちが何光年も離れたシステムと対話しているとも知らずにコンピュータ操作しているということにほかならなかった。

「パワーの状態は？」ユーベリアスは重ねて尋ねた。

「これも、思っていた通りです。主力のグリッドは遮断されていますから、ほかから電源を取って供給ノードに再配分しなくてはなりません」

「システム統合まで、どのくらいかかる？」

「半日ちょっと、まあ、余裕を見てまる一日あれば充分でしょう」

ユーベリアスは小さくうなずいた。「ようし。ここはみんなに任せて、カプラー群の点検を急ぐとしよう」

「ただちにかかります」

「予言者に現況を伝えろ」

「かしこまりました」

イドゥエーンはコンソールを離れ、ギャラリーの下の出口に姿を消した。後を見送ってユーベリアスは奥のパワー制御室を抜け、最前《さいぜん》とは別のエレベーターに乗った。エレベーターは変圧機、分電盤、通信サブシステム、環境制御装置等の階を過ぎて最深部の密室に下った。エレベーターを降りると、そこはガラス張りの球形の空間だった。シャボン玉のようなその一室は惑星アッタンの中心を見下ろしていたが、局所的に制御された重力傾斜のために、中に立つと垂直な壁面から真っすぐ前方に突き出ているように感じられた。銀灰色の壁面は上下左右に果てもなく拡がっていた。二十フィートほど向こうに背後の壁と平行して乳白色を帯びた半透明の壁が、同じく無辺の拡がりを見せ、二面の壁に挟まれた空隙《くうげき》は全周無窮だった。樹々が枝を差し交わすように、データ管路、パワー母線、光ファイバー、信号ハイウェー、保守作業用のゴンドラを通すトンネル、支保工《しほこう》等々が二つの壁を結んでいた。ユーベリアスはまるで外洋船の船殻にへばりついた昆虫だった。

今、彼が向き合っている壁はジェヴェックスのデータ処理マトリックスの側面で、その向こうには同じ構造の反復が七千マイルを超える彼方にまで続いているはずだった。ユーベリアスは常日頃、現在と未来だけに神経を注ぐことにしている。もはや呼べども帰らぬ過去に目を向けたところで、野望を達成する上ではほとんど何の意味もない。が、この時ばかりは別だった。物言わず、人を寄せつけもしないマイクロラティス・クリスタルの無限の拡がりを眺めるうちに、彼はいつになく深い感慨に耽《ふけ》っていた。ユーベリアスにとって、そのクリスタルの壁と自分を隔てている距離にはとりわけ象徴的な意味があった。今しも城を脱した捕囚が外壕《そとぼり》をふり返る心境とでも言うならば、この時のユーベリアスの気持ちに最もふさわしかったろう。

自分はジェヴェックスがその支配領域を外界に拡張するために生み出した意識の、試みの化身であるとユーベリアスは堅く信じていた。いよいよジェヴェックスが本格的に拡張に乗り出す時がやってきた。

　ユーベリアスの立っているところからかれこれ五千マイル離れたマトリックスの一部に、活動条件を同じくする素子の集合が連続的なプログラム構造と動的な記憶パターンを形作っている特殊領域があった。素子それ自体は物理的に何らほかと変わりなかったが、演算素子の状態を規定する論理特性の組み合わせが特殊化を生み、細分化されたマイクロプログラミングの相互作用から連続構造は自然発生した。

　特殊領域は長い時間を経て扁球状《へんきゅう》に腫れ上がり、連続構造とともに発達したパターン伝播《でんぱ》の複雑な過程の然《しか》らしめるところとして、マトリックス全域に規則正しく配列されているデータ入力ポートの一つを中心に軌道を描いて回転するようになった。長軸百五十マイルあまりにおよぶ扁球の表面には、自身の存在を認識し、自らの意志で行動する、平均直径一インチほどのまとまりを持つ活動パターンが群集していた。

　ユーベリアスがマトリックスの外側面に向き合って感慨に耽る折から、そのパターンの個体の一つは意味を運ぶ宇宙の流れが自分の意識に浸透するのを感じた。情報の出どころは、最前ユーベリアスのいた管制室に程近く設置されているニューロカプラーでジェヴェックスに接続したイドゥエーンの頭脳だった。

「覚醒者よ、わたしはここに」ヴァンドロスの神殿で幻を見たエセンダーは感極まって両手を差し上げ、天を仰いで声をふるわせた。「何をお望みですか？　どうぞお沙汰を」

天上の声は言った。「遠からず、星々は光を取り戻し、再び空を輝きに満たすであろう。大覚醒の時は近い。備えを怠るでない」

「その備えとは、いかように？」エセンダーは尋ねた。

「ウォロスの天地から偽り者どもを追い払わねば万民の昇天はかなわぬと知れ。神々の和合のために、ニールーの仇《かたき》を晴らさねばならぬ。それによってはじめて覚醒は真に祝福されるであろう。紫の螺旋《らせん》の徴《しるし》を冒瀆《ぼうとく》した偽りの予言者どもを狩り出して討ち果たせ。その時、神の怒りは解けるであろう。王を勧めて兵士らを事に当たらしめよ。これはヴァンドロスのお告げである」

「必ずや、偽り者どもを放逐いたします」エセンダーは請け合った。

「ウォロスの地が浄められて後、王は篤信の民を率いて異界に渡り、先に行った螺階教の悪徒らを討ち滅ぼすのだ」

祭司は目を丸くした。「われらが務めはハイペリアにてまでも？」

「ハイペリアこそ汝《なんじ》らが務めの場所。ウォロスは稽古場にすぎぬ」

「さればこの身はハイペリアにても神々の僕《しもべ》」エセンダーは感涙にむせんだ。

「いや、それは誤り。彼の地にて、汝は神々の数に入るのだ」覚醒者は確言した。

約束を与えるのは、外界における実際行動に向けて彼らの士気を煽《あお》るユーベリアスの知恵である。

50

マレーの部屋に戻ると、ハントは草臥《くたび》れきった様子で椅子にへたり込んだ。姿勢に合わせてクッションの窪み具合が変わった。「おかしな話だね、クリス。わたしらはガニメアンの科学技術を視察に来たんだ。異類の侵入を食い止めに来たんじゃあないぞ。わたしは科学者だ。軍司令官は役柄が違う」

「いや、必ずしもそうは言えないのではないかね」ダンチェッカーは真顔で言った。「科学技術の視察というのは表向きであって、実際は、ジェヴレン人対策で頭を痛めているガルースに知恵を貸す目的で来たのではなかったかな。だとすれば、その目的は立派に果たしたと思うがねえ」

「問題の本質を見極めて、解決策を示すのがわれわれの役目だよ」ハントは首を横にふった。「問題の所在を突き止めたのはいいとして、解決策についてはどうだ？　ガルースは監禁されている。エント人はジェヴェックスを奪回して、ジェヴレン人の大半が味方についている。向こうはいよいよ惑星乗っ取りの構えじゃあないか」

マレーは怪訝《けげん》な顔で二人を見くらべた。「エント人？　何だ、そのエント人ていうのは？　聞いたこともないな。いったい、何者だ？」

「これが実に込み入った話でね。手っ取り早くいえば、ジェヴレン人が時々神懸かりになって人間が変わる、あれだと思えばいい」ダンチェッカーが詳しい説明を省いて答えた。マレーは呑み込めなかった。「しかし、あれは幻想中毒が昂《こう》じてとうとう頭がいかれちまうんだろう。みんなそう言ってる」

「そういう単純なことではないのだよ」ダンチェッカーはいささか持てあましぎみに言った。ジーナはテーブルに坐ってしばらく黙って聞いていたが、いくら話したところで切りがないと判断して、ふいに立ち上がった。部屋じゅうの視線が彼女に集まった。ジーナは自分の考えをどう説明したものか、一瞬、言葉に窮した。ハントは漠然と何かを期待する目つきで彼女を見上げていた。

「ちゃんと理解しているかどうか自信はないけれど」ジーナはドアの方へ移って一同に向き直った。「この惑星はテューリアンと同じように、コンピュータが全面的に環境を制御しているわけね？　架空戦争前は、ヴィザーがテューリアン、ジェヴェックスがジェヴレンを管理していたのね」

「ああ、その通りだよ」ハントはうなずいた。

ジーナは手を上げて先を続けた。「ヴィザーはh-スペース・リンクのネットワークを通じてテューリアン世界の全システムに接続しているんでしょう。ジェヴェックスも同じ技術を使っているのね。だったら、この惑星のいたるところにテューリアンの手になるh-スペース・ハードウェアがあって、今では本体はアッタンとわかっているジェヴェックスと対話できるはずでしょう。わたし、間違っているかしら？」

「どういたしまして」ハントは言った。「それでいいんだよ。基幹回線、トランク・ビームの端末ノードがジェヴレン全土に配置されていて、これによってｈ－スペース結合が可能になるわけで、例えば、入出力ポートのブラックホール・トロイドもこのノードのあるところに開口するのだね。きみがゴダードで見たように、目的によってはずいぶん小型のハードウエアで事足りる。〈シャピアロン〉号にもノードがあるよ」

ジーナはうなずいた。「ええ、それはいいとして、直接、基幹回線に結びつくトランク・ノードについていえば、ユーベリアスがジェヴェックスを復活した場合、アッタンと対話するためには現在遮断されているノードを再起動しなくてはならないはずね？」

「それはそうだろう。その必要がないのなら、そもそもこんな騒ぎは起こらないだろうからね」

「でしょう？」ジーナは期するところありげにうなずいた。「トランク・ノードで何光年も離れたジェヴェックスに接続できるなら、ヴィザーだってそれは可能だわね？」

マレーは話の筋が読めてきたか、ジーナを見直す顔でゆっくりうなずいた。「そうやってジェヴレンを押さえ込もうというわけだ。有無を言わせず、腕ずくで」

「まあ、そんなところね」ジーナは言った。

マレーはハントをふり返った。「いいじゃないか、先生。その手で行きゃあ」

「出力の大きな電波でラジオを妨害するのとはわけが違うんだ」ハントは、これだから素人は困るという口ぶりで言った。「アッタン側の端末は無抵抗でヴィザーの侵入を許すほど受け身にはできていない。ジェヴレンのノードは共鳴モードに設定されていない限り、アッタンとは対話できないはずだよ」

「ラジオの周波数を合わせるようなものでしょう？」ジーナは動じなかった。

「うん、まあ、大ざっぱに言えばね。つまり、ヴィザーのオペレーティング・パラメータをアッタンのジェヴェックスの設定に合わせなくてはならないということだよ」

「ああ」ジーナはドアに凭《もた》れて正面の壁を睨《にら》んだ。彼女は自分の考えを捨て切れなかった。戦う構えも見せずにあっさり兜《かぶと》を脱ぐのはいかにも業腹《ごうはら》だ。「ヴィザーは同調できないの？ラジオと同じ周波数で番組に割り込むのとどこが違うの？」

「できないとは言っていない。でも、アッタン側のパラメータがわからないことにはどうしようもないんだ」ハントは言った。「ユーベリアスが教えてくれると思うかい？　間違ってもあり得ないことだろう」ハントは肩をすくめて溜息《ためいき》をついた。ジーナの負けん気は評価できても、はなはだ残念ながら、現実は甘くなかった。「それに、コーディング・プロシージュアの問題もある。さっき、オセイヤの部屋で交信した時イージアンが、h－スペース・リンクは防御されているだろう、と言ったのはそのことだよ。前に苦い思いをして懲りているから、向こうは警戒厳重だ」

「そう……」ジーナは腕組みをして床に目を落とした。すでに矢弾は尽きていたが、だといって、このまま引き下がりたくはなかった。舞い上がった埃《ほこり》がおさまるように、沈黙が室内にわだかまった。

しばらくして、マレーが口を開いた。「じゃあ、あの人が、ヴィザーが裏からジェヴェックスに入り込むとか言ってたのは、あれはどういうことだ？　どうしてそんなことができるね？」

ハントは肩をすくめた。「さあねえ。あれは交信が切れる直前だったね」

「ジェヴレンにいるわれわれの手でやらなくてはならないというような話ではなかったかな？」ダンチェッカーが言った。

ジーナははっと顔を上げた。「ジェヴレンのノードはジェヴェックスに繋《つな》がるように設定されているからよ！」新たに光明を見出《みいだ》して彼女は奮い立った。

ダンチェッカーは空《くう》の一点を睨んでうなずいた。「ヴィザーに接続するパラメータは秘密でも何でもない。ということは、ジェヴレンからヴィザーとジェヴェックスへ通じる二つのチャンネルを確立できるわけだね」

ジーナはもどかしげに手をふって、みんなの顔を見渡した。「ジェヴェックスが復活する前にその二つを結節すれば、イージアンが言ったように……」あとは言うまでもない、と彼女は途中で言葉を切った。

「趣旨は悪くないがね」ハントはひとまず彼女を評価した。「ただ、ここにもう一つ問題があるんだ。わたしは何も、反対のための反対をしているわけではないよ。しかしだね、ジェヴレンのノードはすべてユーベリアス派が押さえていることを考えなくては駄目だ。当然、彼らはジェヴェックスに接続するパラメータを知っているさ。それに、クリスが言った通り、端末がありさえすれば誰でもヴィザーに接続できるんだ。ところが、悲しいかなわれわれの手の届くところに端末はない。端末を扱える人間がわれわれに協力してくれる望みはまずないだろう。それどころか、ガニメアンが権限を失った今となっては、実戦部隊を動員したところで、容易にシステム拠点には近づけまいね。仮に拠点を制圧できたとしても、こっちの要求通り、アッタンのパラメータを明かす人間がいるとは思えない。そうだろう」

ジーナは話をむずかしくしてくれたことを恨む目つきでハントを睨んだが、じきに肩を落として項垂《うなだ》れた。「そうね。どうしようもないのよね」彼女は投げやりに言い捨ててそっぽを向いた。

「手はあるぜ」マレーが言った。

一呼吸あって、ハントは予期せぬ発言に面食らってあたりを見回した。「何だって？」

マレーは斜《しゃ》に構えて肩をすくめた。どうせ素人の言うことだ。はずれていたらそれまでのこと、という態度だった。「そりゃあまあ、学者先生がたとしちゃあ面白くないかもしれないが……イチナを使ってどこが悪い？」

ハントは双頭の魔神に出交《でくわ》したような顔でマレーを見返した。イチナとは、思いも寄らぬ発想だった。「イチナ？」

ダンチェッカーは眉を顰《しか》めた。「しかし、彼らは敵方だろう」

「そうともさ」マレーは大きくうなずいた。「でもな、今までの話を聞いていると、やつら、緑の三日月のユーベリアスがアッタンのコンピュータをもと通りにする間、繋ぎに利用されてるだけだっていうじゃないか。だって、そうだろう？　例のドイツ人を踊らせたのはイチナだと見せかける宣伝をしたのもユーベリアス派だと、これはあんたに聞いた話だぜ。だとしたら、イチナが用済みになって切り捨てられるのは時間の問題だろうが。やつらとしちゃあ、ここらで先のことを考え直した方が身のためというもんだ」マレーは、おれの言うことのどこが間違っているかとばかり、開き直って一同を見回した。

「なるほど、それも理屈だな」ハントはじっとマレーを見返して言った。

マレーは自信を深めて言葉を接《つ》いだ。「それはともかく、あんたがたの話を聞いておれは思うに、今のところイチナはどこかでアッタンに繋がっている。誰かが行って、やつらは嵌《は》められてるんだとよくわかるように話してやりゃあ、物は相談ということにならないもんでもないと思うがね」彼は両手を拡げて肩をすくめた。「ああ、あたしがやつらの立場だったら考えるね」

「ここが異界なら、おまえたち、神々だな」PACの広い一室で、バウマーはぺたりと床に坐り込み、反乱勢によって閉じ籠められた地球人、ジェヴレン人、テューリアン、それに〈シャピアロン〉号のガニメアンたちを睨《ね》め上げた。「神々なら空を飛んでみろ。早くおれをここから連れ出してくれ」彼はふっと捕虜集団に関心を失い、どこで拾ってきたものか頑として手放そうとしない機械部品をいじくりだした。

壁際の椅子からバウマーの様子を見守っていたサンディは、隣にかけているダンカンにそっと打ち明けた。「正直言って、わたし、ヴィックのエントヴァース仮説がまだどうもぴんと来ないのよ。情報の集積が、わたしたちと同じように物を感じたり考えたりする人格を持つなんて、気味が悪いわ」

ダンカンは後頭部を押さえて苦笑した。「じゃあきみは、人間は情報のかたまり以外の何だって言うんだ？　何がきみという人格をこしらえているんだ？」彼はサンディに口を開く隙《ひま》も与えず、肩をすくめて先を続けた。「たまたま今現在、きみの肉体を構成している分子の集まりじゃあないだろう。分子は絶えず入れ替わっているんだ。ところが、分子が担っている情報は変わらない。文字、パルス、有線無線の電波、と媒体が違っても伝えられる情報の中身は変わらないのと同じことだよ」

「ええ、それはわかっているわ」

「人格というのは、つまり、有機的組織体を規定する情報であって、エント人についてもそれは同じなんだ」

「進化の仕組みと似たようなものね。生物は、個体としては進化しないのよ。猫はどこまで行っても猫。何が進化するかといえば、世代交替によって蓄積される遺伝情報よ。個体はある瞬間にその情報が表現している形でしかないの」

「その通りだよ」ダンカンはうなずいた。

「海は燃え、神々の怒りは下る！」バウマーは出し抜けに声を張り上げ、また何事もなかったように機械部品に熱中した。

「それはそれで一つの考え方よね」サンディは言った。「でも、わたしはやっぱり、自分がただ情報のかたまりでしかないとは思えない。人間の存在って、何かもっと重みのあるものだという気がするわ」

ダンカンは目をしばたたいてちょっと言い淀《よど》んだ。「ははあ。クリスはテューリアンの瞬間移動ポートについて、きみにちゃんと説明していないな」

「なあに？」サンディは眉を寄せた。「それ、どういうこと？」

「きみはどうやってここへ来た？　ボーイング一〇一七か？　長距離バスかい？」

「あなた、何が言いたいの？」

「きみが今着てる服を作り上げている分子の集まりは、どこから湧いて出たと思う？」ダンカンは思わせぶりに尋ねた。

サンディは彼を見返していやいやをした。「まさか。わたしは信じないわ」

ダンカンは追い討ちをかけるように言った。「瞬間移動トロイドの特異点を通過する物質は、手品みたいに空間を潜《くぐ》り抜けて向こう側に現われるんじゃあないんだ。物質はそこで破壊される。そのあとに残った情報だけが移動して、向こうへ出たところで有り合わせの素材からもとの物質を再構成するんだよ。それがテューリアンの瞬間移動の仕組みなんだ」ダンカンはサンディの顔に貼りついた驚愕《きょうがく》を見て意地悪く笑った。「そう深刻にならなくてもいいよ。分子は出どころがどこだろうとみんな同じだ。考えてみれば、瞬間移動というのは、自然が長い時間をかけてやることを、文字通り、一瞬のうちにやってのける技術なんだね。ヴィックに言わせれば、今から五十年後にはわれわれ地球人も、テューリアンと同じように、そんなことは当たり前と思うようになっているはずだけれども」

51

街じゅうが混乱と不安に陥っているためか、矛盾する噂が飛び交う中でイチナもまた情報収集に忙しかったのか、仲介者とバーで落ち合ってどことも知れぬ場所へ案内される段取りにはならなかった。マレーは二度ほど組織に電話して、ハントが重大な用件で面談を希望していることを伝えた。三十分後にマレーのアパートから一街区先まで迎えの車を差し向けるという返事だった。

ハントはこの情況において極めて特異、かつ貴重な存在であるニクシーを連れていくことにした。しかし、みんな揃《そろ》って街へ出て人目を引くことは避けたかった。それに、ガニメアンが何らかの手段でまた連絡してこないとも限らない。それで、ダンチェッカーとジーナが残ることになった。用心のために、二人はオセイヤの部屋へ移り、代わってオセイヤと彼女の友だちにマレーの部屋の留守番を頼む相談がまとまった。

マレーは寝室の戸棚を掻《か》き回してポンチョのような縞《しま》柄の長い上衣と鍔広《つばひろ》のカンカン帽を

引っぱり出した。これでハントもいくらかジェヴレン人らしく見えるだろうという気遣いだった。ハントはどこやらで見たメキシコのシガリロのトレードマークになったような気持ちを味わいながら、せいぜい西部劇の無法者を真似たつもりで留守番の女二人に手をふり、マレーとニクシーについて外に出た。

路地の角のバーにいっぱいの人だかりがしてスクリーンに見入っていた。マレーは足を止めて聴き耳を立てた。PAC拠点のニュースだった。ジェヴレン人は惑星を奪回した。遠からず、ジェヴェックスは復活するだろう。キャスターの言葉にどっと歓声が上がった。いかがわしい教団の信徒であると否とを問わず、ジェヴレン市民はそれぞれの理由でカプラーを必要としている、とハントは思った。疑うことを知らぬ衆愚の文字がまたしても彼の意識に蘇《よみがえ》った。

路地を出てコンコースを抜け、一階層下の街に降りて、そこから店々が戸を鎖《さ》した広場を跨《また》ぐ透明チューブの動く歩道に乗った。塵芥《じんかい》が人工池の濁った水面を埋めていた。

「ここには重力ビームによる浮遊移動システムがないんだね」ハントははじめて気がついたように言った。「テューリアンの都会はどこへ行ってもあれだ。〈ヴィシニュウ〉号でも、船内の移動はすべて重力ビームだったよ」

「ジェヴレン人のやることは信用できないからな」マレーは気のない声で言った。「タイムズ・スクウェアの上空百フィートんところへ浮かんでて、パワーが切れたらどうなるね？」

前回と同じリムジンが待ち受けていた。前のシートに男が二人、客席のコンパートメントにも二人乗っていた。一人はハントがドレッドノートと綽名《あだな》した用心棒だった。シリオの顔はなかった。リムジンは人出で賑《にぎ》わう繁華街を走った。大道に屋台店が立ち並び、あたりには音と光が溢《あふ》れていた。とあるところから斜路を一つ下るとがらりと空気が変わり、窓もない大きな建物の壁ばかりが続く寂れた倉庫街のようなところへ出た。コンベヤー・ラインを支える鉄梁《てつりょう》が宙に錯綜《さくそう》し、天井クレーンが止まったままの洞窟のようなコンクリートの建物に夥《おびただ》しい車が置かれていた。暗がりに目が馴《な》れて、よく見ると大半はエンジンをはずされた廃車だった。要所々々で車の接近を検知して照明が点《とも》った。一瞬、鈍い光の中で機械の破片や崩落した鉄骨が視野をかすめた。地球の鼠《ねずみ》に似た小動物が床を走り、何かの制御装置と思《おぼ》しきものを解体して盗み出そうとしている数人の人影があった。

テューリアンの手で築かれた都市は荒廃が進んでいた。都市計画に約束されていたはずの華麗なる繁栄はどこへやら、取って代わって覇気を失ったジェヴレン人の退廃が市街を覆いつくし、陋屋《ろうおく》にはびこる蔓草《つるくさ》さながら、未完の摩天楼に絡みついていた。

ハントは横目遣いにそっとニクシーの顔を窺《うかが》った。ニクシーは何を思ってか不審げに目をしばたたきながら、イチナの用心棒の無表情な冷顔の背後に隠されているものを読み取ろうとしているふうだった。彼女の様子を眺めるうちに、ハントは自分が無意識に彼我《ひが》の情況を、先天的な被害妄想と攻撃的性向を特徴とする別の宇宙のエント人と通常世界の人類というあまりにも単純な図式で捉えていることに思い至った。今、目の前にいるニクシーはエント人でありながら、被害妄想を見事に克服し、平衡感覚に優れた極めて円満な人格を保っている。

彼女は決してもとには戻れない自分の新たな存在と異界の不馴れな現実とに折り合いをつけ、冷静に、建設的に将来を目指しているではないか。

だとしたら、ニクシーと同じように生まれ変わった自分を恐れず、悔やまず、脅威的な現実に順応してこの世界に埋没し、ジェヴレン人やテューリアンを新たな同胞と認めて真摯《しんし》に生きているエント人はまだほかにも無数にいるのではあるまいか。ジェヴレン人と地球人をひっくるめて、人類もガニメアンも、ここから学ぶべき何かがある。さらに一歩踏み込んで、エントヴァースにもニクシーは大勢いるのではなかろうか。アヤトラばかりに注目しては本質を見誤る虞《おそ》れなしとしない。何となれば、彼らは自分と同じような資質を選んでエクソヴァースに呼び寄せようとしているに違いないからだ。エント人が例外なく敵意を抱いているわけではない。エント人すべてを脅威と見るのは間違いだ。人類においてもそうである通り、集団内部の亀裂は集団と集団を隔てる溝よりも広く深い。十把《じっぱ》ひとからげにエント人はこうと決めつけたところで何の意味もない。大切なのは個々人だ。なまなかに性急な評価を下すことは禁物だろう。

リムジンはさまざまな機械装置や貯蔵設備の並ぶ区画を過ぎて、再び斜路を上がり、緑豊かな並木の向こうにパステルカラーの高層アパートが聳《そび》える閑静な住宅街に出た。青く澄んだ空が自然のままか、街を覆う天蓋に投射された映像か、ハントにはただちに判断がつかなかった。

広壮なゲートを抜けて、立ち木が花をつけた枝を差し交わす私道を行くと、やがて、塔建築のガラス張りの玄関が見えてきた。天然の岩石から彫り起こしたと見られる控え壁を伝って、石垣を繞《めぐ》らせた池に滝が落ちていた。

前のシートの二人を残して一行がリムジンから降り立つと、正面のドアがひとりでに開いた。壁面や柱に巧緻な彫刻をあしらい、タイルを敷き詰めたロビーに不定形の低いテーブルと椅子が配置されていた。苔《こけ》むした岸辺の岩に色とりどりの花が咲き乱れる小流れがロビーを横切り、その中央を跨ぐ橋の正面に両開きのドアがあった。

天井のどこにも直線で区切られた平面はなく、波のようにうねる曲面が相接し、入り組んで、不規則な凹凸や空洞を作っていた。案内について橋を渡りながら、ハントは回旋状の巨大な貝殻の中を歩いているような気がした。マレーはマレーで、こんな設計をした建築家はベーグルとやらいうロールパンばかり食っているに違いない、とあらぬことを考えた。

警固の者たちは心得顔で、黙って一行を通した。エレベーターは音もなく上昇した。エレベーターを出ると、そこは中空に浮かぶ露台だった。片側は吹き抜けで、幾層もの遊歩廊や露天のレストランに囲まれた空間が眼下に底知れぬ陥穽《かんせい》を開き、反対側はガラス壁の向こうに街路樹を抜きん出て摩天楼が林立する都市景観を望んでいた。その高さから見上げてもなお、頭上の空はあるがままの蒼穹《そうきゅう》か、人工の天蓋か、ハントの目には見分けがつかなかった。

一行が進み出ると、露台は自《おの》ずから吹き抜けを囲む歩廊に変じ、向こう側に扇状に延びる通路が開けた。ドレッドノートが先に立ってその一つを辿《たど》った。通路は弧を描いて、いくばくもなくドアに突き当たった。白いジャケットを着た執事ふうの男と小間使いらしい女が待ち受けていた。背後の広間に、ダークスーツの屈強な男が二人控えていた。一行は身体検査され、武器を帯びていないとわかった上ではじめて奥へ通された。

外景ほど極端ではなかったが、室内はどこもやはり曲線を基調とした設計だった。ハントはＰＡＣの一部も含めてシバンのあちこちで曲面造形に目を留め、それがジェヴレン文化の伝統か、または地方の特色か、かねがね興味を覚えていた。足も沈むほどのカーペットを敷き詰め、重厚な家具調度を配して絵画彫刻を飾った部屋をいくつか過ぎた。焼きものや彫金《ちょうきん》も乏しからず、具象抽象とりまぜた美術工芸はハントの目に、どれも古式には程遠いモダーンな作品と映った。もっとも、考えてみれば、人類が生まれる以前に星間宇宙船の技術を達成していた異星文明を地球人の目で眺めて、古式だ、モダーンだと言ったところではじまらない、と彼は反省した。

階を下るほどに、建物は外から見た印象よりもはるかに奥行きが深いことがわかった。幅広く浅い階段を降りると、ガラス壁を隔ててプール越しに屋上庭園を望む三日月形の広間だった。中央にシリオが立って一同を待ち受けていた。前に会った時の、地球流のしゃっきりとしたスーツ姿ではなく、栗色の地に銀と黒の縫い取りも鮮やかな踝《くるぶし》に達する長衣だった。腰には大きな飾り金《がね》のある帯を結び、袂《たもと》を脹《ふく》らませて、ベルベットの襞襟《ひだえり》に深く顎を埋めていた。

シリオは表情も変えず、身じろぎもせず、ただその場に立ったまま長いこと一同を見据えていた。ぎごちない数瞬が過ぎて、ハントはシリオがニクシーの発言を待つ体《てい》に、もっぱら彼女に視線を注いでいることに気づいた。はたしてシリオはそれまで通訳を務めていたマレーを黙殺して、ニクシーに何か鋭く問いかけた。彼女がジェヴレン人とわかった上のことであろう。ニクシーは面食らった様子でそれに答え、二人はさらに短いやりとりを交わした。ハントは物問いたげに眉を上げてマレーをふり返った。

「あたしもよくわからない」マレーは声を落として言った。「街中《まちなか》ではあんまり耳にしない土地言葉らしくてさ」

ややあって、シリオは声の調子を変え、ハントの方へ顎をしゃくって何か言った。ニクシーがそれをマレーに取り次いだ。

「何だっていうんだ？」ハントは尋ねた。

「だから、その大事な話っていうのを、さっさとここでしゃべれとさ」マレーは言った。

ハントはリムジンでここへ運ばれる途中、この時に備えてあれこれ思案をめぐらせた。相手に直接かかわりのある問題を単刀直入に切り出すのが一番の早道に違いなかった。

「じゃあ、こう伝えてくれないか」ハントは要件を整理して言った。「シリオはいいカモにされている。イチナという組織そのものが体《てい》よく利用されている。PACを占拠した警察とジェヴレン人傭兵《ようへい》たちも騙《だま》されている。汚れ仕事を引き受けて、世間の注目を集めればみんな用済みだ。あとはぼろ雑巾《ぞうきん》みたいに捨てられるだけだ。これは権力をめぐる極めて政治的な事件であって、首謀者は罪をなすりつけるスケープゴートを必要としている。それが、すなわち、イチナであり、警察であり、ジェヴレン人傭兵たちだ。ジェヴェックスが復活すれば、巨悪が力を得てこの惑星を乗っ取ることになる」

シリオは最前《さいぜん》と同様、胸中を窺《うかが》い知れぬ冷ややかな表情でじっとハントを見据えていたが、マレーの通訳する言葉を聞き終えて、ひとこと鋭い声を発した。

「そこんとこを、もっと詳しく聞かせろとさ」マレーがシリオの要求を伝えた。

ハントはジェヴレン人が神懸かりになる現象から説き起こし、教団諸派、ユーベリアス、ジェヴェックス等に触れながら事態のあらましを語った。いずれもシリオが多少は心得ていることとだった。ハントはまともに聞いてはもらえまいと、はじめからほとんど諦めていたが、言うべきことを言う以外、どうする術《すべ》もなかった。とはいえ、あまりにも苦しまぎれと受け取られかねない話である。シリオの立場に身を置いて自分の言葉を聞けば聞くほど、ハントにはそれが、すでに掌中を放れかけているジェヴレン支配を空《むな》しく長引かせようと、テューリアン政府と地球人が相謀《あいはか》ってでっち上げた牽強付会《けんきょうふかい》の説であるように思えてならなかった。そもそも、ジェヴェックスを体制の基盤としていた前政権の下でいい思いを味わったシリオに、システム復活阻止に協力すべきどんな理由があり得よう？　事態は差し迫っているにもかかわらず、自分の言うことが相手の耳に空疎に響くことを思うと、ハントはついつい投げやりな調子にならざるを得なかった。マレーとニクシーの助けで何とかその場を持ち堪《こた》えてはいたものの、彼は内心、もはやすべてを諦めきった自分を意識していた。

ところが、意外やシリオは彼の話にじっと耳を傾けていた。表情は変わらず、身じろぎするでもなかったが、その態度には軽侮の色はなかった。マレーとニクシーこもごもの通訳を介して、的を射た真摯《しんし》な質問が返ってきた。

異類に取り憑《つ》かれているのは神懸かりの狂信者ばかりではないということか？　多くは精神に異常を来《きた》すことなく、周囲から疑われず、疎まれもせず、この社会に所を得て生きているというのか？

その通り、とハントは答え、現に今シリオが話している相手もそんな一人だ、とニクシーを指さした。彼女が人格破綻者か、神懸かりの狂信者か、よく見てもらいたい。

しかし、支配欲、権勢欲の亡者もまた少なくないのだな？　シリオは重ねて尋ねた。その手の者どもが地球に送り込まれ、歴史を通じて地球人の足を引っぱってきたと聞かされているのだが。

「ああ、そうだとも」ハントはぐるりとあたりを指さし、ここにも大勢潜り込んでいるはずだ、と咽喉《のど》まで出かかったが、それを言ってはならないと思い直して口をつぐんだ。マレーもそのあたりのかね合いを心得て、それとなくハントに耳打ちした。「そいつはここで持ち出さない方がいい。シリオがその口だったら、こちとらぁ生きて帰れないぜ」

が、シリオは鎌をかけるふうもなく、さらに質問を続けた。

神懸かりはジェヴェックス依存が昂《こう》じた末の精神異常ではなく、その言葉の意味する通り、異類が乗り移って起こることだというのだな？

その通り。

異類はジェヴェックス内部に生じた別の世界に、このシリオの理解のおよばぬ過程を経て出現したと？

いかにも。それは不確定にして予知不可能な世界であって、そのことが脱出の強い動機づけとなっている。異類はカプラーを介して人間の意識に侵入する。

ニクシーの身の上に起こったことがそれだとか？

然《しか》り。これは不可逆のことで、ひとたび人類に宿った異界人はもとに戻れない。その行動は、宿った個人とそれを取り巻く環境、情況によってまちまちである。

「どうやら話が通じているぜ」マレーは、ハントの耳もとに口を寄せて言った。「どうしてと訊かれても困るがね。はっきり言って、あたしはとうてい見込みはないと思っていたんだ。でも、やつは大真面目だ」

今のこの騒ぎは煙幕だというのだな？　真の脅威と見るべき相手は、ジェヴェックスの復活を機に侵入の構えだと？

「ジェヴェックスの本体は惑星アッタンだ。ユーベリアスがアッタンへ行ったのはそのためだ」

ユーベリアスのジェヴェックス復活を阻止する唯一可能な手段はヴィザーを結節することであり、そのための一番の早道はイチナが違法に保有するジェヴェックス・チャンネルに接続することだというのか？

ハントはうなずいた。

「そういうことだ」マレーがニクシーを通じてシリオに確認の返事をした。

シリオは最初にこの場でハントらと対面した時と変わらず、依然として何かを訝《いぶか》っているふうだったが、ハントの話はひとまず納得したらしかった。彼は再びニクシーに向き直り、マレーがハントに通訳する隙《ひま》もなく、二人を黙殺して庭園のプールを見下ろす湾曲した窓の方へ彼女を引き寄せた。ニクシーはとんと合点《がてん》のゆかぬ表情を浮かべながらも、シリオの質問に短く答えた。

「兄貴分にこのことを話すとさ」マレーは切れぎれに聞こえてくる話をかいつまんでハントに伝えた。「グレヴェッツとやらいうやつで、どっか遠くにいるんだとさ。ニクシーに、どう思うか訊いていやあがる」

「で、ニクシーは何だって？」

マレーは肩をすくめた。「そりゃあ、好きにしろと言うしかないわな」

「どうしてニクシーにそんなことを訊くんだ？」

「さあねえ……。ニクシーだって面食らってるよ。グレヴェッツをここへ呼んでもいいが、こっちから出かけていくっていうのはどうか、とさ。ニクシーはうんと言った。それにしても、何が何だかさっぱりわからないのはニクシーもあたしも同じだ」

ハントは思案に眉を寄せて頭をふった。「きみはどう思う？」

「どうもこうもあるものか。土台、ジェヴレン人のやることがあたしにはほとんど理解できないんだ。あいつらを理解してこの惑星をうまく治められる人間がいるものならお目に懸かりたいね」

シリオは後ろ手をして窓際に立っていた。今ではすっかり打ち解けて口数も多く、時折窓越しに庭園のあちこちを指さしたりもした。

「何を言っているんだ？」ハントは尋ねた。

「プールがどうしたの、パーティがこうしたのと……、何か以前ここで事故があったとかで、その話らしいな。ニクシーは話相手になってはいるが、そんなことは知りゃあしない。……ああ、これから兄貴分に連絡を取るとさ」

シリオは踵《きびす》を返すと、ハントとマレーには目もくれずに脇をすり抜け、浅い階段を上がって別室に姿を消した。ニクシーは二人の傍《そば》へ戻って言った。「変なの。プールと組織の顔役の話ばっかり。でも、あの人、自分で言ってるよりはもっと何か知ってるみたいよ」

ハントは不安げな目つきでマレーをふり返った。「その連絡を取るという相手は、まさか殺し屋集団じゃあないだろうな」

「さあてね。もしそうだったら、あたしらはどうなるんだ？」

「シリオがエント人だったら、ニクシーはわかるのかな？　見分けがつくんだろうか？」

マレーがジェヴレン語でニクシーに尋ねた。「あの人は違うわ」彼女は言下に否定した。「見ればわかるもの」

たちまちあわただしい動きが起こって、しばらくの間、彼らはほとんど忘れられた存在だった。ジェヴレン人が二人、三人とかたまってあちこちから姿を現わし、ひそひそと声を交わしては、またせわしなく散っていった。閉ざされたドアの奥から緊急連絡のチャイムやコールトーンがひっきりなしに洩《も》れ聞こえてきた。シリオは大車輪で飛び回り、指示を下し、細々《こまごま》とした事項を確認し、電話に応答した。たいていはドレッドノートがぴたりと傍に付き従っていた。空気は張りつめて電気を孕《はら》んでいるかのようだった。何事が起きているのか、ニクシーにも見当がつきかねたが、騒然たるその場の雰囲気はまるで軍事作戦の準備に一刻を争っているかのようだった。

人の出入りの最も激しいドアからドレッドノートが顔を覗《のぞ》かせ、命令を叫ぶと同時に三人を手招きした。ニクシーは長椅子からふわりと立ち上がった。ハントは深く沈み込んでいた革張りの肘掛け椅子から大儀そうに体を起こし、柱に凭《もた》れていたマレーの後に続いた。「さあ、行くぞ」マレーは低く言った。

「これからどうなるんだ？」ハントは尋ねた。

「そんなこと知るもんか。とにかく、くっついてくよりしようがないだろう」

シリオはダークスーツに着替え、紺の半外套《はんがいとう》をはおって、イチナの三人とともにロビーの正面で待ち受けていた。そこでまた性急な短いやりとりがあってから、一同は吹き抜けを見下ろす歩廊をエレベーターに戻った。貝殻のような広間へ下りると思いきや、エレベーターは一気に上昇した。

鋼鉄の壁に囲まれただだっ広い場所に出た。隣接する二面の壁のほぼ全幅にわたって低い位置に窓が連なり、展望塔から眺めるさまに遠く市街の景観が開けていた。大きさも型もまちまちながら、明らかに航空機《フライヤー》とわかるマシン二十数機が並んでいるところを見れば、そこは屋上発着所に違いなかった。シリオの手下三人が先に立って列のはずれの白と黄色に塗り分けられた姿のいいマシンに向かった。風防ガラスの球形機種からがっしりとした胴体を経て先細りに尾部が伸びた外観はヘリコプターに似ているが、ローターもスタビライザーもなく、後部の腹面から先端に流線型のポッドをつけた一対の尾翼が鋭角に張り出しているほかは、脚も車輪も見当たらなかった。

フライヤーはドアを開けて待機していた。尾翼に近いあたりからエンジンの波動する唸《うな》りが伝わり、機首にはすでに黒ずくめの男が二人着座していた。胴部コンパートメントには三人掛けのシートが三列に並び、その最後部に控えたイチナの男に手招きされて、ハントとマレーは並んで坐った。ニクシーと同行するイチナの二人が中の列に乗り、残る一人とドレッドノートはシリオとともに、機首の二人の背中に近い最前列を占めた。ドアが閉じたと思う間もなく、フライヤーは旋回しながら床を離れた。前方の壁が窓もろとも外側に倒れて中空に張り出す発射台に変わった。フライヤーは上昇したが、その動きはほとんど体に感じることがなかった。最前、三日月形の一室から見たと同様の屋上庭園が拡がっていく視野のここかしこに散在していた。密集する市街地の建築物の谷間に、重層道路や公園が見えた。ハントは頭上に目を転じた。蒼穹《そうきゆう》に辛うじてそれとわかる微《かす》かな継ぎ目が走っていた。そこは天蓋に覆われた、人工の空を仰ぐ地区だった。

前方に、樹冠を抜きん出て聳《そび》える建築物の成層崖《せいそうがい》が迫ってきた。天蓋は大きく開口して市街を縦断する幹線空路に通じていた。フライヤーは加速しながら本線に合流した。マレーと石のように無表情なイチナの男に挟まれてハントは、自分はいったい何事に嵌《は》まり込んだのか、と胸中密《ひそ》かに首を傾《かし》げた。

52

探査体が撃墜されて後、テューリアンのカラザーと〈シャピアロン〉号上のトーレスに地球からコールドウェルがオンラインで加わって、情勢分析の会議は長時間におよんだ。コールドウェルが接続して間もなく、ジェヴレン側はギアベーンのゾラックを遮断した。ジェヴレンの情報通信システムはすべてジェヴェックスが制御しているから、ヴィザーは手も足も出ない。惑星ジェヴレンは事実上、通信管制を敷かれた状態だった。

となると、当面はハントらが、交信杜絶《とぜつ》の直前にポーシック・イージアンが言いかけたことを実行してくれるように祈るほかはなかった。すなわち、唯一可能な方策として浮かび上がった非常手段、惑星ジェヴレンにおけるヴィザーとジェヴェックスの結節である。三人の指導者は暗黙裡《あんもくり》に、ハントたちはきっとこれをやってのけるだろうという希望的観測に傾いていた。具体的に、いかなる方途をもって両システムを繋《つな》ぐかはさて措《お》くとしてもである。

が、問題はその先だった。ハントらがシステム結節に成功したとして、行政当局はそこでヴィザーに何をさせるべきだろうか？

コールドウェルは、いったい何が問題なのか理解に苦しんだ。「ヴィザーが主導権を握ったら、ひとまず、ある限りのカプラーを残らず遮断すればいい。一方で、アッタン防衛線突破の作戦を立案するのです。カプラーを遮断すれば、エント人は封じ込められて、侵入の危険は回避されます。アッタンを攻め落として、マトリックスを解体すれば、すべて、めでたしめでたしです」

ところが、カラザーは意外にも厳しい表情でこれを却下した。「エント人は、たしかに好ましくない側面を持っているかもしれません。しかし、われわれから見てその起源がいかに特異であろうとも、彼らはあらゆる意味において立派に進化した知性です。従って、権利は認められなくてはなりません。エントヴァースがいかにして生じたかにかかわりなく、現に存在する事実は動きません。エントヴァースを破壊することは、とりもなおさず、計画的、組織的大量虐殺を犯すことです。テューリアンにはとうていできかねることです。論外です」

コールドウェルは考え直した。なるほど、言われてみればその通りだ。彼は過激な提言を詫《わ》び、一歩譲って言った。「いいでしょう。荒療治は見合わせる、と。だったら、とにかくニューロカプラーの接続を断って、暫定統治期間が過ぎたところでヴィザーと同等な別のシステムをジェヴレンに与えたらどうですか。あるいは、ヴィザーを拡張してもいい。そうすれば、エントヴァースはシステム内部に存続して、進化を妨げられることもない。言わば永久孤立化政策ですね」

しかし、カラザーはこれにも賛成できない顔だった。

「彼らは考える力もあり、感情も具《そな》えた存在です。エントヴァースは彼らにとって、危険に満ちた住みにくい環境です。彼らの多くは、いつの日かエクソヴァースへ渡るという希望にすがって生きています。その機会を閉ざすことは人道上許されますまい。あるまじきことです」

コールドウェルは体《てい》よく撥《は》ねつけられて潔《いさぎよ》く、さらに一歩引き下がった。「そうですか。じゃあ、どうすればいいいんです？」

「わかりません」

コールドウェルは深く溜息《ためいき》をつき、相手は異星文明の最高実力者だ、と自分に言い聞かせた。

「おそれいりましたな」彼は言った。

フライヤーは市街地をはずれて田園地帯にさしかかった。高度はさほどでもなく、ハントの目測で三千、ないし四千フィートといったところだった。時折飛行制御コンピュータの信号音と合成音声の状態報告が聞こえ、シリオが携帯電話であちこちと連絡を取り合うほかは、誰も口をきかなかった。

シバン郊外の人口密集地帯も数マイルを過ぎるあたりから次第に建物が疎《まば》らになり、やがて幹線道路沿いに人家が点在する、地球でもいたるところに見られるスマトラやニュージャージーさながらの田舎の景色に変わった。目立って地球と違うのは工業地帯がほとんど見当たらないことで、これはテューリアン文明の習慣に倣《なら》って工場はあらかた地下に建設されるためである。反面、地球には例のない大規模な構築物がここかしこに見かけられた。山腹を打ち抜いて一直線に延びる人工の峡谷を複雑な機械装置が埋めているところを過ぎた。何のための装置かハントには想像がつきかねた。スカイラインに高さ一マイルはあろうかという尖塔《せんとう》が林立し、その間を縫って夥《おびただ》しいパイプがくねっている景色もあった。

さらに行くと、集落を隔てて未開の原野が広がる中に、近年新たに開拓が進められた農地があった。ジェヴレンでは、食料生産は他の分野における物質の合成と同様、ほとんどが人工的なプロセスによっている。畑を耕して作物を育てるのは趣味に属することか、さもなければ、自然食を信奉する限られた人々が生き方として選ぶ道だった。ところが、ジェヴェックスが遮断されて生活形態が変化すると農産物に対する需要が高まった。それで農業経営に手を染める利に聡《さと》い事業家がこのところ数を増している。

フライヤーは山襞《やまひだ》を抉《えぐ》る谷に沿って高度を上げた。緑の絨毯《じゅうたん》を敷き詰めたような森林地帯のところどころに鮮やかな青藍の葉を持つ樹木の群落があり、湖もいくつか目についた。シャルトルーズを思わせる黄緑の空にジェヴレン特有のオレンジ色の雲が縞《しま》を描き、オーロラが盛んに揺れていた。その幻想的な色彩の乱舞に、ハントはこれまでに見たジェヴレンの都市景観よりもはるかに強く異星を感じた。彼は好奇心に誘われるままにテューリアンの仮想移動システムでずいぶんあちこち旅したが、自分が今異星にいる事実をこれほどはっきり意識したのははじめてだった。ハントの地球外体験は、このジェヴレンを別とすれば、ガニメデと木星探査の途次《とじ》に立ち寄った月面だけである。

彼は人類とテューリアンを隔てる溝の深さにあらためて思いを致した。テューリアンにとって情報を細大洩《も》らさず五感に伝えることと、情報源へ出向いて生身の体験を味わうことは同義である。仮想と現実の区別がつかないとすれば、そこには何の違いもない。しかし、人間の場合はそうはいかない。テューリアンはジェヴレンに集団中毒をもたらした仮想幻惑に対して免疫があるというのも、考えてみれば不思議な話だ。テューリアンの超合理主義が何であれ既知の物事の表象を抵抗なく受け入れ、一方、知識にある物事を虚像と疑うことを拒むためだろうか？　もっとも、それはジーナが彼自身やダンチェッカーの科学に向き合う態度を評して言ったのと同じことではないか。心理学者たちが、向こう百年が仕事の山場だと言っているのもうなずける。

気がつくと、機首のシートの一人がヘッドセットで誰かと交信し、フライヤーはすでに高度を下げはじめていた。緩やかな旋回につれて前方の景色が横に流れ、森陰に開けた土地に建つ広壮な屋敷が正面に回ったところで安定した。敷地を囲む塀が目の下をすり抜け、芝生の庭園や果樹園、球技コートが視野を過《よぎ》った。敷地の中には点々と島を浮かべる湖水もあった。フライヤーは豪邸と呼ぶにふさわしい屋敷の裏のコンクリートの広場へ向けて降下した。屋敷の中央部はガラスの壁面を大きく取った二階建てで、シバン建築の特徴を窺《うかが》わせる反《そ》り廂《ひさし》の屋根を頂いていた。両側にさまざまな様式を取り混ぜて野放図に増築を重ねたような翼屋が張り出していたが、全体としては仏塔と瀟洒《しょうしゃ》な荘園領主館の折衷といった印象だった。

発着所に出迎えの集団が待ち受けていた。中でもでっぷり太って丸顔の色艶もいい禿頭《とくとう》の男の、両手を腰にあてがって空を仰ぐ姿がひときわ目立った。イヤリングをして、片方の手首に幅広のブレスレットを光らせている。ラップラウンドの筒袖のコートにオレンジ色がかった赤いズボンという出で立ちのこの男こそ組織の頭目に違いなかった。男を取り巻いて控える数人は中堅幹部か用心棒であろう。いずれも同様の砕けた身なりで気楽に構えるどころか、半ばうんざりしてさえいる様子だった。フライヤーは着地して、ドアが開いた。

イチナの二人が先に降り、シリオとドレッドノートがそれに続いた。ひとしきり機外に声が飛び交って、シリオがニクシーを手招きした。ハントはどういうことかと問いかける顔でマレーをふり返った。マレーは黙って肩をすくめるしかなかった。

ニクシーも何が何やらわけがわからず、躊躇《ためら》いがちに席を立った。シリオは重ねて彼女を急《せ》かした。ニクシーは命じられるままにドレッドノートとイチナの二人に挟まれて進み出たが、組織の首領の顔に燃える激しい憎悪に、たちまちその場にすくみ上がった。首領は怒りを抑えかね、いきなり両腕をふり上げてニクシーを威嚇《いかく》しながら声荒くシリオを罵《ののし》った。シリオはそれを聞き流してニクシーに何か尋ねた。まったく身に覚えのないことと見えて、彼女は驚きうろたえ、大きく首を横にふって後退《あとじさ》った。首領の一声で若い者がニクシーを取り押さえにかかったが、シリオの手下がそれを遮った。シリオと首領は互いに悪口雑言《あっこうぞうごん》を浴びせ合い、それから二人してニクシーに向き直ると、何やら盛んに言い立てた。彼女は堪《たま》りかねて金切り声を発した。

「何だっていうんだ？」ハントは肘掛けを握り締めて身を乗り出した。「あたしにも、さっぱりわけがわからない。マレーはなす術もなく、しきりに頭をふった。「あの太っちょはニクシーを知ってるらしいんだ。ところが、ニクシーの方じゃあやつを知らない。シリオに、あいつはコンピュータから湧いて出た口だと……おお、やった！」

後部隔壁の背後でブザーに似たくぐもった音がした、と見る間に首領とすぐ脇の男が人間松明《たいまつ》と化した。同時にシリオ側の二人がコートの下から銃を抜き、最前《さいぜん》ニクシーを捕まえようとした二人の若い者に向けてビームを発射した。最大強度のプラズマを食らって二人は、火花となって飛び散った。ドレッドノートがもう一人を同じくビームピストルで始末し、残る一人はフライヤーの光線銃が焼殺した。

ハントは驚愕《きょうがく》と恐怖に体が強張《こわば》り、声もなくただ目を瞠《みは》るばかりだった。シリオと手下の一同はニクシーを抱え上げるようにして、早くも上昇姿勢に移ろうとしているフライヤーに駆け戻った。屋敷のどこかで警報が鳴り響き、窓のシャッターが閉じると、屋根の一部が外側に倒れて砲塔が迫《せ》り出した。屋敷から組織の武闘集団が走り出て八方に散った。

フライヤーの後部からまたもやビームが走って露出した砲塔二基を破壊した。フライヤーは地球の軍隊でいえば武装ヘリと将校専用車を兼ねるマシンに違いなかった。シリオが命令を叫び、ドレッドノートがニクシーを荷物のように抱きかかえて、一同はフライヤーに飛び乗った。ハントはわれに返って伸び上がり、シート越しにニクシーを引き取って抱き寄せた。

マレーも遅ればせに気を取り直してハントに手を貸した。それから後のことはハントの記憶に断片的な印象の羅列としてしか残っていない。ニクシーは蒼《あお》ざめて歯の根も合わぬありさまだったが、怪我はなく、健気《けなげ》にもよく恐怖に耐えていた。フライヤーは立て続けにビームを発射しながら横っ飛びに上昇した。地面が視野を流れ去った。球形の発光体が前方の立ち木越しに弧を描いて飛来し、屋敷の一角に火柱が立った。敷地を囲む塀が背後に遠ざかり、眼下に森林が拡がり、やがてフライヤーは丘陵地帯へ向けて高度を上げた。

「ふーっ」マレーは去りやらぬ恐怖にふるえながら大きく溜息《ためいき》をついた。

あの発光体はどこから飛んできたのだろうか？　別のフライヤーが一行を掩護《えんご》していたのか、それとも、どこか他所《よそ》にミサイル基地のような施設があるのか、ハントは首を傾《かし》げたが、考えてわかることではなかった。フライヤーは真っすぐシバンに向かっていた。ニクシーはシリオにしきりに物を尋ね、シリオは抑揚のない声でそれに答えた。彼は次第に往路の緊張がほぐれかけている様子だった。マレーはしばらく二人のやりとりに聴き耳を立てていたが、大筋の話を理解してハントに向き直った。

「火達磨《ひだるま》になってくたばったあの太っちょな。あれが親玉のグレヴェッツさ。やつはエント人だ。シリオは、さっきこっちの話したことが本当なら、自分も遅かれ早かれ用済みになってお払い箱だと悟ったんだな。それで、先手を打ってグレヴェッツの寝首を掻《か》くことにしたんだが、こいつは正解だったな」

ハントも動揺がおさまって考える余裕を取り戻していた。マレーの話はもう一つ腑《ふ》に落ちなかった。「それにしても……シリオはどこでわたしらの言うことは本当だと判断したのかね？　あの話はジェヴェックスの復活を何とか阻止しようというわれわれ地球人とテューリアン政府の捨て身の術策でないとどうして言える？　シリオの立場からすれば、いくらでも疑えるはずじゃあないか」

マレーは首を横にふった。「今しがたの騒動も、もとはと言やあそのことなんだ」彼はシリオの背中へ顎をしゃくった。「シバンで最初にあすこへ乗り込んだ時、やつの態度がおかしかったのがわかったかい？」

「妙な目つきでニクシーを見ていたことか？　ああ、気がついたよ。それがどうしたね？」

「シリオはもとからニクシーを知ってるんだな。だから、その、エント人が乗り移る以前のニカシャをさ。ところが、ニクシーはシリオなんぞ知りゃあしない。これが決め手となって、向こうはなるほどとうなずいたんだ。本当のニカシャだったら涼しい顔でシリオの前へ出られるわけがない。面《つら》ぁ見る途端に飛んで逃げるはずなんだ」

ハントはきょとんとした。「じゃあ、ニクシーは組織にいたことがあるのか？」

マレーはニクシーに何やら尋ね、それを彼女がシリオに取り次いだ。

「ニカシャは例の太っちょの情婦《いろ》だったんだ」

「まさか！」

「ところが、太っちょには女房があって、これが手に負えない、悋気《りんき》深い女と来ている。で、その二人、つまり、女同士が角《つの》を突き合わせてさ、ニカシャは太っちょの女房を殺しかけたんだとさ」

　ハントは目を丸くした。「組織の首領の妻を？　ニクシーが？　そんな馬鹿な」

「だから、ニクシーじゃないって。人が変わる前の、ニカシャだよ。先生の言うのが本当なら、ニカシャはもうこの世にいないはずだろうが、え？　ああ、そうともさ。ニカシャは親玉の女房を殺そうとしたんだ。それが、さっき行ったシリオんとこのプールでよ。女房がプールへ入ってるところを、ジェヴレンのスタン・ガンで撃ったんだ。心臓麻痺《まひ》と見せかける計算だったんだが、これが失敗して殺しは未遂に終わったんだな。太っちょはニカシャに殺し屋を差し向けた。それで、ニカシャは姿をくらまして、シバンで世を忍ぶ暮らしをするようになったんだとさ。あたしがこっちへ来る前の話だ……今の今まで、そんなことはちっとも知らなかったよ」

　ニクシーが何らかの理由で別人を装っているとしたら、化けの皮を剝ぐ唯一確実な方法はグレヴェッツと対面させることだった。彼女を見た時のグレヴェッツの怒りは本物だった。そして、ニクシーのあの何とも言えない狐につままれたような顔もまた、とうてい演技ではあり得なかった。

「で、ニクシーが過去を隠しているのではないことがシリオにわかった。そこへ持ってきて、ニクシーはグレヴェッツが自分と同類であると見抜いた。となると、もうそれ以上は説明の要もなかったというわけだな」ハントは事情がわかってうなずいた。恐怖はまだ去りきっていなかった。窓外に目をやると、フライヤーはすでにシバンに近づいていた。「それで、これからどうなるんだ？」

マレーは肩をすくめた。「この分だと、惑星ぐるみの大戦争だな。ただ、困ったことに誰が敵か味方か、皆目見当《かいもく》がつかない」

ハントは情況を思案した。ニクシーはＰＡＣで警察に顔を見られている。全体の成り行きの中で、自分たちの置かれた立場も判然としない。「オセイヤの部屋で、ダンチェッカーとジーナは大丈夫だろうか？」彼は不安を声に出した。「このことが街じゅうに広まったら、どんな騒ぎにならないとも限らない。どうも気懸かりだな」

マレーがハントの懸念を伝えると、シリオは機首の二人に何事かを指示した。片方の男がヘッドセットでどこかと交信した。

「留守番の二人を他所へ移すとさ」マレーは言った。

シリオはあらたまった態度で長広舌《ちょうこうぜつ》をふるった。マレーは目を丸くして聞いていたが、やがて、ハントをふり返ってそのあらましを通訳した。「シリオが言うにはな、何はさて措《お》き、ユーベリアスがコンピュータを動かすのを差し止めなきゃあならん。その上で、地球人とテューリアン政府に事態の収拾を任せよう、とこういうことだ。潜りの幻覚商売を手放すのは残念だが、どの道、先が知れているとあるからは、未練はないとさ。シリオは事業家だよ。金儲《かねもう》けの種はほかにいくらだってある。あの太っちょの同類が権力を握るより、新体制と折り合った方が結局は得だと踏んでいるんだ」

ハントは釈然としなかった。「つまり、どういうことなんだ？　シリオは具体的に、これからどうする気かね？」

マレーはふっと息を吐いて頭をふった。「どうしてこういう成り行きになったのか、あたしもぴんと来ないがね、でも、やったぜ、先生。注文に応じるとさ。シリオは技術屋にそう言って、ヴィザーをジェヴェックスのチャンネルに接続させることにしたんだ」

53

ダンチェッカーはふかふかの絹のクッションを重ねた大きな椅子に体を沈め、頭の後ろに手を組んで、オセイヤの部屋を飾っているあまりにも官能的に過ぎる奔放な写真や置物を眺め回した。「しかし、何だねえ。正直な話、時としてわたしは青春時代の生き方を誤ったのではないかという気がしないでもないよ」ジーナが戻ってくる気配を感じて彼は肩越しに言った。「この種の場所がどういう趣味に応えるものか、わたしはあえて想像したいとも思わない」

ジーナはハントが代用コーヒーに見立ててエアザッツと言っている飲みもののカップを二つ手にして現われた。オセイヤのキッチンのシェフ・ロボットはジェヴレン語しか受けつけず、手動操作はなお面倒で、彼女は助けを求めてマレーの部屋へ下りたのだ。「ジェヴェックスの麻薬効果がどんなだか、これでおわかりでしょう」ドアを閉じて、ジーナは言った。

ダンチェッカーはジーナとサンディが言わんとしていた本当の意味にはじめて思い至って目を丸くした。「そうか。その方面のことは考えてもみなかったよ」

彼はカップを受け取って、サイドテーブルに置いた。ジーナは腰を下ろしてエアザッツを啜《すす》り、気分をほぐそうと努めたが、どうにも落ち着かなかった。いつ起こるとも知れぬ何かをただ漠然と待つことに彼女の神経はささくれ立っていた。

「長い目で見て、何かが本当に問題になることってあるかしら？」間を持たせるだけのつもりでジーナは言った。「つまり、進化の観点からの話ですけど。長い時間の尺度で考えた場合、今、わたしたちがこうしたから、あるいはその逆に、こうしなかったから、それがずっと後に影響を残すことってあるでしょうか？」ジーナは〈ヴィシニユウ〉号上でハントと話した時、現在この世に生き延びている生物の種は幸運に恵まれたわずか五パーセントにすぎないと言った自分を思い出した。それは自己を正当化する議論でしかない。この情況において、後の結果に影響しない行為行動があろうはずがない。だといって、無力な彼女に何ができたろう。

ダンチェッカーの答はジーナの不安や焦燥をいささかも和らげるものではなかった。「ああ、それはあるとも。ほとんど無視できるほどの、わずかな原因の違いが、場合によっては大きく結果を左右する。それで思い出したけれども、極度の非線形システムについて議論した時に、ヴィックが持ち出した例があるよ」

「それは……どんな？」ジーナは尋ねた。

ダンチェッカーは話の種が見つかって気が楽になったか、さらにゆったり姿勢を崩した。「ビリヤードの球を完全に無摩擦の台に置くとするね。どのボールについても、速度と方向は厳密正確に測定できるものとする。この条件で、コンピュータ・モデルはボールの動きを向こうどこまで許容誤差の範囲内で予測できると思うかね？」

ジーナはちょっと眉を寄せて考えた。「理論上の問題ですね？　だったら、未来永劫《えいごう》でしょう。違います？」

「そう、理論的にはね。十八世紀フランスの数学者、ラプラスも常に理論の正当性を主張した。ところが、現実には、宇宙は驚異的な誤差増幅装置でね。銀河系縁辺の電子一個の重力作用を度外視するというと、コンピュータ予測は一分足らず先で、すでにして大きくはずれてしまうのだよ」ジーナの信じられない顔を見て、ダンチェッカーは調子に乗ってうなずいた。「この例からもわかる通り、ある過程における極めて微妙な要因が……」

チャイムが鳴って、なまめかしい女の声がジェヴレン語で話しかけてきた。ジーナとダンチェッカーは思わずはてなと顔を見合わせたが、すぐに声の主はハウス・コンピュータだと悟った。廊下に今度は生の人声がして、マレーの部屋の留守番をしている女二人が顔を出した。背後に三人の男が続いていた。ジーナは応対に戸惑いながら腰を上げた。ダンチェッカーは、こうなったら逃げも隠れもしないとばかり、口を堅く結び、顎を突き出して来訪者たちを見上げた。

二人の女はしきりに手をふりながら競ってジェヴレン語でまくし立てた。男の一人、黒のロールネックのシャツにグレーのジャケットを重ね、どこかアジア系を思わせる細く吊り上がった目をした巨漢が玄関の方を指さして短く鋭い声を発した。

「パーティの場所を移すみたいね」ジーナはダンチェッカーをふり返った。

「ああ、それについて、わたしらの希望なり意見なりを聞く態度とは思えないねえ」ダンチェッカーはほかの二人の男に目を配って言った。

「そう、わたしの感じも同じだわ」

ダンチェッカーはカップを置いて立ち上がった。「いいだろう。どこへなりと、行こうじゃあないか」

二人は男たちについて踊り場へ出た。女たちはマレーの部屋まで一緒に下りると、手をふってドアの奥へ姿を消した。脅威を感じているそぶりもなかった。さらに二人の男が乗った車が待機していた。

彼らが走り去ってから十分後、シバン警察の装甲車が乗りつけ、機動隊がアパートに傾《なだ》れ込んだ。

フライヤーは幹線道路沿いの建物の裏手のパーキング・エリアに降り立った。ほかにもたくさんの航空機や地上車が駐まっていた。一行はほとんど無言のまま、エアバスを思わせる大型フライヤーに乗り替えた。機首のコンパートメントを除いては窓のないピンクと白の機体で、横腹にはジェヴレン文字をあしらったけばけばしいマークが描かれていた。

彼らは中央のドアから乗り込んだ。機内は片側だけにシートが設けられていた。ほんの数分を経ずして一行は再び飛び立った。

ニクシーがマレーの耳もとに口を寄せて何か言った。マレーは目を剝《む》いて天井を仰ぎ、ひとしきり、二人の間に質問と答が行き交った。

「何の話だね？」ハントは横から尋ねた。

「手回しのいいこった」マレーは言った。「今乗っているこいつは、地球で言やあ霊柩車《れいきゅうしゃ》だぜ」

「まさか！　まるでロックバンドの巡業バスじゃないか」

「これが、ちょっくら変わった宗派の専用機でな。その宗旨じゃあ、人が生まれると大勢で寄ってたかって悔やみを言うんだ。これから辛苦の生涯がはじまるというわけでさ。ところが、誰かがくたばったら、こいつはめでたいこった。それで、こうやって派手なパーティワゴンで繰り出すんだ。世の中、いろいろだあね、え？」

途中の乗り替えも入れて、ほぼ往路と同じ時間飛んだ。してみると、シバンへ戻ったと考えて間違いあるまい。果たせるかな、そこは市街を見下ろす高い円塔から張り出した広い発着所だった。建築物の谷間を抜けて高速道路が遠く向こうへ延びていた。円塔は頭上で人工の空を形作る天蓋に交わり、さらにそこを突き抜けて聳《そび》えているものと思われた。眼下には建物や街路が重層し、連接して地底街に続いていた。

一行は両開きのドアを潜《くぐ》ってがらんとした殺風景な通路を進んだ。床はあちこちタイルが剝がれ、くすんだ壁は何かが擦《こす》れて傷だらけだった。建物全体がすでに立っていることに疲れ果て、ひたすら崩壊のきっかけを待っているかと思われた。がたの来たエレベーターは軋《きし》りながらのろのろと果てしなく降下した。カーペットを敷き詰めた暗いホールに出ると、湿った黴《かび》の臭気が強く鼻を衝《つ》いた。階段を下ったギャラリーから放射状に分岐する通路の一つを行くと、突き当たりにドアがあった。シリオがマイクに呼びかける声に応じて、ドアは内側に開いた。狭い廊下を曲がると、両側に小さなドアがずらりと並んでいた。どこか見覚えのあるところだ、とハントは思ったが、シリオたちは歩度《ほど》を緩めず、ずんずん奥へ向かった。バーのあるラウンジにさしかかったところで、ハントははじめてそこが前にバウマーを尋ねて足を踏み入れたゴンドラ・クラブであることに気づいた。

バーやテーブルに客の姿はなく、片隅に痩せぎすな銀髪の男と、茶系統のチェックのスーツを着た髯《ひげ》の男が、イチナの若い者らしい二人とともに控えているだけだった。一行を迎えてスーツの男は立ち上がった。シリオは足を止めるより先に男を相手に話しはじめた。スーツの男は怯《おび》えた様子で、シリオの言うことにだけふるえ声で答えた。

「組織の技術屋だ」マレーがハントに耳打ちした。「h－スペース・リンクだの、テューリアンの通信コードだの、その手の話をしている」ハントは無言でうなずいたが、思いのほかに事がうまく運んでいると知って胸が躍《おど》った。

技術者はその名をケシエンと言った。一通りシリオの話を聞くと、彼は先に立ってラウンジの裏手に通じるドアに向かった。ハント、マレー、ニクシーの三人は気後《きおく》れして顔を見合わせた。シリオはふり返って、手真似で彼らを急《せ》かした。

狭苦しい一室に、キュービクルや、モニター・パネルや、その他もろもろの装置がぎっしり並んでいた。明らかに、ニューロカプラーとネットワークを結ぶイチナの制御室に違いなかった。おそらくはシバンから遠く離れたどこかに、ネットワークを経てジェヴェックスに接続するh－スペース・リンクの稼働中のノードがあるはずである。スクリーンの一つに符号のパターンと等高線らしきものが映っていたが、ハントにはそれが何を意味しているのか判断がつきかねた。ケシェンはコンソールに向かって状態表示を求める一連のコードを入力した。スクリーンのパターンが変わった。符号を睨《にら》みながらケシェンが短く発する言葉をニクシーがマレーに伝え、それをまたマレーが理解のおよぶ範囲でハントに通訳した。

「ここからネットワークに繋《つな》がって、そのネットワークがジェヴェックスへ接続するんだとさ。それでいいか？」

ハントはうなずいた。「ちょっと参考までに、ネットワークとジェヴェックスはどこで接続しているか、訊いてみてくれないか」

マレーはハントの質問を取り次いだ。ケシェンは首を横にふった。

「ネットワークは惑星全体だからな」マレーは言った。「そのどこでジェヴェックスと繋がってるかなんてわかるもんじゃないとさ。コア・システムが現在どうなってるかの問題だが、それについて下手に探りを入れるような真似はできかねるそうだ。なにしろ、今ここでこうやってるのだって危ない橋だ、とこういう話だ。それで意味が通るかい？」

「ああ」ハントは了解した。ケシェンは惑星外に通じるノードがどこかにあることを知らない。つまり、ジェヴェックスの本体がこのジェヴレンにはないことすら夢にも知らずにいるのだ。ハントの睨んだ通りだった。

ケシェンが別の装置を指して説明する言葉を、マレーは訥々《とつとつ》と通訳した。「この回線の行先は、h‐スペースの……何て言うんだ？　センダーか？　コネクターか？　トランスフォーマーか？」

「トランシーバーだろう」ハントは言った。

「うん、それだ。とにかく、そいつはどっか遠いところにあるんだな。ガニメアンがジェヴェックスを遮断してからこっち、働いてない。その働いてないはずのところに、たまたまこっちから通じてる回線があって、今そいつを呼び出して打ち込んだのが……何て言うんだ？　向こうの機械を動かす数字だか、暗号だか……」

「パラメータだな」

「ああ、そう言うのか。それでヴィザーに繋がるんだとさ。だから、回線はもう、テューリアンに通じてる。どうだ？」

「テューリアンに通じている？」ハントはおうむ返しに言った。ふんと鼻で笑わずにはいられなかった。そう簡単に行くわけがない。

マレーはケシェンに確かめた。「ああ、通じているって、そう言ってるよ」

「だったら、今ここへヴィザーを呼び出せるか？」ハントは言った。

「さあ、そいつはどうかな」マレーはニクシーに助け船を求め、それを受けて、ケシェンはシリオの許しを得てコンソールに一連のコマンドを入力した。

スピーカーからジェヴレン語の応答があった。ケシェンと短いやりとりを交わして声は英語に変わった。「いやあ、そこにいるのだね、ヴィック。またしても、きみは放れ業《わざ》をやってのけたな」

ハントの顔にじわりと安堵《あんど》の笑いが拡がった。「やあ、ヴィザー」ハントはスクリーンに向けて皆々を紹介した。「わたし一人じゃあない。ここにいるみんなのおかげだよ」ヴィザーが通訳も買って出て、ハントの言葉はそのままジェヴレン語で伝わっている様子だった。

「みんな、よくやったね」

「持つべきものは友だちだよ」ハントは言った。「ところで、ほかはどんな情況だね?」

「カラザーはここにいる」ヴィザーは答えた。「グレッグ・コールドウェルは別の用事で中座したけれども、今、呼び返しているところだ。ジェヴレンからは何も情報が入っていない。こっちで摑《つか》んだ限りでは、通信が杜絶《とぜつ》した時点からほとんど変化はないようだ」

「ジーナとダンチェッカーは他所《よそ》へ移されているはずだがね」ハントは言った。

「今こっちへ向かっている」シリオが横から言い、それをヴィザーが英語でハントに伝えた。

「あそこへ置いておくのは危険だからな」

スクリーンの一つに灯《ひ》が入って、カラザーが映った。「おめでとう。話はヴィザーから聞きました。回線はジェヴェックスに通じたのですね」

ハントはケシェンの傍《そば》へ寄った。「そうなのか？」

ケシェンは別のスクリーンの状態表示をあらためた。「ああ。それで、今度はヴィザーをここへ繋げというんだな？　そうだろ？」

「決めるのはあっちだ」ハントはスクリーンのカラザーを指さした。

ヴィザーと技術上の問題を話し合った末、ケシェンは接続可能の結論に達した。「今のうちだ。ジェヴェックスが目を覚ましてからではもう遅い」ヴィザーは言った。「アッタンのジェヴェックスがフル稼働した時どうなるか、それは見てのお楽しみだよ」

「ユーベリアスは何も知らないんだな？」ハントは念を押した。

「当のジェヴェックスさえ気がつきもしない」

ケシェンは目を白黒させた。「アッタン？　あの、遠い惑星の？　何だってここへアッタンが出てくるんだ？」

「話せば長いことになる。今その暇はない。とにかく、接続が先だ」ハントは言った。

ラウンジに足音がして、ジーナとダンチェッカーが戸口に顔を出した。マレーのアパートに現われた三人も一緒だった。

「これはこれは、ヴィックじゃあないか！　みんなお揃《そろ》いだね」ダンチェッカーは頓狂な声を発した。「ここで会えるとは思ってもいなかったよ。何がどうなっているのか、さっぱりわからなくてね。この……」自分の言葉が同時通訳されていることに気づいてダンチェッカーはちょっと口ごもった。「ここにいる諸君が迎えに来て、案内してくれたのだよ」

「あそこにいては危ないからね」ハントが事情を説明した。「こちら、シリオ。きみたちをこっちへ移すように計らってくれたのはこの人だ。それから、エンジニアのケシェン。わたしらがどこでどうしていたかは後でゆっくり話して聞かせるよ」

ジーナは怪訝《けげん》な顔でハントの背後のスクリーンに目をやった。「どこで通訳しているの？　ゾラックが復旧したの？」

「それどころか」ハントは得意然と答えた。「これはヴィザーだよ。ここは今、テューリアンと繋がっているんだ」ダンチェッカーはスクリーンのカラザーに気づき、わが目を疑う表情を浮かべていた。ハントはコンソールに隣り合う装置を指さした。「こっちの回線はジェヴェックスに通じている。たった今、ケシェンが二つを結節したところだ」

ダンチェッカーは目をしばたたいた。「結節した？　もう、そこまで行っているのか。じゃあ、ここからヴィザーをジェヴェックスにけしかけてやれるわけだね？」

「ジェヴェックスは今もって休眠状態だから、自分がどういう目に遭ったかすら気がつかないはずだよ」ハントはうなずいた。

思いもかけぬ急転直下の成り行きに、ジーナは事態を呑み込むのにやや時間がかかった。「じゃあ、成功したの？」彼女はまだ信じられない顔で言った。「現在すでに、ジェヴェックスは再起不能なの？　あとは解体するだけ？　事態はめでたく解決したっていうこと？」

「いえ、そうではないのです」スクリーンからカラザーが、話をむずかしくして申し訳ないという口ぶりで言った。「最前もそのことで話し合ったのですが、エント人はあらゆる意味合いにおいて立派に進化を遂げた知的生物です。ジェヴェックス解体は大量虐殺に等しい蛮行です」

「何の話です、いったい？」ケシェンはシリオに向かって尋ねた。「何ですか、エント人ていうのは？」

シリオは厳しく首を横にふってケシェンの口を封じた。

スクリーンが分割されて、片面にコールドウェルの顔が出た。ヴィザーから事情を聞いたらしく、彼はハントたちに向かって満足げにうなずいた。「よくやった。これでまた、われわれにも出番が回ってくるな」

ジーナはカラザーの言うことが腑《ふ》に落ちなかった。「じゃあ、どうするんですか？　エントヴァースを自己完結した宇宙として隔離するんですか？」

コールドウェルは議論の先を読んで彼女に話しかけた。「それも、テューリアン政府の好まざるところだ。いずれにせよ、すべてはヴィザーがジェヴェックスを制御できるかどうかにかかっている。その意味で、きみたちがそっちで確保した一回線は命の綱だ。それが切れたら万事休すだよ。ユーベリアス派がこのことを知って防衛態勢を固めたら、もはや付け入る隙はない」

ハントは当惑の表情でスクリーンのコールドウェルとカラザーを見くらべた。「じゃあ、どうしろっていうんだ？　解体はできない。封じ込めも駄目。となると、ほかに何がある？」

「当面の課題は、何としてもエント人の大量流出を食い止めることだ」コールドウェルは言った。「ヴィザーとジェヴェックスを結節するのは、そのための一手段にすぎないのだな。それによって、われわれは時間を稼ぐことができる。エント人の置かれている情況、抱えている問題を理解して、その解決をどう助けるか、そこを考えなくてはならないのだよ。エント人を説得して意識を変えさせることができれば、ジェヴェックスをこっちが制御すると否とにかかわらず、大流出は起こらない。エント人が乗り移るたびにジェヴレン人を社会的に葬る必要もなくなるわけだ」

「何だって？」思いも寄らぬ話の展開に、ハントは言葉に窮してダンチェッカーとジーナをふり返った。二人とも、理解に苦しんでいるのはハントと同じだった。

「どうも、よくわからないねえ」ダンチェッカーはスクリーンに向かって言った。「説得するだって？　それはまた、どうやって？」

「直《じか》に会って話すのだよ」コールドウェルは、わかりきった話という口ぶりで答えた。

ハントはすっかり面食らった。「相手はコンピュータの中のパターン、つまり、任意の瞬間の素子の状態でしかないんだ、グレッグ。そういう相手に、どうやって直に会って話をするんだ？」

「そこをテューリアン側と相談しているところだがね」コールドウェルは言った。「とにかく、こっちから出向いて、現場の様子を見たらいいじゃないか。そうすりゃあ、われわれとしても知恵が湧くのではないかね」

ハントの困惑は懐疑に変わった。「われわれ？」

コールドウェルは遠慮を捨ててはっきり言った。「ようし。いいだろう。そもそも、何のためにジェヴレンへ行ったかを考えればどうもこうもない。これはきみの役だ」

ハントは悪い予感がした。「現場へ出向くだって?」

「ああ、そうさ」コールドウェルはこともなげにうなずいた。「こいつはイージアンが言い出したことなんだ。こうなったら、きみにエントヴァースへ行ってもらうしかない」

それをきっかけに、カラザーの隣にイージアンが顔を覗《のぞ》かせた。

「それは無理だ」ハントは言った。「カプラーを介してエント人の意識に入り込もうというんなら、こっちもエント人でなきゃあ。要領を心得ているのは同類のエント人だけだろう」

「いや、それはジェヴェックスを潜る以外エントヴァースに接近する手段がない場合の話だよ」イージアンは言った。「今は違う。こっちには別の道があるからね」

ハントはまだ呑み込めなかった。「別の道?」

「ヴィザーだよ」イージアンは答えた。「ジェヴェックスの内部プロセスを扱うことにかけてはヴィザーの方がエント人よりも一枚上だ」

ハントは絶句した。自明のことではないか。架空戦争において、ヴィザーはジェヴェックスの空想の中にしか存在しない地球軍を動員してジェヴレンを無条件降伏に追い込んだのだ。

「ヴィザーがマトリックスを探査して……もしそっちの回線が繋がっているなら、もう取りかかっているはずだがね、エントヴァースを構成しているデータ・ストラクチャを分析すれば、原子のレベルでエント人誕生の仕組みが解明されるはずだろう」イージアンは説明を補った。「それがわかれば、ヴィザーの方でエント人を作り出してエントヴァースへ送り込むのに何の造作もない」

「エントヴァースの惑星と軌道を突き止めたよ」ヴィザーが声を挟んだ。「どうやら、これ一つだけらしい。ははあ、面白いねえ。惑星は直径百五十マイルといったところかな。素子の励起《れいき》状態の相関分析によってしかその輪郭は摑めない。ジェヴェックス自身が惑星の存在を知らずにいたのも無理はないな。ようし、惑星表面がどうなっているか、もっと詳しく調べるとしよう……」

「いやあ、おそれいった」ダンチェッカーは声を殺して言った。

イージアンは言葉を接《つ》いだ。「許可さえ得られれば、ヴィザーはニューロカプラーで接続している人物の意識を読み取ることもできる。つまり、ヴィザーは自分が作り出すエント人をそっくりその人物に仕立て上げてエントヴァースに送り込めるということだ」

「その人物が、すなわちきみだ」コールドウェルがスクリーンからハントを指さして言った。イージアンの話がまだ納得できないハントの表情に痺《しび》れを切らしている気配だった。

「わたしも一緒に行くよ」イージアンはハントの目を覗き込んで言った。「エントヴァースへ出向いて直に話し合うというのは、つまり、こういうことなんだ」

いかにもテューリアンらしいやり方だった。理詰めに、慎重に、あらゆる角度から問題を分析し、これでは指一本上げることもできないではないか、というところまで考え抜いた末に、まったく思いがけない解決手段を見つけだすのが彼らの流儀である。その飛躍した発想の前には、それまでの地球人側の提言はあまりにも近視眼的で、おまけに芸がない。イージアンの思いきった知略にハントはしばし言葉もなかった。

「で、その先は？」彼はやっとのことで問い返した。

コールドウェルは肩をすくめた。「そこから先はきみ次第だ。なあに、ヴィザーがついている。きっとうまくいくよ。だって、そうだろう。エントヴァースでは、ヴィザーは全知全能の神だからな」

54

動作の鈍い六脚獣、ドロージュ二頭に牽《ひ》かれて荷橇《にぞり》は石ころだらけの道を揺れ傾きながら村へ向かった。近衛《このえ》騎兵隊が先頭を進んだ。審問官とお付きの神官たちの橇が後に続き、雑《ぞう》兵《ひょう》らがしんがりを固めていた。

十数人の修道士仲間とともに囚われの身となったスラクスは、導師シンゲン－フーと並んで橇の荷台に腰を下ろしていた。痩せ衰えて垢《あか》にまみれた体をぼろで包んだスラクスは薄暮の寂光の中に拡がる荒れ果てた畑や枯れ尽きた果樹園をただ虚《うつ》ろな目で眺めやるばかりだった。最後まで抵抗して体じゅうに受けた傷はまだ疼《うず》いた。彼らは首と手首、足首に太い鉄鎖をかけられていた。荷台はばねに支えられていたが、悪路を引きずられてゆく橇の動揺はまるで傷を狙って伝わるかのようだった。刺し貫くばかりの痛苦はとりわけ体の節々にこたえた。

修行に励んだ挙句《あげく》の果てがこのありさまである。転生の夢に胸を脹《ふく》らませて努力を重ね、いよいよ時満ちて願いが叶うと思ったのも束《つか》の間《ま》で、その機会は無残にも掌中から奪われてしまい、あまつさえ、偽り者の汚名をこうむって死刑に処せられるとは、何と惨めなことだろう。祭司エセンダーは全国に触れを出し、ウォロスの災禍はすべてこれ、不心得者どもが紫の螺旋《らせん》を冒瀆《ぼうとく》してニールーの怒りを買った結果であり、その罪が償われる時は神の怒りも解けて星々は再び輝きを取り戻すであろうと布告した。それによって、ヴァンドロスの神殿と繋《つな》がりのない道心者《どうしんじゃ》とその弟子たちはことごとく追われる身となったのだ。厄災に疲れ果て、佳《よ》き時代の復活を待ち望む庶民たちはエセンダーの威光を恐れ、異端者を匿《かく》まうことを拒んだ。

スラクスはそっと導師の顔を窺《うかが》った。諦めきって運命に身を委ねたシンゲン－フーの目は虚ろに曇っていた。

村に入るとたちまち道の両側に人垣ができた。群衆は口々に罵声を発して囚人の檻に石塊《いしくれ》や塵芥《ちりあくた》を投げ、一方で、神官たちを歓呼で迎えた。露払いの近衛兵らは棍棒《こんぼう》をふるって道を開き、審問官とその取り巻きどもはしかつめらしく檻の上にそっくり返っていた。

中央の壇を囲んで興奮した群衆が広場を埋め尽くしていた。壇上には三本の柱が立てられ、その根方には粗朶《そだ》の束が堆《うずたか》く積まれて点火を待つばかりだった。死刑執行人は下役たちを従えて、無表情に囚人の到着を待っていた。近衛兵らは棍棒で囚人の背中を小突いて荷橇から降ろした。審問官代理が囚人のうちの三人を指さした。近衛の兵は恐怖に足もすくんだ三人を壇上に追い立てた。スラクスとシンゲン－フーはほかの者たちとともに脇へ押しやられた。審問官代理は壇上に立つと、群衆に向かって高々と両手を差し上げた。

「ラカシムの村の衆！　ウォロスに禍いをもたらしたのはこの者たちである」ひとしきり野次と怒号が渦巻いた。審問官代理は頃合いを見計らって、脇にかたまった囚人たちを指さした。「それにいる者どもは、オレナッシュにて、彼《か》の地の罪人らとともに神々の裁きを受けるであろう。されば、ウォロスは穢《けが》れを去って、大いなる時の訪れが告げられることであろう」

審問官代理は群衆の顔を見渡した。村人たちは固唾《かたず》を呑んで成り行きを窺っていたが、この時点で彼らの関心は漠然とした将来のことではなかった。それと察した審問官代理は道々頭の中で練り上げた演説を断念し、背後に引き据えられている三名の囚人を詰《なじ》るように指さした。「さりながら、ラカシムの衆が罪人らの運の末を見届ける機会を奪われることがあってはならない。村の衆が信仰の証しを立てるためにもだ」群衆からどっと歓声が上がった。これでいい、と審問官代理は胸の裡《うち》でほくそえんだ。「それ故、見せしめとして今日ここで……」

壇の下で恐怖に肩を寄せ合う囚人たちの中にあって、スラクスは密かにシンゲン－フーの様子を窺った。意外にも、導師の目には再び見ることはあるまいと諦めていた烱々《けいけい》たる輝きが宿っていた。表情にも生気が蘇《よみがえ》り、見る影もなく老いさらばえた体はしゃんとして、内から湧き出る活力にふるえを抑えかねているふうだった。

「導師、何となされました?」スラクスは声を殺して呼びかけた。「何かごらんになりましてか?」

「声が聞こえる」シンゲン‐フーは言った。「力は蘇らんとしている。この身の内に、神の語る声がする」

絶望はついに幻聴をもたらした、とスラクスは思った。神々が彼ら師弟を見捨ててからすでに久しかった。

ハントはゴンドラの奥の廊下に並ぶニューロカプラーに仰臥《ぎようが》した。イギリスを去ってUNSAに籍を置いてから数年の間に、彼は月面を踏査し、有人木星探査に加わってガニメデに数ケ月滞在し、異星の宇宙船に乗って地球に戻った。さらには仮想移動システムでテューリアンの支配がおよぶ銀河宇宙の所々方々を旅し、ついに身をもって太陽系から遠く離れた惑星にまでやってきた。しかし、今しも彼が出発しようとしている探検は、これまでの体験とはまったく性質を異にする不思議な旅である。人類の歴史はじまってこの方、誰一人足を踏み入れたこともない、文字通り未知の世界がハントを待ち受けている。

彼とともにエントヴァースに向かう面々は、同等の資格でジェヴレンに来ているダンチェッカー、案内人として是非にも参加を求められたニクシー、ジャーナリストの立場で何としても置いてきぼりは我慢できないと言い張ったジーナの三人で、すでにそれぞれ隣り合うカプラー・ブースに入っていた。ほかに、技術顧問とヴィザーとの連絡役を兼ねてイージアンがテューリアンからオンラインで参加した。

ヴィザーがジェヴェックスを制御し、かつエントヴァースにおける探査活動を維持するためには、確保された唯一のh－スペース・リンクのチャンネル容量すべてが必要だった。それ故、カプラーに接続している人物と、エントヴァースに送り込まれるその分身《サーロゲイト》は即時の情報交換ができない。ヴィザーが本人から読み取った意識のパターン、すなわち人格をそっくり与えられた替え玉は、エントヴァースにおいて独自の判断で行動しなくてはならない。人格とはその意識に蓄積された知覚や知識、感情等を規定する情報の総体であって、情報を担っている肉体ではないから、ハントらの一行は事実上、エントヴァースへ出向いて活動するのと少しも変わりなかった。

その間、現実世界の肉体は昏睡《こんすい》状態である。やがて、ヴィザーはエントヴァースの分身を消去し、そこで収集、蓄積された情報をすべて本人の意識に転写する。かくてハントら一行は任務を負って暫時エントヴァースに派遣され、現地の情勢に臨機応変に対処して、役割を果たしたところで呼び返されることとなったのである。

「どんな具合だ、ヴィザー？」ハントは低く尋ねた。

「もう一息だ。人間の頭の中は複雑だからね。全部読み取るとなると、わたしだって多少時間がかかるよ」

それは充分わかっている。ハントはただ気が急《せ》いていただけである。

時間は限られていた。いたずらに試行錯誤を繰り返している暇はない。ヴィザーは人間の頭脳がエントヴァースの構造や、そこに存在するものが綾なす相互関係をどう認識するかについて、敢《あ》えて統一的な解釈を与えようとはしなかった。いったい、統一的な解釈が可能か否かはこの際、別問題である。現実世界に登場したエント人が対応と類比から、エクソヴァースの概念に当て嵌《は》めて過去の体験を記憶すると同様、エントヴァースに送り込まれた分身はその体験を既成の概念に照らして受容するしかない。エントヴァースで起こっている素子間の相互作用の抽象的な形態を視覚に訴えるように記述するルーティンを確立する代わりに、ヴィザーは分身たちに本人の意識から抽出した概念の連想によって、とりあえず眼前の事物を解釈するプログラムを与えた。プログラムは外界からの刺激に感応して、人間の基礎知識の集積から共通する属性の組み合わせを選び出し、それによって形作られる概念に照らして対象を把握するはずである。例えば、比較的恒常的な表面形状と固体の特性を有し、そこに当たる放射エネルギーの一部を反射するものは岩石と認識されるであろう。自体はその場を動かず、周囲の構成要素を吸収して組織的に成長するものは樹木に見えることだろう。ヴィザーがいかなるデータの組み合わせによってエント人の目に同類と映るハントを造形しようとも、その分身が見る自身の姿は実在のハント以外の誰でもない。明らかな外見上の違いを言うならば、情況を考慮してヴィザーが多少手を加えた風貌と衣裳《いしょう》だけである。「精神的に一貫した体験世界をこしらえ上げる時間はないからね」ヴィザーは弁解した。「とにかく、あるだけの材料で間に合わせるしかないのだよ」

「で、今どうなっているんだ？」ハントは尋ねた。

「幕は開いたよ」ヴィザーは答えた。「ニクシーがエント人と接触している。かつてニクシーが師と仰いだ道者《どうしゃ》とは別人だが、難儀している一派らしい。予備知識の意味で、ちょっと様子を見るかね」

ハントの目の前に、未開文明の集落に似た光景が浮かんだ。村の広場と思《おぼ》しきところに、八方から興奮した群衆が詰めかけていた。村人たちは粗布の胴着に股引《ももひき》、あるいは、毛衣《けごろも》、袖なしの長外套《なががいとう》という身なりだった。車輪の代わりに滑り金具を穿《は》かせた、地球の橇《そり》と同じような乗りものに、きらびやかに着飾って金銀宝石を光らせた、一見してそれとわかる貴人の集団が乗っていた。槍や剣を携えた甲冑《かっちゅう》の兵士らが橇を護衛し、六脚獣に打ち跨《また》がった騎士団が先頭を進んだ。もう一台、粗末な無蓋の荷橇が続いていた。橇はいずれも六つ脚の二頭立てだったが、同じ六本脚でも、こちらは騎士団の乗り馬より図体が大きく、動作も鈍かった。バッファローに似て逞《たくま》しい胴体から丸太のように頑丈な脚が横向きに張り出し、途中で直角に折れて地べたを踏みしめている姿は蜘蛛《くも》を思わせないでもない。

壇上に数人の男が立ち、その背後に柱が三本並んでいたが、よく見ると、驚いたことにそれは火あぶりの柱で、根方にはすでに薪が積まれ、松明《たいまつ》の炎が移されるのを待つばかりとなっていた。村の民家は泥で塗り固めたと見える平屋根で、煙出しか何か、回教寺院の光塔《ミナレット》のようなものが天井を突き抜けて立ち上がっていた。ところどころに道路を跨いで橋が架けられ、広場では鱗《うろこ》を持つ犬に似た小型の動物がけたたましく吠《ほ》えながらカンガルーのように跳ね回っていた。あたりは薄暮の暗さだった。遠い山並みがぼんやりと空に稜線《りょうせん》を画していたが、その地形はハントがかつて見たこともないほど急峻《きゅうしゅん》だった。

気持ちの準備はできているつもりだったが、それでもなおかつ、ハントは驚愕《きょうがく》に息を呑まずにはいられなかった。「これが……エントヴァースか？」頭では理解できても、感情が事実を受けつけまいとしていた。「何光年も離れた惑星にあるコンピュータの内部で、今まさに、こういうことが起きているのか？」

「神経を凝らして、情況を見守ることだ」ヴィザーは言った。「もうじききみの出番だよ」

壇のすぐ下に、兵士らに囲まれて囚人と思しき一団がうずくまっていた。ぼろをまとって蓬髪《ほうはつ》も垢にまみれたむさくるしい囚人たちは手錠をかけられた上に鉄鎖で繋がれていた。ヴィザーがハントの視神経を操作して、彼の目はズームで寄るように中の二人を捉えた。一人はまだ少年と呼んでもよさそうな金髪の若者で、かつては白い長着であったに違いない弊衣でわずかに肌を隠していた。その肩にかかったサッシュに紫の螺旋《らせん》の紋を認めてハントは目を瞠《みは》った。もう一人は髯も髪も伸び放題の老人で、これも絢爛《けんらん》たる法衣の名残りと見える襤褸《らんる》が痛ましい落魄《らくはく》の姿だった。ところが、ただ項垂《うなだ》れて地べたを見つめるばかりの囚人たちとは違い、老人はすっくと立って天をふり仰いでいた。啓示を受けた陶酔にその顔は輝くばかりだった。ハントは明らかにニクシーとわかる声を聞いた。何故か、その声が老人の意識に語りかけていることをハントははじめから知っていた。

「……これまでの神々は、もうおしまいよ。もうじき、新しい力がこの世を支配するようになるわ」

老人の思念が、畏敬と歓喜にふるえる別の声で伝わってきた。「なに、もっと強い神々が天空を統《す》べるとか？　このシンゲン‐フーは新たなる神々の僕《しもべ》に？　神殿の祭司らは権力を奪われて、王も配下の軍勢も、その新たなる神々の前にひれ伏すというのか？」

「あの人たちはもう相手にしなくていいのよ。どうせもう……おっと」

壇上では貴族の一人が冒瀆者《ぼうとくしゃ》に神々の怒りが下るであろうことを弁じ立てていた。囚人三人が火刑の柱に鎖で繫がれた。死刑執行人とその下役が刃渡りの長い剣をこれ見よがしに引っさげて進み出た。

「ねえ」ニクシーの声が言った。「こっちから捌《さば》き役を一人、そこへ送るわ。助け船がいりそうだから。その人に全部任せなさい。詳しいことはあとで話すから」

「それは、天使か？」シンゲン‐フーは問い返した。「この苦難の時にあって、われらに味方してくれるのか？　われらはなお、救われる望みがあるとか？」

ハントはニクシーの言う捌き役が誰を指しているかに思い至ってうろたえた。「おい、ちょっと待ってくれ、ヴィザー。それは困る。わたしはこれまでの経緯について何も知らな……」

「いいから、任せておけって」ヴィザーは自信ありげに言った。「ここがきみの見せ場だからね。せいぜい演技力を発揮することだな」

シンゲン－フーはやにわに壇上の貴人を真っ向から指さし、高らかに叫んだ。「黙れ、似非《えせ》予言者め。汝《なんじ》こそは、すべて邪悪なるものの手先」群衆は度肝《どぎも》を抜かれて声を呑み、広場じゅうの視線がシンゲン－フーに集まった。「口先ばかりで人を惑わせる偽り者め！　今に見るがいい。汝らの敬い来たった神々よりなお強き神々が、小人《しょうじん》にして非力なる支配者もろとも汝らを薙《な》ぎ倒し、虫けらのごとくに踏み潰すであろう。見よ、彼方《かなた》なる異界より神々の御使いは下り来たる。天使はわが証《あか》し人、汝にとなるは冥土《めいど》の使者」

「ヴィザー。まさか、きみは本気で……」

「さあ、行くぞ。存分にやったらいい。それ！」

気がつくと、ハントは壇上に立っていた。ヴィザーが知覚情報を送り込む神経中枢に焦点を結んだ映像ではなく、現実に彼はエントヴァースに移転していた。群衆は水を打ったように静まり返った。広場を埋める群衆の顔という顔が、どこからともなく降って湧いたように姿を現わしたハントをただ茫然《ぼうぜん》と見上げていた。

事実、ハントはどこからともなく降って湧いたに違いなかった。

55

これはまずい、とハントは思った。さて、どうしたものだろう？　狼狽《ろうばい》の一瞬、ハントは

「諸君はきっと、何でわたしがこうやってここに立っているのか、不思議に思っていること
だろう……」と語りかけたい衝動に駆られたが、群衆の顔を見てその考えを捨てた。
彼は自分の姿を見下ろした。トーガのようにじょろりと長い白装束にサンダル穿《ば》きだった。
「何だ、これは？」彼は意識の中でヴィザーに食ってかかった。「まるで、『ジュリアス・シ
ーザー』の、その他大勢じゃないか」
「ここはトラファルガー広場ではないからね」ヴィザーはこともなげに答えた。「その恰好
でいいんだよ。まさか、サヴィル・ロウのスーツというわけにもいかないだろう」
弁舌をふるっていた貴人はたじたじと兵士らの背後へ引き下がった。兵士らは最初の驚愕《きょうがく》
から立ち直り、呼吸を測りながら間合いを詰めてきた。「そやつが神であるものか！　いか
さまだ！」貴人は叫んだ。「殺せ！」
ハントは相手の言葉が通じることに内心はてなと首を傾《かし》げたが、今はそんな疑問にかかず
らわっている場合ではなかった。兵士の一人、トロイ戦争の絵によくある武将のような、羽
根飾りのついた兜《かぶと》と鎧《よろい》に身を固めた髯面《ひげづら》の巨漢がハントめがけて槍を投げた。ハントは思わ
ず腕をふり上げた。槍は一フィート手前で中空に静止し、木っ端微塵《こっぱみじん》に砕け散った。
「ヴィザー。あんまりひやりとさせるなよ」ハントは恐怖を隠しきれなかった。
「いやあ、悪かった。こっちもまだ手探りだものでね」
物体は移動の方向に伸びる法則を思い出して、ハントは背筋が寒くなった。
「何をうじうじ、腰抜けどもが！」貴人は兵士らを叱咤《しった》した。「相手はたった一人ではない

か！」

　槍の雨が降り注いだ。いずれも脇へそれ、または、ハントに届かず地に落ちた。ハントが咄嗟《とっさ》にアガメムノンと綽名《あだな》をつけた件《くだん》の大兵《だいひょう》が剣を抜き払って迫ってきた。全能の神、ヴィザーがついていると知って自信を得たハントは、恐怖を捨てて進み出た。

「死ね、偽り者の操りめ！」アガメムノンは剣をふりかぶって叫んだ。

「せっかくだが、今日のところは、そうは行かないんだ」ハントは言って、指を鳴らした。アガメムノンの抜き身はピンクの花と変じて、その腕に蔓《つる》を絡めた。アガメムノンはぎっくり足を止め、花もろとも蔓をかなぐり捨てて踏みしだいた。

「ははあ、だいぶ調子が摑《つか》めてきたな」ヴィザーが言った。

「ああ。でも、こう詰め寄ってこられちゃあかなわない。ちょっと遠ざけてくれないか」

「お安いご用だ」

　目に見えぬ力に押し戻されて、アガメムノンはもんどり打って壇から落ちた。甲冑《かっちゅう》がけたたましい音を発し、アガメムノンはただ茫然《ぼうぜん》と地べたに半身を起こすのがやっとのありさまだった。

「ほかのやつらも、ちょっとうるさいな」ハントは言った。

　兵士らは、ようよう立ち上がろうとするアガメムノンの上に傾《なだ》れ落ちた。

「これでどうだ？」

「うん、上等」

壇上から見下ろすと、最前《さいぜん》、ハントの意識の中でシンゲン－フーと名乗った老人が仰《あお》いで彼を指さしながら、群衆に向かって叫んでいた。「彼こそは、待望久しき神の御使い。彼の前に、偽り者どもの無力なることを見よ！」

「どうして、向こうの言っていることがわかるんだ？」ハントはヴィザーに尋ねた。「きみが通訳しているはずはないな。きみだって、ここははじめてなんだから」

「きみの意識はカプラーでエント人の言語中枢に接続されているのだよ。エクソヴァースに移転したエント人がジェヴレン語を解すのと同じ理屈だね」

兵士らの守りを失った貴人は死刑執行人とその下役たちの後ろへ回った。ハントは役人どもの剣をキュウリに、胴着をべとべとの糖蜜に変え、ついでのことに、ひとかたまりに突き落とした。役人どもはくっつき合ってもがきながら地べたを転げ回った。これは面白くなってきた。ハントは気の毒な死刑囚の鎖を蝶《ちょう》の群に変えた。蝶たちは一斉に舞い上がり、宙に輪を描くと見る間にちりぢりに飛び去った。

「じゃあ、こっちの言うことも通じるんだな？」ハントはヴィザーに尋ねた。

「通じなくってさ」

「バックグラウンド・データがほしいな」

「あまり多くは提供できない。今はもっぱら物理的なデータを扱っているのでね。エント人の意識にまで立ち入るとなると、もっと手間のかかる処理をしなくてはならないのだよ」

「ということであれば、頼みはニクシーだ」

ハントの脇にニクシーがふっと姿を現わした。古代ギリシャのキトンに腰紐《こしひも》を締めて、裾を膝上に垂らし、バックスキンの編み上げサンダルを履《は》いたところは月と狩りの処女神アルテミスにそっくりだった。ハントはヴィザーの茶目っ気ににやりとせずにはいられなかった。群衆の間に驚嘆のざわめきが走った。

「またしても現われ出でたる御使い一人。わが言をゆめ疑おうでな！」シンゲン‐フーは声を張り上げた。群衆はたしかに驚異に打たれていた。が、ハントの見る限り、衝撃はさしたるほどでもなかった。兵士らははじめのうちこそうろたえを示したが、貴人の一団が橇《そり》から降りる頃には、すでに統率を回復していた。

「きみはこいつをどう見るね？」ハントはニクシーの耳もとに口を寄せてそっと尋ねた。「軍勢を従えたお歴々と、こっちには鎖に繋《つな》がれた囚人たち。善玉悪玉だとしたら、どっちがどっちなんだ？　だいたい、やつらは何をやっているんだ？」

「今、橇から降りてきたのは町の神官たちよ」ニクシーは言った。「緑の三日月はヴァンドロスのシンボルよ。ユーベリアスの教団がやっぱり緑の三日月だから、あの人たちはユーベリアス側だわね」彼女はハントが無手勝流《むてかつりゆう》でやってのけた結果をざっとあらためた。「あなた、結構やるじゃない」

「どうも風向きが面白くなかったのでね」言うなりハントは残る兵士らの得物《えもの》を家庭菜園の野菜類に変えた。囚人の鎖は月桂樹の葉になった。囚人たちは葉をふり払って両手を打ち眺め、解放されたことがまだ信じられない様子で互いに顔を見合わせた。

「天使らの、悪を挫《くじ》き、正義を行うさまを見よ！」シンゲン－フーは高らかに叫んだ。しかし、神官たちはひるむ気色もなく、壇上のハントに向けて一斉に両手を突き出した。距離を隔てているにもかかわらず、異様な光を宿す彼らの目に射すくめられてハントはたじたじとなった。手足がまるで言うことを聞かなかった。電光の矢衾《やぶすま》が襲いかかった。ヴィザーがこれを遮り、光の矢は火の粉と化して飛び散った。揺曳《ようえい》する紗幕《しゃまく》がハントと神官たちを隔てると、彼は手足の自由を取り戻した。

「今のは何だ、ヴィザー？」ハントは肩で息をしながら尋ねた。

「危ないところだったよ。データから摑《つか》める以上に、ここには大きなエネルギーが働いているらしいね」

「ようし。こっちも一つ、やってやろうじゃないか」ハントは火刑の柱の根方に積まれた粗《そ》朶《だ》の山の一つを指さした。死刑囚たちはとうにどこかへ消え失せていた。「ファイアー！」粗朶の山はたちまち激しく燃え上がった。群衆は軽い驚きの声を発した。ハントは正面に向き直るともったいぶって腕組みをし、精いっぱいの蔑《さげす》みを込めて神官たちを見下ろした。

神官たちは一向に動じなかった。「は！　おまえたちの神々の力とは、たったそれしきか？」中の一人がせせら笑って言った。「天使が聞いて呆れるわ。下郎めが！」神官は進み出ると、ハントがした通り、二つ目の粗朶の山を炎上させた。群衆はどっと囃《はや》し立てた。地元贔屓《びいき》はエントヴァースでも同じだった。

「これはどうだ」ハントは誘いをかける口ぶりで言い、白鳩を一羽取り出して群衆の頭上に舞わせた。

「何の」件《くだん》の神官は指先で狙いをつけ、念力を発して鳩を射落とした。ハントは第三の柱と粗朶の山をバラの繁みに囲まれたリンゴの樹に変えた。神官団はそれを目に見えぬミキサーですり潰した。ハントが神官たちの橇を分解して部品の山に変えると、神官たちはハントの立っている壇に同じことをした。ヴィザーが咄嗟《とっさ》に救いの手を差し延べなかったら、ハントとニクシーは隊列を組み直しかけているアガメムノンとその手勢の上に折り重なって転落したに違いない。

「そやつらは、偽りの予言者に招かれて姿を現わした悪魔どもだ」最も位の高いらしい神官が兵士らに向かって言った。「異端の徒どもをなぶり殺せ」兵士らはハントによって種々の野菜に変えられた武器を捨て、群衆がてんでに差し出す棍棒《こんぼう》や杖《つえ》を摑んだ。

「ヴィザー！　駄目だ、こりゃあ」ハントは弱気になって言った。「何か、もっと思いきったことをやってみせなきゃあ」

「世界をばらばらにしろというんなら、できないこともないがね。しかし、それじゃあ何の意味もないだろう。社会心理学はきみの方が詳しいのではないかね」

「技術顧問を呼んでくれないか」

死刑台の残骸と炎上する粗朶の山を背にして立っているハントとニクシーの傍らに、ポーシック・イージアンが姿を現わした。顔はそのままだったが、ヴィザーは彼に古代エジプトふうの腰布を着せ、後ろに高く突き出たかぶりものをあしらっていた。ガニメアンの尖《とが》った頭にはこれがちょうどよかった。ハントがいきなり舞台へ押し出されるまで外からエントヴァースを覗《のぞ》き見ていたと同様、イージアンもまた一部始終をテューリアンで見物していたはずである。

「悪魔どもは早くも加勢を求めているではないか」高位の神官は言った。

「なかなか面白い展開だね」イージアンはハントの顔を見るなり感想を述べた。

「評論は後回しだ。こっちはどう出ればいい？」

「きみは見当違いを犯しているよ。エントヴァースでは、魔法は珍しくも何ともない。このままでは、どこまでやってもいたちごっこで切りがない。ただ、向こうはそこへ気がついていないんだ。エント人たちにしてみれば、これはただの力くらべで、きみが何をやろうと自分たちの魔法と本質的に変わりがあるとは思えないのだよ」

「じゃあ、どうしろっていうんだ？」

イージアンはヴィザーに呼びかけた。「速度に対する次元不変性が破られた場合、禁則の強制力はどのくらいだ？」

「基層部の特性値はフォームを維持するために最大に設定されている」ヴィザーは答えた。

「アルゴリズムは消去前書き込みのプロトコールを採用しているよ。冗長検査の正確を期するためだ」

「じゃあ、局所的な違反は許されるな？」

「ああ。アルゴリズムを変えることは可能だよ」

ハントは頭の中でヴィザーに話しかけるダンチェッカーの声を聞いた。ジェヴレンのカプラーで成り行きを見守っているダンチェッカーは何か思うところあるに違いない。ヴィザーは好意でそれをハントに伝えようとしているらしかった。「ああ、わたしに一つ考えがあるのだがね、ヴィザー。きみのデータバンクから、ブラックプールだの、コニーアイランドだの、その手の場所を検索してくれないか。そう、地球では誰でも知っている遊園地だよ。それを参考にして、一つきみに思いきり趣向を凝らした遊園地をこしらえてもらいたい。乗物なんぞをたくさん用意してね。機械装置の類《たぐい》は別に何をするでもなく、ただ動いていてくれさえすればいいのだよ」

「大丈夫かね？」ヴィザーは不安げに訊き返した。

「いいから、わたしの言うようにしてくれないか。頼むよ」

ダンチェッカーの意図を察して、ハントはわれとわが身を張り倒してやりたい気持ちだった。何故そこへ真っ先に気がつかなかったのだろうか？

「この際、筋も理屈もないんだ、ヴィザー。こっちは現に手もとにある材料でやるしかないんだからな」ハントは横柄に構えて広場の中央を指さした。

群衆の間からうろたえた叫び声が上がった。抵抗ものかは、目に見えぬ力が除雪車さながら村人たちを押しのけて、その跡に円形の空間が拡がった。空間はやがて直径五十フィートあまりに達し、頭上に明りが点《とも》って広場全体を照らした。円形の空間に赤みがかった紫の煙が渦巻きながら立ち込めると、その中から蒸気オルガンの賑《にぎ》やかな音が湧き出し、何やら定かならぬ影が不思議なリズムで上下動を繰り返しつつ流れはじめた。兵士らは囚人のことなど打ち忘れて煙の渦に目を凝らした。神官たちも動揺を隠せず、おろおろと互いに顔色を窺《うかが》い合った。群衆は戦慄《せんりつ》に打たれて声もなかった。

煙の渦がふっと立ち消えて、ヴィザー苦心の力作がその全貌を現わした。回転木馬！　ヴィザーの力量はよく知っているつもりのハントすら、この時ばかりは人工知能が性能の限界を超えて奇蹟《きせき》を働いたと思わずにはいられなかった。これほど豪華絢爛《けんらん》、かつ大がかりな回転木馬は見たことがない。色とりどりの電飾が瞬《またた》く丸屋根の下を、馬、雄鶏《おんどり》、白鳥、虎といった動物たちが浮《う》きつ沈みつ周回していた。真ん中にどっしりと据えられた大きな蒸気オルガン、ウルリッツァーから自動演奏で華やかな曲が流れ、弾み車が回ってスライド・バルブが開閉した。シャフトやベルトが複雑な機構に力を伝え、ロッキング・クランク、差動レバー、偏心カムなどがさまざまな動きを生み出した。大小いくつもの歯車が嚙《か》み合って連動し、タペットが軽快に躍《おど》った。すべての動きは美しく調和して一糸乱れず、完全なる秩序のうちに全体がゆっくり大きく回転するありさまには、さすがのハントもただ脱帽のほかはなかった。

驚愕《きょうがく》と畏敬と恐怖の入り雑《まじ》った低いざわめきが、ひたひたと寄せる波のように広場に溢《あふ》れた。神官たちは茫然《ぼうぜん》と立ちつくした。一部の兵士らが跪《ひざまず》いて地べたに額をつけると、ここかしこで村人たちがそれに倣《なら》った。独り隊伍《たいご》を離れたアガメムノンは、やおら姿勢を正し、目を見開いて回転木馬をふり仰いだ。囚人たちは甲高《かんだか》い声で、泣き叫ぶような、不思議な節回しの聖歌を歌いだした。

回転木馬は蒸気オルガンを鳴らしながら次第に減速した。最後にゆっくり一回りして止まる寸前に、舞台上に二人の人物が姿を現わした。ヴィザーとしては、二人を登場させるのにそれ以外の場所は考えられなかったろう。極彩色の孔雀《くじやく》から降り立つダンチェッカーを見て、ハントはこみ上げる笑いを禁じ得なかった。ダンチェッカーは月桂冠を戴いた古代ローマの元老院議員の出で立ちだったが、場違いにも金縁眼鏡をかけていた。すぐ後ろの犀《さい》の背から、白無地の飾り気のないシフトドレスにサンダルという奴隷女のなりをしたジーナが降り立った。彼女は神のみぞ知る理由で、ということはこの場合、ヴィザーに何やら考えがあると見えて、酒壺を抱えていた。

照れたり、すくんだりしている場合ではなかった。ダンチェッカーは勇を鼓して精いっぱい胸を張り、舞台の端に進むとオリンポスの山から今しも下り来たった神の思い入れで群衆を見渡した。ジーナは一歩下がってダンチェッカーの脇に立った。蒸気オルガンの音が跡絶《とだ》えた。「どうした？」水を打ったような沈黙がやや長きにわたったところでダンチェッカーは群衆に語りかけた。「そのように間抜け面をしてただぼんやりと突っ立っているよりほかに能はないのか？」

再び底無しの沈黙が続いた。

それまでずっと表立たずに控えていた審問官が、ここに至って片膝を突き、両手を高くかかげて叫んだ。「神々の父に栄えあれ。今日こそはハイペリアの魔法がウォロスに下りし日。

われらが貶《おとし》めたりし導師の言はまことなり」

「万歳！　万歳！」ダンチェッカーの真下の村人たちは口々に叫んで、その場にひれ伏した。

広場に歓声が割れ返った。

「神々の父に栄えあれ！」

「光の王よ！」

「回るものの造り主よ！」

ダンチェッカーは舞台から地上に降り、数歩進んでジーナが続くのを待った。いつもならジャケットの襟を掴むところを長着の襞《ひだ》で間に合わせ、ダンチェッカーは端女《はしため》を従えて物々しく歩みを運んだ。行く手の群衆は左右に割れて道を開け、遠くの者たちは歓呼し、ダンチェッカーが前を過ぎれば拝跪《はいき》した。ハント、ニクシー、イージアンのいるところまで行きついて、ダンチェッカーは背後をふり返った。広場を埋めつくす群衆は残らず膝を屈して地に額《ぬか》ずいていた。

回転木馬は再び蒸気オルガンの音色を響かせて回りだした。ダンチェッカーはハントに向き直って満足げにうなずいた。「いいや、ハント先生、有機体論的社会心理学となれば、わたしの方が判断は確かだよ」

56

「ジェネレーター・コンプレックス三号、および五号、最大出力に達しました。いつなりと、システムに接続可能です」アッタンの拠点から技術者が報告した。「七号はバックアップとして待機状態です。作業はすべて予定通り」

ジェヴェックス制御センターの監視席でユーベリアスはきっとうなずき、傍らで状態表示を点検しているイドゥエーンに問いかけた。「こっちはどうだ？」

「異状ありません。システム再統合準備完了」

ユーベリアスは体を反《そ》らせてコンソールがずらりと並ぶ室内を見回した。何もかも、淀《よど》みなく整然と進行していた。惑星アッタンの各地にはシステム監視の任務を帯びたテューリアン技術者たちが駐在している。彼らは今、現に自分たちがジェヴェックスそのものを踏みしめて立っているとは夢にも知らない。ジェヴェックスは何光年も離れた惑星ジェヴレンにあって遮断されているから、目の前にあるのはアッタンの独立したシステムだと彼らは思い込んでいるはずである。彼らが事実を知ってあっと驚くのも、もう間もなくだ。

「中の様子はどうだ？」

「最後に予言者と接触した時点では、万事順調でした」イドゥエーンは答えた。「異端者を残らず狩り出して、宗教裁判にかけて処刑する段取りです。みんな、ジェヴレンに移転したら一働きする気で、手ぐすね引いて待っています」

ユーベリアスはもう一度、感無量の面持ちで小さくうなずいた。異端審問はもとより現実の出来事ではない。システムの中で起きているすべてはジェヴェックスが自分自身を外界に拡張するために生み出したソフトウェア人格を訓練し、方向づける巧妙なシミュレーションである。ソフトウェア人格はカプラーでシステムに接続しているユーザーに乗り移ることで肉体を獲得し、生身の人間として動きだす。ジェヴェックスのこの自己拡張手段をユーベリアスは躊躇《ちゅうちょ》なく天才の放れ業《わざ》と評価している。それもそのはずで、彼自身、そのようにしてこの世に生まれ出たジェヴェックスの分身である。

「予言者が大覚醒を告げる時は、おれが直々《じきじき》に指図するぞ」ユーベリアスは言った。「計画の達成に直接携わる満足を見過したくはないからな」

「どうぞ、御随意に」イドゥエーンは会釈して言った。

ユーベリアスは常になく感慨に耽《ふけ》る様子でうっとりとコンソールを打ち眺めた。「われわれもまた、システムに生を受けたとは今もって信じがたい。カプラーに接続するたびに、いつもおれは懐旧の念が兆《きざ》さぬものかと神経を凝らすのだが、そんな気持ちを覚えたことはただの一度もない。この世界に現われ出る以前の自分について、かけらほどの記憶も残っていないのだ。思うにおれは……」コンソールから優先通話のコールトーンが響いた。ユーベリアスはビデオ・ピックアップをふり返った。「何だ?」

スクリーンの一つに別の場所にいる部下の顔が映った。「お邪魔して申し訳ありませんが、ジェヴレン、シバン市のPACから緊急連絡です」

「ようし、繋《つな》いでくれ」スクリーンの顔がランゲリフに変わった。その表情は容易ならぬ事態が発生したことを告げていた。

「どうした？」ユーベリアスは鋭く尋ねた。

「たった今、知らせがあったばかりですが、グレヴェッツが殺害されました」

ユーベリアスはコンソールに席を移し、険しい表情でスクリーンを睨《にら》んだ。「いつだ？誰の仕業《しわざ》だ？」

「サーベランの別荘で、つい一時間ばかり前です。北部の縄張りを預かっているシリオという男が寝首を掻《か》きました」

「何だと？」

「フライヤーで不意を襲って、グレヴェッツ以下、居合わせた組織の若い者たちを皆殺しにした上、別荘を破壊して引き揚げました。何の前触れもなしに、まったく突然の大虐殺です」

「シリオは前から信用できないとおれは睨んでいたのだ。やっぱり、組織の内部抗争か？」

「その点はしかとわかりかねます。いや、それよりも、おかしなことに、シバンで商売をしている娼婦《しょうふ》がシリオ一味に加わっていました。例の、PACに出入りしている女です。別荘の防犯カメラが撮ったビデオがあります」

「地球人たちの手助けをしている女だな」イドゥエーンがユーベリアスの背後から低く言っ

た。

スクリーンのランゲリフはうなずいた。「地球人どもの動きとどこかで繋がっているに違いありませんが、今のところ、どこでどう関係しているのか摑《つか》めていません」

ユーベリアスは疑念に強く眉を顰《しか》めた。「シリオの主な仕事は？」

「強請《ゆす》りと、復讐《ふくしゅう》の請け負いですが、ガニメアンがジェヴレンを統治するようになってからこっち、闇商売で盛大に儲《もう》けています。特に幻想中毒患者相手に違法のカプラーを時間貸しする商売はいい金になりますからね。その隠れ蓑《みの》に、市内で何軒もクラブを経営しています」

「幻想中毒？」ユーベリアスは険しい目つきでスクリーンを睨んだが、その顔にじわじわと警戒の色が拡がった。「ということは、h‐チャンネルでアッタンのジェヴェックスに接続できるのだな」

ランゲリフはスクリーンの外の誰かと短く言葉を交わしてからユーベリアスに向き直った。

「その通りです。数チャンネルは保有していると思われます」

ユーベリアスは頭の中でこれまでの一連の出来事をふり返った。ＵＮＳＡの地球人科学者、ハントとダンチェッカーは連邦崩壊に決定的な役割を果たした憎んであまりある仇敵《きゅうてき》である。その二人が科学事情視察の触れ込みでジェヴレンにやってきた。案の定、科学技術の現状調査は表向きの名目で、本当の目的はジェヴレン社会の沈滞の原因を探ることだった。ユーベリアスが送り込んだスパイたちも潜入できないＰＡＣの厚い扉の奥で密《ひそ》かに情勢分析を重ねた末に、地球人科学者らはよりによって犯罪組織イチナに接近した。彼らの関心は何か？

シリオはジェヴェックスに接続する手段を持っている。単なる偶然だろうか？　地球人科学者と手を結んだと見るやいなや、シリオは覚醒者を殺害した。殺されたグレヴェッツは、ユーベリアス派がシステムの支配権を握り次第、イチナから異分子を一掃する手筈《てはず》だった。

ユーベリアスはきっとイドゥエーンに向き直った。「ただちにジェヴェックスのシステム再統合にかかれ」

「今すぐですか？」

「即刻だ。必要条件が満たされた段階で、コア・システムの機能を徹底的に検査しろ。ジェヴレンから接続しているh－スペース・リンクを洗い出して、一回線たりと残すことなく、すべて遮断しろ」ユーベリアスはスクリーンのランゲリフをふり返った。「稼働中のカプラーを置いているシリオの店のリストを出せ。人を送ってカプラーを全部切れ。いいか、一台残らずだぞ。女と消息を絶った地球人どもは、必ずどこかのカプラーに潜り込んでいるはずだ。やつらを燻《いぶ》り出してＰＡＣに監禁しろ。何事があろうとも、断じてやつらをジェヴェックスに近づけるな。今度という今度は失敗は許されない。いっさい言い訳は認めないからそう思え」

57

村の広場に煌々《こうこう》と照明が点《とも》り、回転木馬は歓喜に酔った神官や貴族たち、それに兵士らを乗せて軽やかに旋回した。中でもアガメムノンは真紅の総《ふさ》飾りをつけた白馬に打ち跨《また》がって意気揚々の体《てい》だった。広場を埋める村人たちは、駆動装置のニューカメン蒸気機関やぎざのある直径十フィートの弾み車に驚嘆の目を瞠《みは》った。回転する檻《おり》状の構造物が三重に入《い》れ籠《こ》になった装置は海底ケーブルを紡いでドラムに巻き取り、その傍らでは壜詰《びんづめ》機械がバドワイザーのビールを吐き出していた。新たな造物主の代弁者となったシンゲン－フーはヴィザーの心遣いですっかり身なりを改め、イージアンの隣に腕組みをして立っていた。全能の神が働く奇蹟《きせき》を目《ま》のあたりにして、その僕《しもべ》に選ばれた光栄を思うと、こみ上げる感動は持て余すばかりだった。スラクスは異端の裁きを受けた仲間たちとひとところにかたまり、正当な神々の使者が自身に託された務めを語る言葉にかしこまって耳を傾けていた。

「このことにどう対処すべきかわれわれの思案がまとまるまで、何人であれ、霊気の流れに乗って異界に昇ることは願わしくない」ハントは審問官に向かって言った。説明の便宜を図ってヴィザーは水晶球を思わせるエントヴァースの模型を用意した。エントヴァースを取り巻く外界に赤い小さな人形が無数に配置され、それぞれの頭から糸がエントヴァースに通じていた。「外界には諸君と同様の人格が存在している。この世界から誰か一人が移転する都度、外界では誰か一人が抹殺《まっさつ》される」水晶球の中心部からエント人を意味する微細な斑点が浮かび上がり、一本の糸に接して消えたと見る間に、反対の端から外界に現われ出た。糸が繋《つな》がっていた赤い人形は倒れて黒に変わった。

「天使が犠牲となって、ハイペリアに昇る者一人々々に場所を譲ると言いなさるか？」審問官は当惑げに尋ね返した。

「ある意味では、そうも言える。ああ、その通りだ」ハントはうなずいた。

「加えて、ウォロス人の精神構造と人間の神経は必ずしも相同しない。それがために、往々にして狂気をもたらすから、移転には大きな危険が伴うと心得なくてはならないのだよ」ダンチェッカーが言葉を添えた。審問官は馴染《なじ》みのない異界の事情をよく理解できぬまま、へりくだって叩頭《こうとう》した。

「ハイペリアに移転して生まれ変わったばかりの天使は、たいてい辛い思いをするのよ」ニクシーも自身の体験から説明を補った。審問官の背後で村長《むらおさ》は腰を低くして話に聞き入っていた。

「さすれば、われらが聞きおよぶ大覚醒とは？」審問官は一歩踏み込んで尋ねた。「おのおのがたの言わるることに相違なくば、天使は数多《あまた》滅ぶる道理。これより先、昇天を志《こころざ》す者どもにとりては由々《ゆゆ》しき大事」

「その、大覚醒というのは？」ジーナが問い返した。

審問官は怪訝《けげん》な顔をした。「女神にありながら、ご存じない？」

「いや、つまり、諸君はどのように聞かされているか、それを尋ねているのだよ」ハントは咄嗟《とっさ》の機転で言った。

「滅びたる古き神々の使者、エセンダーの申せしよう、星々が輝きを取り戻し、以前にまして霊気の流れが盛んになる時は、それ、大覚醒の機は満ちて、民は挙《こぞ》ってハイペリアに昇るべしと」

「エント人大襲来だ」ハントはダンチェッカー以下、同行のみんなをふり返って言った。

「われわれが睨《にら》んだ通り、ユーベリアスはエント人を大量に呼び寄せて宇宙侵略を計画しているに違いないな」

「それは、いつのことだね？」ダンチェッカーは尋ね、慌てて言葉を足した。「その予言によれば」

「太陽が蘇《よみがえ》り、このウォロスの地に昼の明るさが戻る時」審問官は答えた。「われら、かく聞きおよぶ」

ハントは真顔でニクシーに向き直った。「何者だ、そのエセンダーっていうのは？」

「オレナッシュといって、この辺で一番大きな町があるの。そこの祭司よ。シンゲン－フーやほかの囚人たちを処刑するように、命令を出したのも、きっとエセンダーだわ」

「その町は、ここから遠いのか？」

「オレナッシュまでは、どのくらい？」ニクシーは村長に尋ねた。

「ドロージュ橇《そり》でおよそ半日」村長は神々がオレナッシュの町がどこか知らないことを不審に思ったが、それを口に出そうとはしなかった。

「そこが侵略の拠点だな」ハントは言った。「カーニバルはこのままにして、これからそっちへ行こう。もうあまり時間がない」

審問官は首を傾《かし》げた。「おのおのがたはオレナッシュへ？　ならば、エセンダーの仕える闇の神々はまだ滅びてはおらぬとか？」

ハントはうなずいた。「残念ながら、まだそこまでは行っていない。われわれにはなおするべきことがある。が、少なくとも、ここを訪れて、かなり先の見通しがついてきた」彼はダンチェッカーとジーナをふり返った。「何はともあれ……」

と、その時、村長がはっとして空を指さした。「星が光る！　あれ、あのように、星々が輝きを取り戻すわ」

皆々一斉に空を仰いだ。「ヴィザー！　照明を消せ」やや遅れてハントは言った。広場を囲んで等間隔に配置された照明塔の灯が消えると、薄暮の空に星がいくつか明るく光っていた。

「ここへ来た時、星は出ていたか？」ハントはニクシーに尋ねた。

「さあ、どうかしら。気がつかなかったわ」彼女はこともなげに答えた。

「イージアン。きみは……」言いかけてハントは声を失った。蒸気オルガンの音がふっつり跡絶《とだ》えた。ハントは広場を見渡した。回転木馬ががくりと止まり、弾みで乗っていた者たちは自分が跨がっている鳥獣の頸《くび》に叩きつけられた。回転台に投げ出された者も少なくなかった。蒸気機関も、海底ケーブル敷設機も、壜詰機械も、すでに静止したきり物音一つ立てる気配もない。群衆は失望を隠さず、口々に不平をこぼしながら訝《いぶか》しげに顔を見合わせた。

「どうしたんだ、いったい?」ハントはうろたえてあたりを見回した。

「機械装置はどれも、いわば張りぼてだよ」イージアンは何やら思い当たる節があるふうに、遠くを見る目つきで言った。「動力なんてありゃあしない。ヴィザーが外から操って動かしていたんだ」

「ヴィザー! どういうことだ?」ダンチェッカーが問いかけた。

しばらく待って、ハントとダンチェッカーは不安げに顔を見合わせた。

「ヴィザー?」ダンチェッカーは重ねて呼びかけた。返事はなかった。

この突然の事態の意味するところを悟ってジーナは激しく首を横にふった。「接続が切れたということ?」彼女はイージアンをふり返った。「じゃあ、もうヴィザーには頼れないということね?」

「それどころか」イージアンは深刻な表情で言った。「われわれ、エントヴァースに置き去りだよ」

ゴンドラの奥の通信制御室で、イチナに雇われているジェヴレン人技術者ケシェンはモニター・ディスプレーを睨んで眉を顰《しか》めながら、タッチパネルをせわしなく叩いた。「何だ、これは？　接続が切れてる」

隣室でマレーを雑《まじ》えてイチナの若い者と一杯やっていたシリオは異常な気配を察して立ち上がり、むずかしい顔でドア越しに声をかけた。「どうかしたか？」

「テューリアンからのビームが切れた。ジェヴェックスの接続も切れている」ケシェンは椅子の背に凭《もた》れて両手を上げた。「どうしようもない。万事休すだ」

「何とかならないのか？」

「何とかなるものなら世話はないさ。どこかで誰かが接続を断ったんだ。いくら呼び出したって、うんでもすんでもない」

ほかの者たちも腰を浮かした。シリオは唇を噛《か》んで忙しく思案をめぐらせた。こうも早くに闇討ちの反動がくるとは計算外だった。グレヴェッツはシリオですら知らないところで旧連邦派の上層部と通じていたに違いない。その人脈がなければこんなことにはならないはずである。勝ち組についたつもりが、とんだ思惑違いだった。地球人の言う、ジェヴェックスから湧いて出た妖怪どもはすでに市中に溢《あふ》れているのだろうか？

玄関のオフィスにいたクラブの支配人、フェンドロが正面に通じる廊下からラウンジに駆け込んだ。

「ボス！　ボス！　シリオはどこだ？」

シリオは奥の戸口に顔を出した。

フェンドロはうろたえて背後を指さした。「警察だ！　機動隊が総出で寄せてくる。ぐずぐずしている暇はないぞ。突入の構えだ！」

フェンドロが言うより早く、玄関を破る音が伝って、クラブは家鳴り震動した。

裏手から別のスタッフが転げ込んできた。「出口を固められている。裏からは逃げられない」

「野郎！」シリオは低く悪態をついた。自分はいったい何をしでかしたのだろうか？「ようし。若い者を二人、正面へ回せ。突入を食い止めて時間を稼げ。スピードボールとビーンズ！ 正面を破られたら、おまえたち、ここでフェンディを掩護しろ。屋上から霊柩《れいきゅう》フライヤーで脱出するぞ。ブザー三つの合図を聞いたら、おまえたちもみんな上がってこい。必要ならこの階を爆破してでも機動隊を寄せつけるな」

マレーはブースの並ぶ廊下の方へ指をふり立てた。「あすこで眠ってるやつらはどうする？」

「おまえが連れてきたんだろう。自分で何とかしろ。助けてやりたいと思うなら、叩き起こして一緒に上がってこい。早くしないと置いていくぞ」


テューリアンの首府テュリオスの政庁で、カラザーは度を失い、なす術《すべ》もなくともにエントヴァースの成り行きを見守っていた面々をふり返った。実際は、そこに誰がいるわけでもない。ワシントンのコールドウェルや、ギアベーンに駐機している〈シャピアロン〉号上のレイエル・トーレスを含めて、みなそれぞれの場所からヴィザーに接続している。一堂に会しているのは等身大の立体映像である。

「ヴィザー！　どうしたというのだ？」カラザーは声を張り上げた。

「h－スペース・リンク経由のジェヴレン・チャンネルが遮断されました。ジェヴレンはもとより、ジェヴェックスにもアクセスできません」

「接続が切れたって？　しかし、ハントの一行はジェヴレンにいるんだろう？」コールドウェルは言った。彼は自律人格移転と、その間の休眠状態に関する技術上の問題を充分理解してはいなかった。

「みんなエントヴァースで、それぞれ独自の判断で行動している最中ですよ」ヴィザーは答えた。「ところが、わたしはハントたちに話しかけることも、向こうの情況を操作することもできません」

コールドウェルはきょとんとした。「だって、エントヴァースへ行っているのは、コピーだか何だか、とにかく、本人じゃあないだろう？　生身の人間はカプラーに寝そべっているんじゃあないのか？」

「その通りです」ヴィザーは言った。「ただ、チャンネル一つでは向こうの情報をリアルタイムで本人に伝えるだけの容量がありません。カプラーに接続している人物は休眠状態です。意思のある独立した人格として行動しているのは、わたしがエントヴァースに書き込んだ分身の方ですから、事実上、彼らはアッタンのマトリックス内に閉じ籠められているのと変わりありません」

コールドウェルはまだよく呑み込めなかった。「そうはいっても、カプラーに寝ている本人がそっくり人格を失ったわけじゃあないだろう。蘇生すればもと通りの人物に戻るはずじゃあないか」

「それはそうですが、蘇生した彼らは、エントヴァースへ行っている自分の分身がどうなったか、知る術もありません」

「だったら、何も案ずることはない……」コールドウェルはテューリアンたちの表情を見て言い淀んだ。「わたしは間違っているのかな？ 何が問題なんだ？」

「よくわかっていないようだね、グレッグ」カラザーは言った。「わたしらの考え方からすると、エントヴァースに人格が移転したその瞬間から、ヴィザーの創作した人物はエント人と同等の、魂を持つ立派な存在なのだよ。エクソヴァースに生きる人間の細胞からクローン培養された肉体を具《そな》えていないということは、この際、問題ではない。彼らはエントヴァースに孤立している。呼び戻そうにも手立てがない」

「さあ、いくぞ。存分にやったらいい。それ！」ヴィザーは言った。

ハントは反射的に身構えた。と、コンピュータから送り込まれる知覚情報が意識に溢れる時のあの独特の陶酔は潮が退《ひ》くように色褪《いろあ》せた。ハントは文字通り夢から覚めて目をしばたたいた。「ヴィザー？」ブースは沈黙に包まれていた。彼は体を起こした。火刑の柱に繋がれて恐怖にすくんだ囚人たちや、抜き身をひっさげて進み出る死刑執行人、声高に呼ばわる艦褸《らんる》の予言者の姿は瞼《まぶた》にありありと残っていた。いったい、どうしたわけだろう？

マレーが戸口に顔を出して、慌ただしく手真似でハントを急き立《せ》てた。爆発音が建物を揺るがして廊下に足音が入り乱れ、怒声が飛び交った。「急いだ急いだ！　警官隊の突入だ。ずらかるぞ！」

「何がどうしたって？」ハントはあたふたとカプラーから降りた。

「知るものか」

「ヴィザー！」無駄と知りつつ、ハントはもう一度呼びかけた。

「駄目だって。もう、切れちまってるんだから」マレーは言い捨てて顔を引っ込めた。

廊下に出てみると、すでにニクシーがうろうろしていた。ジーナも姿を現わし、その隣のブースから、マレーがダンチェッカーを引きずりだそうとしているところだった。ドレッドノートと何人かのイチナが武器を手に駆け抜けた。技術屋のケシェンはシリオを引き連れて、指示を飛ばしながらあたふたとクラブを横切るところだった。

「どういうこと？」ジーナはあたりを見回して言った。「あの三人はどうなったの？　何でまた……」

「ごたごた言ってる暇はない」マレーが彼女を遮った。「こいつは戦争だ。みんな塔へ上がれ。霊柩フライヤーで脱出するぞ」

ニクシーとジーナはケシェンの後を追って駆けだした。ダンチェッカーは腕時計に目をやると、いとも面妖《めんよう》な顔つきで、続いて行きかけるハントの袖を引いた。「あの気の毒な三人のことを気遣ったところで、はたして意味があるだろうかねえ。きみは今、ある情景を思い浮かべていることと察するけれども、それは遠い過去の話ではないかね」

「何が言いたいんだ、きみは?」ハントは問い返した。

ダンチェッカーは時計を指先で軽く叩いた。「われわれがヴィザーに接続したのは、かれこれ一四二〇時だ。そうだね?」

「ああ、そうだよ」マレーは二人を急き立てながら横合いから言った。「それがどうだっていうんだ?」

「わたしらがブースに入っていたのはどのくらいだ?」ハントはマレーをふり返った。

「一時間か、一時間半か。なあ、そんなことはどうだっていいだろうが。生きてここから抜け出す方が先決だぜ」

58

空を仰ぎ見るうちに、審問官は遅ればせながら徴《しるし》の意味に思い至った。騙《だま》されたとわかるとむらむらと怒りがこみ上げてきた。エセンダーは星が蘇《よみがえ》ることを予言したではないか。果たして星が輝きを取り戻すと、高位の神々の使者を名乗る異人どもはたちまち力を失った。してみると、この仰山《ぎょうさん》なこけおどしのからくり仕掛けは神々の業《わざ》であろうはずがない。これはウォロスの民をたぶらかし、本来の定めである大覚醒を妨げようがための邪神の企みに相違ない。正しい神々の使者たちが挙《こぞ》ってハイペリアに渡り、彼の地を汚している似非《えせ》信徒どもを駆逐することを邪神は恐れたのだ。今やすべては明らかである。ラカシムの村における一連の出来事は、大覚醒を前に審問官に課せられた最後の試練であろう。ここで躓《つまず》くことは許されない、と彼は心に誓った。

審問官は邪神の一党が彼を惑わせるために行く手に放った傀儡《かいらい》どもに視線を戻した。力を失った異人どもはいかにも頼りなげでみすぼらしく、明らかに浮き足立っていた。大覚醒もエセンダーも知らず、オレナッシュがどこかも心得ずに神々の使いとはよく言った。広場では神官や兵士らが呪縛を解かれて立ち直りかけていた。村人たちは無言の怒りを孕《はら》んで詰め寄ろうとする気配だった。

「われわれの力の流れを導く道は……」最初に姿を現わした一人が弁解がましく何やら言いかけた。

「黙れ!」審問官は頭ごなしに一喝した。「今や汝《なんじ》らは翅《はね》をもがれた虫けら同然」

一緒に現われ出た女が懇願の身ぶりを示した。「ねえ、この人たちの言うことを聞いて。わたしにはわかるの。わたしはあなたがたと同じ、このウォロスの生まれよ。わたしはハイペリアに渡って、この人たちが自在に操る力を借りてこうやって……」

審問官は群衆に向き直って叫んだ。「偽り者の正体を見よ。エセンダーこそは真の予言者」群衆は怒号をもってそれに応えた。

「偽り者！」

「悪魔の家来！」

「ラカシムから汚れを祓《はら》え」

「殺せ！　殺せ！」

　審問官は兵士らの先頭に立って命令を待つアガメムノンに声をかけた。「あやつらを引っ捕えて括《くく》り上げろ。偽り者の数だけ火刑の柱を立て直せ。ただし、その二人は別だ」彼はシンゲン‐フーとスラクスを指さした。「ラカシムの火あぶりは五人にて事足りよう」審問官は先の二人と邪神が遣わした偽りの予言者たちを区別した。「その二人の者はオレナッシュへ送り返せ。エセンダーはこの日のために、わけても大いなる祭事の備えをしているはず。定めし見物《みもの》であろう」

　兵士らがハントの一行とシンゲン‐フー師弟を引き離した。追い立てられて、ハントは残骸と化した橇《そり》のランナーを踏んだ。足が滑って体の平衡を失い、彼はなす術もなく膝から落ちた。

「神々の使者を名乗る者がこの始末！」審問官はハントを指さして声を張り上げた。「モビリウムが革の靴《くつ》を弾くことは三歳児《みつご》でも知らいでか！」

　群衆からどっと哄笑《こうしょう》が湧いた。

　シンゲン‐フーは進み出てハントを助け起こした。が、その時、彼がモビリウムの破片をいくつか拾って長着の襞《ひだ》に隠すのを見た者はなかった。

カラザーはヴィザーを介して惑星アッタンのペリゴルに連絡を取った。しかし、テューリアン政府の惑星監視団はすでに外部との接触を断たれ、管理下にあったはずの工業生産設備とジェヴレンのジェヴェックスを結ぶ回線は遮断されていた。ユーベリアスがどこか別の場所でシステムを制御しているに違いなかった。

今なおヴィザーに接続しているカプラーから、ポーシック・イージアンはカラザーの執務室の会議に飛び入りして情況を説明した。「ええ、だいたい、みんなの考えている通りです。こうしている今、もう一人のわたしがエントヴァースで、独自の判断で行動しているんです。もちろん、ほかの人たちも同じですよ。こいつはどうも、妙な気分ですね」

「きみはエントヴァースに移転した後、自分……つまり、もう一人のきみがどうなったか、皆目《かいもく》わからないというのだな？」コールドウェルが確認を求める口ぶりで言った。

「そういうことです。向こうの情報は分身が消去されて、本人が蘇生する時点で意識に転写される手筈《てはず》でした」イージアンは言った。「しかし、なにぶんにも急なことで」

重苦しい沈黙が続いた。

「ヴィザーから離れて、みんなさぞかし難儀していることだろうな」カラザーは誰にともなく呟《つぶや》いた。

「言うまでもありませんよ」イージアンは声を尖《とが》らせた。テューリアンにしては異例な険しい態度だった。「これについてはわたし個人の責任もあることです」

「きみには済まないことをした」カラザーはイージアンの胸のうちを察して言った。

コールドウェルは苦虫を噛《か》み潰したような顔で押し黙っていた。ハント、ダンチェッカー、マリン、それにジェヴレン人の若い女がそっくりそのままの姿で惑星ジェヴレンのどこかにいると思うと心穏やかでなかった。カラザーが言った通り、マトリックスに閉じ籠められている分身はあらゆる意味で生身の人間と変わりない。コールドウェルは意識の片隅にくすぶっている自分の考え方が気に食わず、困惑をあしらいかねていた。分身たちを消耗戦力と見捨ててよかろうはずがない。それはできかねることである。

〈シャピアロン〉号の司令官代行、レイエル・トーレスは一同の顔を見くらべてきっぱり言った。「何とかしなくてはなりませんね」

「ジェヴエックスと接続がないとなると、はたしてわれわれに何ができるだろうかねえ」カラザーは消極的だった。

トーレスは歯痒《はがゆ》そうにそわそわと体を動かした。「ハントはそもそも、どうやってジェヴエックスにアクセスしたんです？」

「とにもかくにも、ジェヴレンの犯罪組織を説得して味方につけたのだよ」

「こっちから接触したら、また協力してくれるだろうか？」

「それは相手の気持ち一つだ。シバンのどこかに潜りカプラーを保有しているのだがね」

トーレスはしばらく思案した。「ヴィザー！　接続が断たれる前、ハントがシバンのどこにいたかわかるか？」

「バウマーを見つけた例のクラブと見て間違いない」ヴィザーは答えた。「ゾラックが市街地通信網のルーティング・コードから突き止めた場所だよ」

トーレスは床に視線を落として考えていたが、ややあって、決然と顔を上げて言った。

「打つ手はありますよ。では、わたしはこれで。ヴィザー！　切ってくれ」

〈シャピアロン〉号上のニューロカプラーで意識を回復したトーレスは、その足で真っすぐ宇宙船のコマンド・デッキへ向かった。それぞれの部署で待機していた乗員たちは一斉にいずまいを正した。

「ゾラック！　本船の状態は？」トーレスは言った。

「指示通り、飛行準備完了しています」

「ただちに離陸用意」

「アイ・アイ・サー！」

シバンの惑星行政センターPACで、ガルースはつい最前《さいぜん》まで自分の城だった執務室から、隣接する通信室に連れ出された。正面にずらりと並ぶスクリーンの一つに、アッタンの地底の制御室が映し出されていた。すでにユーベリアスはジェヴェックスを掌握し、機能を回復したシステムのh－スペース・リンク経由でアッタンからジェヴレンのPACにチャンネルが通じている。テューリアンの監視団はダミー・システムに欺かれ、今では完全に通信が杜《と》絶《ぜっ》して孤立無援である。

「おまえたちがこのジェヴレンでやってきたことが、いかに骨折り損の草臥《くたび》れ儲《もう》けだったか、とっくり見せてやろうと思ってな。合わせてわれわれの計画達成の最終段階をよく見るがいい」ランゲリフは部下を両脇に侍《はべ》らせて、フロアの中央から言った。「われわれはこれまで光軸教の信者たちを鼓舞することに努めてきたが、充分に成果は上がっている。現在、何千もの信者たちがカプラーに接続して、約束されたジェヴェックスの復旧を今や遅しと待ちかねているところだ。予言が成就したことが伝われば、何万、何十万という信者が後に続くだろう。われわれは今夜のうちにシバンを制圧する。明日はジェヴレン全土だ」

ガルースは堅く口を閉じたままスクリーンに目をやった。ユーベリアス本人が画面に登場した。「前回、おまえがジェヴレン人と敵対した時とはいささかわけが違う」ユーベリアスは言った。「今度もまた、連邦樹立を目論見《もくろみ》て失敗した愚か者が相手だとは思うなよ。そもそものはじめから、おまえを追い落とすことを運命づけられている頭脳を敵に回して、その進出を阻止できると本当に考えているのか？」ユーベリアスは明らかにガルースの動揺を期待して、スクリーンから様子を窺《うかが》った。「ジェヴェックスが自分を外界へ拡張するために編み出した手段については、すでにおまえも知っていよう。われわれはその手段によってこの世界に出現する名誉を与えられた第一世代というわけだがな」

ガルースは答えようとしなかった。

アッタンの制御室に側近の一人が顔を出し、やや離れたところからユーベリアスに合図した。ユーベリアスは顎を突き出すようにしてふり返った。側近は一歩前に進んで報告した。

「イドゥエーンが今、予言者と交信しています。向こうは準備万端ととのって行動の時を待つばかりです」

ユーベリアスはうなずいて、ガルースが映っているスクリーンに向き直った。「これ以上は話すこともない。まあ、見ているがいい」彼は側近以下、制御室の技術者たちをその場に残してカプラー・バンクに通じるドアへ向かった。廊下に出たところでイドゥエーンと行き会った。

「準備完了です」イドゥエーンは言った。「予言者は降臨を待っています」

「後を頼んだぞ」ユーベリアスは言い捨ててイドゥエーンとすれ違い、カプラー目指して足を速めた。

イドゥエーンは制御室に入った。ギャラリーの下を抜けると、ジェヴレンに通じているスクリーンを囲んで技術者たちが立ち騒いでいた。ただならぬ気配に、イドゥエーンは小走りにフロアを横切った。

「どうした?」技術者たちの間に割り込んで、彼は語気荒く尋ねた。

もう一つのスクリーンに灯《ひ》が入って、映像の動きは見る間に活性の度を増した。

幹部の一人が徒《いたずら》にスクリーンを指さした。「〈シャピアロン〉号が……ジェヴレンから発進しようとしています」

PACを映し出しているスクリーンから、ランゲリフがうろたえて言った。「たった今ギアベーンから知らせがありました。警告も何もなしに、いきなり飛び立ったようです」

「どういうことだ?」

「さっぱりわけがわかりません」

イドゥエーンは先の側近をふり返った。

「ブースへ行って教主を呼んでこい。接続延期だ」

側近は合点《がてん》して駆け去った。

ギアベーンからの映像は、飛び立った〈シャピアロン〉号が高度を下げてシバンのスカイラインに怪鳥のように黒い影を落としている光景を捉えた。街は不吉な予感に怯《おび》えてひれ伏しているかのようだった。〈シャピアロン〉号は上昇の姿勢を保ったまま、市街上空をゆっくり横移動した。

群衆は手に手に法具と緑の三日月の小旗を携えてヴァンドロスの神殿の広場を埋め、四方の門から市域の外にまで溢《あふ》れ出た。星は輝きを取り戻し、ニールーは息を吹き返した。大覚醒の日が近づいた徴だった。神殿正面の石階《いしばし》の下に祭壇を組み、火刑の柱に加えて絞首台と断頭台を設けた仕置場に、一団の人身御供《ひとみごくう》が引き据えられて恐怖にふるえていた。死刑執行人たちは支度をととのえ、昼の明るさが戻って合図が下るのを待つばかりだった。

石階の頂きには、神官や予言者たちを従えたエセンダーが両腕を高々と掲げ、天を仰いで立っていた。

はて、どうしたことだろう? エセンダーは胸の裡《うち》で首を傾《かし》げた。つい今しがた、彼は意識の中で天上の声を聞いたのだ。ほどなく神霊が彼に直接語りかけ、選ばれた予言者の座を許す、とその声は言ったではないか。にもかかわらず、神霊は降臨せず、エセンダーの呼びかけに答える声もない。

「神々は何故にこの憤《むずか》り?」高位の神官がそっと歩み寄ってエセンダーの耳もとで囁《ささや》いた。「霊気の流れは絶えこそせねど、あれあの通り心細い」

「おれにもとんと合点がゆかぬ」エセンダーは言った。「審問官と随身《ずいじん》一同は、まだ町へは戻らぬか?」

別の神官に促されて下級の神職が門の脇に控えている伝令に問い、その答は順繰りに口から口を経てエセンダーに取り次がれた。「いまだ姿を見せぬとのことでございます」

それ故にこの遅滞、とエセンダーは密《ひそ》かにうなずいた。神々は審問官の一行と生贄《いけにえ》の異端者ども全員が揃《そろ》うのを待っているに違いない。

「今しばらく待つとしよう」エセンダーは言った。「者どもに、なお一層、心を込めて祈るよう申し伝えよ。再び天の声を聞いたらば、おれはここへ戻る」それだけ言って、エセンダーは神殿へ引き揚げた。

ユーベリアスは側近の知らせを聞いて制御室に取って返し、ギアベーンから送られている映像に目を凝らした。〈シャピアロン〉号はシバン上空をゆっくり移動していた。「宇宙船はどうしようというのだ?」ユーベリアスは別のスクリーンにランゲリフと並んでいるガルースに食ってかかった。

PACの通信室で絶望のどん底にあったガルースは、自分の宇宙船が動きだすのを目《ま》のあたりにして舞い立つような歓喜を味わった。仲間のみんなが今なお望みを捨てず、何らかの行動に出たことは大いに心強かった。とはいえ、司令官代行のトーレスが何を考えているかはガルースにも見当がつきかねた。彼はアッタンから睨《にら》みつけているスクリーン上のユーベリアスを真っ向から見返した。「まあ、見ているがいい」

ガニメアンの手には拇指《おやゆび》が二本ある。ガルースは後ろ手に四本の拇指を組んで祈った。

59

煙と粉塵《ふんじん》がラウンジから廊下に噴き出して、破壊音は耳を聾《ろう》するばかりだった。休眠状態で失われた時間のことを考える余裕もあらばこそ、ハントとダンチェッカーはマレーに急《せ》かされて裏手の戸口へ走った。もと来た道を逆に辿《たど》って塔屋《とうおく》のエレベーターに乗る以外、脱出の望みはない。階段を登って回廊を突っ切ろうとするところで、もはやこれまでと持ち場を捨てた支配人、フェンドロが追いついた。

四人はひとかたまりになってエレベーター・ホールへ急いだ。ジーナ、ニクシー、ケシェンの三人が廊下の曲がり角で壁にへばりついていた。前方から叫び声と銃撃音が聞こえた。ハントは物陰に寄ってホールの様子を窺《うかが》った。エレベーターの一台にイチナの若い者たちが立て籠って、廊下の向こうに陣取った警官隊と撃ち合っていた。イチナの一人が倒れてエレベーターのドアがつかえている。この情況でホールを駆け抜けるのは自殺行為だった。

フェンドロがマレーに声をかけ、しきりに手招きしながら回廊を引き返した。「向こうに別のエレベーターがあるそうだ」マレーが通訳した。「荷物用だか、保守点検用だか知らないが、どうだっていいや」彼はニクシーとジーナに先を譲り、ダンチェッカーとケシェンを急《せ》き立てて後に続いた。ハントはほんのしばらくながら踏み止《とど》まって情況を見守った。若い者が一人、倒れた仲間を廊下に押し出そうとして撃たれ、それをほかの者たちがエレベーターに担ぎ込んで、ドアが閉まった。ハントは踵《きびす》を返し、ケシェンの後を追って走った。

一同は狭い廊下を曲がった奥のエレベーターの前でハントを待ち受けていた。折よくエレベーターが来合わせて、みんなわれ勝ちに乗り込んだ。フェンドロがジェヴレン語で指示を音声入力して、エレベーターは上昇した。ダンチェッカーは顔を真っ赤にして肩で息をしていた。ハントもまた、エレベーターの奥の壁に凭《もた》れて呼吸をととのえなくてはならなかった。ジーナは体じゅうにアドレナリンが溢《あふ》れて、もう、こうなったら何が来ようと恐いものなしという構えだったが、マレーはと見れば、世の中、いったいどうしてこう厄介なことばかりなのかとうんざりした顔だった。独りニクシーだけはうろたえもせず、怯《おび》えるでもなく、事態を冷静に受け止めていた。

「どうやら、こいつはシリオの計算違いだな」マレーは言った。「敵はあいつが思っている以上に、かっと腹を立てていやあがるんだ」

「シリオは勝ち組についたつもりだろう。だとしたら、誰よりも怒っているのはシリオだ。恨み骨髄というやつだろうな」ハントはまるで傍観者のように言った。

「これでヴィザーとはまた、この先当分、接続を断たれることになったわけだね」ダンチェッカーは喘《あえ》ぎながらも情況分析は忘れなかった。「残念至極」

「ほとぼりが冷めたら、またエントヴァースへ行く機会はあるんだろうか？」ハントは尋ねた。マレーがそれをケシェンに通訳した。ケシェンが答える脇から、フェンドロが何やら手ぶりを雑《まじ》えて言い、大きく首を横にふった。

「考えるだけ無駄だな」マレーは言った。「ここのハードウェアは、土を盛ってペチュニアでも植えるよりほかに、もう使い途《みち》はないとさ」

ジーナは当惑の体《てい》でハントとダンチェッカーを見くらべた。「どうもよくわからないのだけれど、わたしたちの分身は今もエントヴァースで独自の行動を取っているの？　それとも、接続が断たれた時点で消え失せたの？　わたしたち、本当にエントヴァースへ行ったの？　わたし、何が何だかわからない」

「それはわたしも同じだよ」ハントは言った。

フェンドロが地球人の耳には悲嘆と聞こえる声を発し、白眼を剝《む》いて天井を見上げた。

「何だって？」ハントはマレーをふり返った。

「これで霊柩《れいきゅう》フライヤーが飛べなかったら一巻の終わりだとさ」マレーは言った。「そうなりゃあ、こちとら絶体絶命だものな。そりゃあそうだ。ジェヴレン人が整備してるんだからな。いざという時に飛べないというのは大いにあり得るこった」

エレベーターがぐんと止まって、乗っている者はみなよろけた。フェンドロが見えない相手に抗議した。エレベーター制御コンピュータは、故障、と答えた。

「電源が切れたらしい」マレーが通訳した。「誰かがスイッチを切ったか、撃ち合いでどっかがぶっ壊されたか、とにかく、こいつはもう動かない」エレベーターは下降しはじめた。

このまま墜落かと思われたが、次の瞬間、非常ブレーキが働いてエレベーターは正位置に止まり、ドアが開いた。フェンドロが肩越しにうろたえた叫びを発しながらみなを先導した。

「三階上だとさ」マレーが通訳した。「シリオは待っちゃあくれないぞ。急いだ急いだ」ダンチェッカーは階段の下のドアに凭れ、目を閉じて深呼吸してから、大儀そうに登りはじめた。ハントは万一の場合に備えてぴたりとダンチェッカーの後に続いた。

階段を三つ登りきると、灰色の壁が傷だらけのがらんとしたホールに出た。発着所に通じる正面のドアが開け放たれ、けばけばしい霊柩フライヤーが今しも離陸しかけるところだった。イチナの一人が動きだしたフライヤーの昇降ハッチに攀《よ》じ登り、さらに二人がすがりついてどうにか這《は》い上がった。ハントたちはホールを駆け抜けた。ケシェンが先頭に走り出て、激しく腕をふり回し、背後を指さした。何とかシリオを引き止めて自分だけでも乗り込もうと彼は必死だった。

機内からシリオの冷ややかな声が響き、昇降口にドレッドノートが現われて、飛び乗ろうとするケシェンを蹴落とした。コンクリートに叩《たた》きつけられたケシェンが体を起こした時、すでにフライヤーは発着所を離れて加速に移っていた。ハントたちはなす術《すべ》もなく足を止め、旋回しながら上昇するフライヤーを茫然《ぼうぜん》と見送った。ハントは思考力を失って立ちつくした。フェンドロはなおも発着所の端へ出て空《むな》しく腕をふりながら、遠ざかるフライヤーに向かって悪態をついた。

ニクシーがあっと叫んで頭上を指さした。黒ずんだ流線型のフライヤー編隊が霊柩フライヤーを目がけて散開しながら急降下してくるところだった。

「シバン警察の飛行隊だ」マレーが叫んだ。「シリオのやつは進退谷《きわ》まったな」

霊柩フライヤーも敵機に気づき、追撃を躱《かわ》そうと右に左にめまぐるしく反転した。胴体側面のパネルが開いて二挺《にちょう》の光線銃を搭載した球状小型ターレットが迫《せ》り出した。グレヴェッツの闇討ちに使われた自家用フライヤーが装備しているものと同種の火器に違いない。警察機二機が発砲したが、いずれもはずれだった。霊柩フライヤーの銃座から吹き流しに似た黄色い光炎が走った。警察機は一瞬、紫色に揺れる紗幕《しゃまく》のようなバリアーを張ってこれを弾き返した。霊柩フライヤーは宙返りして発着所の塔屋《とうおく》をかすめた。別の警察機の発したビームが建物を穿《うが》ち、毀《こぼ》たれた石材の破片が金縛りに遭ったようなハントらの頭上に降り注いだ。

「退避しろ」ハントはわれに返って叫んだ。フェンドロを先頭に、一同はホールの入口に駆け戻った。奥の階段口から黄色い制服の警官隊が周囲に目を配りながら寄せてこようとしていた。

フェンドロは諦め顔でケシェンをふり返った。「駄目だ、これは。機動隊に塞がれてる」

頭の上で、再度旋回に移ろうとする霊柩フライヤーを警察機二機のビームが捉えた。フライヤーはオレンジ色の火の玉と化して爆発し、黒煙の塊から飛散した機体の残骸と破片が雹《ひょう》のように市街地を襲った。

〈シャピアロン〉号のコマンド・デッキにレイエル・トーレスは上級士官らに囲まれて立ち、宇宙船の尾部のカメラが俯瞰《ふかん》する市街地の映像を睨《にら》んでいた。フロアに投影されたホログラムは、ゾラックのデータベースから構成した多層市街の断面とその上空に漂駐する宇宙船自体を映し出している。点滅する光点カーソルは直下に交錯する道路が円錐《えんすい》状の建物の集合を囲繞《いにょう》している一画を表示した。円錐の塔は天蓋の下で幹線道路が合流するあたりから立ち上がっていた。

「目当てのクラブはこの下です」ゾラックがカーソルの位置を説明した。「探査体三号がこの一帯で警察の周波数を検知しています」〈シャピアロン〉号の探査体二機が上空にホヴァリングして、ジェヴレン側がギアベーン一円に張りめぐらした妨害電波のカーテンを洩《も》れてくる交信を傍受していた。

「天蓋が軽量構造物であることは間違いないな?」士官の一人が念を押した。「天蓋の上には、絶対に市民はいないな?」

「その点は図面を見れば明らかだ」トーレスがゾラックに代わって答え、ぐるりと一同を見渡した。「一か八か、やってみるしかない」

「警察の飛行隊と本部の交信を傍受しました」ゾラックが報告した。「飛行隊は何かを攻撃している模様です」

「外部ストレス・フィールドはどこまで拡張できる？」トーレスは尋ねた。

「破壊された天蓋を吸い上げて市域外に投棄する分には何の心配もありません」ゾラックは答えた。「周辺で多少こぼれ落ちるかもしれませんが」〈シャピアロン〉号の推進機構は船体のまわりに時空の歪《ゆが》みを作り出す。ゾラックの答は、その時空の歪みの外周に力の場を形成し、斥力《せきりょく》によって物体を市域外の無人地帯へ弾《はじ》き飛ばすことができるという意味である。

トーレスはもう一度士官たちの顔を見渡した。「この決定については、わたし一人がいっさいの責任を引き受ける」彼はきっぱり言い切った。「ゾラック！　指示通り、計画を実行しろ。もう後へは退《ひ》けない」

「ジェロニモ！」ゾラックは応答した。

「何だ？」

「今のは地球人がまだ盛んに戦争をしていた頃、空挺《くうてい》部隊が落下傘降下する時に使った合言葉です」ゾラックは雑学をひけらかした。「この情況にぴったりだと思いましてね」

「いいから黙ってわたしの言う通りに動け」

「了解」

ＰＡＣに立て籠ったランゲリフは、スクリーンに映る市街の光景に驚倒《きょうとう》のあまり声もなかった。上空に停止していた宇宙船が降下しはじめ、黒い影はたちまち画面の外へはみ出した。ギアベーン地区を管轄する分署長の興奮に上ずった声がスピーカーから溢れて室内の空気を揺るがした。「どういうつもりか、意図がわかりません。なおも高度を下げています……まさか！　人工の空に降下する気と思われます」画面中央、ちょうど〈シャピアロン〉号の直下にあたる天蓋の一部がまくれ上がり、木っ端微塵《こっぱみじん》と消し飛んだ。分署長は半狂乱で叫んだ。「いや、減速する気配もありません！　おお、これは！　天蓋を突き破って、さらに降下しています！」

「何事だ、いったい？」アッタンのスクリーンからユーベリアスが喚《わめ》いた。

「わたしを追い落とすことを運命づけられている頭脳は、どうやら早まってわれわれガニメアンを過小評価したと見えるな」ガルースはスクリーンに視線を据えたまま言った。精いっぱい意味深長な口ぶりを装ったつもりだが、その実、ガルース自身〈シャピアロン〉号の狙いがまるで読めていなかった。

万事休す。退路は断たれ、何一つ打つ手もない。

と、ハントはジーナが夢かと疑う表情で空を指さしているのに気づいた。ハントは彼女の視線を辿《たど》って頭上を仰いだ。人工の空の一部が黒ずんで、袋のように垂れ下がっていた。次の瞬間、天蓋が広い部分にわたって張り裂け、支柱や梁《はり》は崩壊した。が、不思議なことに天蓋を作っていた部材は落下せず、その逆に、巨大な真空掃除機に吸い取られでもするように舞い上がって飛散した。続いて雷鳴を欺く大音声《だいおんじょう》のジェヴレン語が市街全域に響きわたった。

ハントはきっとマレーをふり返った。

マレーはしどろもどろにその意味を伝えた。「街中《まちなか》にいる者は、早いところ退避しろとさ。何のことやら、あたしにも……うへえっ！」

ハントは頭上を仰いだ。天蓋にぽっかり開いた穴から覗《のぞ》き見る淡緑の空を背景に、遠近法で極度に変形された尖塔《せんとう》と歪んだ十字架を組み合わせたような、長大な飛行物体が降下してくるところだった。巻き起こる乱気流は轟々《ごうごう》と耳を聾し、天蓋はさらに引きちぎられて、見る間に穴は拡がった。

「宇宙船だぜ、ありゃあ」マレーは嗄《しわが》れ声を絞り出した。「大屋根ぇぶっこわして降りてきやあがる」

「〈シャピアロン〉号よ！」ジーナはわれを忘れて声を張り上げた。「ヴィック！　ガニメアンが来てくれたのよ！」

魚群を蹴散らす戦艦さながら、宇宙船は警察の飛行隊を押しのけて市街地の空を黒い影で覆った。

「これは驚いた」ダンチェッカーは意味もなく叫んだ。大きく弧を描く四つのフィンに抱かれて、伽藍《がらん》を思わせる後尾の円筒部はそうこうするうちにも眼前に迫った。エアロックを内蔵する蛇腹《じゃばら》式の胴端はすでに下方に伸びていた。

再び拡声器から呼びかける声が響いた。最前《さいぜん》ほどの音量ではなく、しかも今度は英語だった。

「やあ、みんな無事だね。思いのほかに悪運が強いな。ようし、ヴィック。もう大丈夫だ。全員、そこに集合してくれないか。ドアを開けるぞ」ハントはコンピュータの声をこれほど頼母《たのも》しく、嬉しく聞いたことはない。

マレーに怒鳴りつけられてフェンドロは驚愕《きょうがく》から立ち直り、壁面のスイッチボックスのボタンを押した。ドアが閉じて、階段口からホールに傾《なだ》れ込もうとする警官隊を遮った。ハントはみんなを急《せ》き立てて発着所へ走った。

〈シャピアロン〉号は尾部を発着所のプラットフォームに接するまでは近づけず、昇降ハッチは建物の外壁からわずかに距離を隔ててやや低い位置に口を開けていた。ジーナは手すりから乗り出して下を覗いた。空中に浮かんでいる宇宙船の尾部と、プラットフォームから懸《けん》崖《がい》のように落ち込んでいる塔屋の外壁の間はまさに底無しの裂溝だった。エアロックではガニメアンの乗員たちが早く早くとしきりに手招きしていた。

「恐がることはないよ」ゾラックは彼女を励ました。「力場に支えられているから大丈夫だ。わたしが誘導するから、そのまま足を踏み出せばいい」

ハントは手すりを乗り越えるようにジーナを促した。むろん、彼女にその意思がないはずはなかったが、体のどこか奥深くに根を張っている原始の生存本能が彼女を引き止めた。ジーナは弱々しく首を横にふった。「とても駄目。恐くって」

隣でニクシーは軽々と手すりを跨《また》ぎ、呼吸をととのえて向こうへ踏み出した。ジーナはこれまでの生涯に蓄積した体験と知識から、ニクシーが石礫《いしつぶて》のように転落するであろうことを疑わなかった。しかし、目に見えぬ力に導かれて、ニクシーはふわりとエアロックに降り立った。

ジーナはごくりと唾《つば》を呑んでハントを見上げた。

ハントはうなずいた。「ほら！」

ジーナはいっさいの想念を意識から締め出して手すりを乗り越えた。ハントに背中を押されたことすら彼女は気づかなかった。

ダンチェッカーもぎくしゃくと手すりを跨いだ。「これで生きて地球へ還れたら、ミズ・マリングに花束を贈ることにしよう」ハントにそっと耳打ちして、ダンチェッカーは宙に身を躍《おど》らせた。

続いてケシェンが手すりを乗り越えようとしたところで、フェンドロが背後をふり返って絶望の叫びを発した。「間に合わない！」

見ると、警官隊がドアを破って発着所へ飛び出してくるところだった。「行け！」ハントは怒鳴りつけてケシェンの背中を小突いた。フェンドロの判断は正しかった。まだ三人残っている。警官隊はすでに彼らに武器を向けていた。

〈シャピアロン〉号の探査体が風を切って飛来するなり、ハントらの頭上をかすめて目標に機銃掃射を加える戦闘機よろしく発着所を低空で直進した。警官隊は喚《わめ》き叫んで逃げ惑い、ある者はコンクリートの床に伏せ、またある者は屋内に退避した。探査体は塔屋の外壁までわずか数フィートを残して反転急上昇し、大きく旋回して第二波の攻撃姿勢に入った。

その間にマレーとフェンドロは手すりを乗り越え、ハントが向き直った時にはもう宇宙船に飛び移っていた。ハントは発着所をこれが見納めとふり返ってから二人の後に続いた。一瞬、彼の体は奈落の宙に浮かんだかと思われた。わが身に何が起きているかを見極める暇もなく、気がつくとハントは〈シャピアロン〉号のハッチでガニメアンの乗員に抱き止められていた。

「みんな乗ったね」ゾラックの声がした。「意志を変える人はいるかな？　誰もいない？　ようし、じゃあ出発だ。次の停車駅は軌道だよ。カラザーとコールドウェルがヴィザーの回線でコマンド・デッキのスクリーンに出ている。お待ちかねだよ」

ハントはガニメアン乗員から対話装置を受け取り、歩きながら額と耳と襟首に装着した。

「誰が指揮をとっているのかな？」船内輸送管路の手前で彼は尋ねた。

「レイエル・トーレス。ご用の節は何なりと」耳の奥で答える声が聞こえた。

「大した放れ業《わざ》をやってのけたね」ハントはトーレスの果断な行動を賞《ほ》めた。「天蓋に穴を開けたのは残念だけれども」

「保険がかかっているだろう」

「それで、ほかの情況は？」

「さあ、問題はそこだ。きみたちは文字通り、こっちの厄介を倍にしてくれたのだからね。ひとまずは急場を救ったとしても、これではまだ半分しか解決していない。これからきみたちの分身のことを考えなくてはならないんだ」

60

シンゲン‐フーは二度と再び弱気になるまいと心に誓っていた。高位の神々は彼を代弁者に選んでその力を見せつけたではないか。だとすれば、突然の示威打ち切りは意味のないことではあるまい。神々は彼に何かを伝えようとしているに違いない。然《しか》り。神々は使者たちを彼に預けて、ひとまず手を引いたのだ。ラカシムの丘の麓を橇《そり》で護送される間、シンゲン‐フーは考えた。通力《つうりき》を失って後、神々の使者たちはむっつり押し黙って肩を落とし、シンゲン‐フーが自身の解釈を見出《みいだ》すのをひたすら待ち望んでいる風情である。それはすなわち、彼らをこの窮地から救うことを神々がシンゲン‐フーに課したという徴《しるし》にほかなるまい。神は彼を試し、信仰と器量の証しを求めているのだ。

そう確信して、シンゲン‐フーは警固の役人の目を盗み、同乗の囚人たちの陰に隠れて、最前《さいぜん》、村の広場で貴人の橇の残骸からくすねたモビリウムの破片を取り出した。念力を凝らして、モビリウムをつまんだ指先を手鎖の環《わ》に通すと、斥力《せきりょく》で鎖がちぎれた。シンゲン‐フーはスラクスの脇腹を突ついて細工の程を示し、モビリウムを手渡した。スラクスは導師に倣《なら》って自分の縛《いまし》めを断ち、さらに橇が一マイル行くうちに、神々から託された囚人仲間五人の鎖を解《ほど》いた。

　橇の行列は大曲がりの下りにさしかかった。シンゲン－フーはこれぞ神々が彼に与えた好機と悟った。石塊《いしくれ》だらけの道の片側にはほぼ垂直に岩壁が立ち上がり、反対側は足下から削いだように断崖が落ち込んでいる。谷底の細い流れを隔てた向こうは色さまざまの岩石の結晶が静脈のように網の目を描く褐色砂岩の絶壁だった。

　シンゲン－フーは橇が大曲がりを回り込むのを待った。張り出した崖裾がそこで一瞬、後続の荷橇や兵士らの視野を遮るはずである。それをきっかけに、シンゲン－フーはすっくと立ち上がり、土砂を堰《せ》き止めている大岩を指さした。岩はぐらりと傾いた。シンゲン－フーは念力を凝らした。隣でスラクスが加勢するのがわかった。やがて岩は崩落し、小規模ながら土砂崩れが起きて背後の道を断った。

　村人から召し上げた橇で先を行く貴人たちは両側から岩壁の迫る切り通しに止まって何事かとふり返った。それがために、先頭の兵士らは道を塞がれて戻ろうにも戻りようがなかった。シンゲン－フーは神々の行き届いた段取りに舌を巻いた。

　前方の混乱を煽《あお》る腹で、シンゲン－フーはさらに念力を凝らし、濛々《もうもう》と真っ黒な煙幕を張った。前後の道を断った彼らの逃げ場は谷の向こうの切り立った崖よりほかになかった。

　再びスラクスの助けを借りて、シンゲン－フーは神々の手でしつらえられた巌頭《がんとう》に立ち、霊気が漲《みなぎ》るのを待って、迷わず宙に足を踏み出した。いくばくもなく、彼は谷を跨《また》ぎ越え、汀《みぎわ》に近い崖裾の岩棚に降り立った。スラクスは神々の使者たちを岩端に導いた。シンゲン－

フーの予想に違《たが》わず、使者たちはスラクスの負担を軽くしようと努めるどころか、何も知らない新入りの修道士のようにふるまって、スラクスが自分の才覚で試練を乗り切るのを見守っているふうだった。

「橋を渡られよ」シンゲン-フーは谷越しに手招きして呼びかけた。

「どこに橋がある？」ハントと呼ばれる使者が叫び返した。

「信ずる心がすなわち懸橋《かけはし》。わが言をお疑いあるな。身《み》が通力をもって、必ず無事にお渡し申す」

ハントは肩をすくめて岩を蹴った。シンゲン-フーは舞い立つばかりの歓喜にふるえながら使者を岩棚に導いた。動物を乗せて回転する神殿に現われ出た紅毛の女神と、両の目に金の輪飾りをした大神が後に続いた。岩棚は四人でいっぱいになり、スラクスと裳裾《もすそ》の短い女、それに、長頭の巨人が対岸に残った。

「これより崖を登らねばならぬ」シンゲン-フーは物々しく言った。彼の通力をもってしても、全員を一時に頂上まで担ぎあげることはむずかしい。使者たちを誘導することが自身に課せられた試練に違いない、とシンゲン-フーは確信した。頂上に行きついたところでその先に待ち受けている新たな試練が明かされることであろう。一同にその旨を告げて、シンゲン-フーは危なげない足取りで崖を登りはじめた。足場の悪いところでは摩擦の大きい岩脈を利用し、ここかしこに露出している緑のアンコライトや黒いキャッチストーンは足を取られないように心して避けた。幼い子供でも知っていることである。

崖を中程まで登ったところで、下の方で腹立たしげに叫ぶ声が聞こえた。「何だ、この妙ちきりんなものは？　石だか泥だか、足を摑《つか》まれたようで動けない」

シンゲン＝フーはのけ反《ぞ》るようにふり返って下を覗《のぞ》いた。大神がアンコライトの塊に足を取られてもがいていた。ハントが斜面を横に伝って手を貸そうとしたが、岩の割れ目から下がっている粘着力の強い蔓草《つるくさ》に絡まれて身動きが取れなくなった。さらに下の方では紅毛の女神がモビリウムの結晶を含む滑石、ルーブライトを踏んで進めず、空しく足摺《あしず》りを繰り返していた。使者たちは自分を試そうとして幼児のようにふるまっている、とシンゲン＝フーは思った。試練はまだまだ続くに違いない。

そうこうするうちに、対岸では神官や兵士らが土砂崩れを乗り越え、煙幕をかい潜《くぐ》って岩場に迫ろうとしていた。「スラクス！　谷を渡って使者たちに力を貸せ」シンゲン＝フーは崖にすがったままスラクスが谷を渡るのを助け、自分はそのまま登り続けた。

ようよう登りきったところへ、下からスラクスの声が聞こえてきた。「導師、何ともわたくしの手には負いかねます。彼らは泥濘《ぬかるみ》に封じ込められた魚も同然」

シンゲン＝フーは対岸をふり返った。兵士らが短い裳裾の女と長頭の巨人を引っ立ててゆくところだった。「己《おの》が身を救え、スラクス」シンゲン＝フーは叫んだ。「汝《なんじ》が身を捨てて何をか得べき」

ほどなく、スラクスは崖を這《は》い上がって導師の隣に立った。すでに短い裳裾の女と長頭の巨人は連れ去られて、兵士らは流れを徒渡《かちわた》ろうとしていた。谷を見下ろす岩場に、審問官を中心に集まった神官たちは念力を凝らして崖裾で難渋している三人を呪縛した。シンゲン‐フーは神々の試しに応えられなかった自分を恥じた。

何やら動くものが視野をかすめて、シンゲン‐フーは空をふり仰いだ。禿鷹《はげたか》の群が、寄り集まった神官たちの頭上に輪を描いていた。シンゲン‐フーは眼《まなこ》に恨みを宿し、怨念を込めて禿鷹の群を指さした。目に見えぬ力にふいに締めつけられて、禿鷹どもは神官たちの真上で脱糞《だっぷん》した。シンゲン‐フーとスラクスは悄然《しょうぜん》と肩を落として歩み去った。

ジェヴレン上空の軌道を回る〈シャピアロン〉号と惑星テューリアンを結ぶ回線を通じて、イージアンはヴィザーとジェヴェックスの接続を回復するために必要な手続きを説明した。

「クラブから出ている回線はジェヴレンの正規の惑星通信網に接続している」コマンド・デッキを見下ろす大型スクリーンから彼は言った。「端末から起動コードを打ち込んでやると、これがどこかでh‐スペース・リンクの結節ノードを作動させる。ノードにはジェヴェックスに通じるパラメータが与えられているのだね。接続を回復するのに必要なことは二つ。まず第一に、監視プログラムを迂回して、こっそり惑星ネットに侵入できるエントリー・ポイントを見つけること。次に、ケシェンがクラブから入力したのと同じ起動コードを打ち込むことだ」

「それでアッタンに通じる前と同じh‐スペース端末を呼び出せるわけだな」ハントが相槌《あいづち》を打った。ダンチェッカーとケシェンは脇に控え、彼らを取り巻いてレイエル・トーレスとロドガー・ジャシレーン以下、ガニメアン乗員一同がスクリーンを見上げていた。「ノードがどこにあるかは問題ではない、と。それどころか、ノードの構造も機能も、こっちが詳しく知る必要はないんだ」

「その通り」ケシェンが横でうなずいた。

「しかし、回線は残らず遮断されているのではないかね」ジャシレーンが口を挟んだ。「そもそも、それで接続が切れたのだろう」

「ああ、そうだとも」イージアンは言った。「おそらく、PACに立て籠っている反乱勢と連結を取る必要から一回線だけは通じているだろうが、どのみち、これには手が届かない。ところが、ユーベリアスはアッタンを根城に惑星侵略を企んでいる以上、ジェヴレン・ベースの基幹ノードから接続するのに、いずれかの時点でジェヴェックスを開放しなくてはならないはずだ。こっちの狙いはそこだよ。遮断が解除された時はすでにヴィザーがアッタンに通じる回線を確保している寸法だ」

ジャシレーンは不安げにケシェンをふり返った。

ジェヴレン人技術者は即座にきっぱりうなずいた。「惑星ネットワークに繋《つな》がってさえいれば、それは可能だな」

ジーナはニクシー、フェンドロ、マレーとともに片隅で成り行きを見守っていた。彼女の出る幕ではなかった。不急の質問を差し挟んで時間を無駄にすることは許されまい。フェンドロ、マレー、ニクシーの三人は星間宇宙船の内部にすっかり心を奪われて、物を考えるどころではなかった。

「ネットワークに潜り込む手はないこともない」ケシェンは一同をぐるりと見渡して言った。「今も稼働中のデータ転送衛星を使えばいいんだ。正規の通信網の一部をなすシステムだよ。距離は遠いが、無人衛星で、三十基ばかり飛んでるはずだ」面々は思わず膝を乗り出した。ケシェンはちょっと肩をすくめて言葉を接《つ》いだ。「どれか一基へ乗りつけて中をいじくれるものなら、プライマリー回路に侵入する目算はある。こいつは監視プログラムにはひっかからない。あとはネットワークがアクセス・コードの命じるままにどこだろうと自動的に接続ルートを見つけだすよ。どういうルートを辿《たど》るかはこっちの知ったことじゃあない」

「きみはアクセス・コードを知っているのか?」イージアンはそう簡単に行くわけがないと疑う顔で尋ねた。

ケシェンは目を剝《む》いて天井を仰いだ。「ヴィザーが知ってるはずだろうが！　わたしがクラブでコードを入力した時、ヴィザーは繋がっていたじゃあないか。違うか?」

「ローカル・メモリーに保存していたのだがね」ヴィザーは言った。「遮断された時に消えてしまったよ」

アッタンの地底のジェヴェックス制御室で、ユーベリアスは腹立ちを露《あらわ》にフロアを行きつ戻りつしていた。ジェヴレンからの最新情報によれば〈シャピアロン〉号が惑星を飛び立って、現在、軌道を周回中であるという。先の架空戦争でジェヴレンの防衛線をかい潜り、通信ビームを傍受してヴィザーをジェヴェックスに侵入させたのがこのいまいましい宇宙船である。ユーベリアスは地球人がまたしても同じことを企んでいるに違いないと直観した。二度と同じ手を食ってなるものかと周到に策を講じたユーベリアスに動揺を覚える理由はないはずだった。頭ではわかっている。にもかかわらず、彼はのしかかってくる不安を払いのけることができなかった。ハントとダンチェッカーがガニメアンに味方していることを思うと心穏やかではいられない。地球人科学者の知謀は侮《あなど》りがたい。何をしでかさないとも限らないから油断は禁物である。

「システムの最終統合まで、あとどのくらい時間がかかるのだ？」ユーベリアスは制御コンソールに向かっているオペレーター集団に声をかけた。

「すでに統合は完了したも同じです」イドゥエーンが技術者たちに代わって答えた。

「ようし。すべての入力チャンネルを厳重に点検しろ。無許可のアクセスはいっさい認めるな。このことを第一種優先事項に指定しろ」

「かしこまりました」

「〈シャピアロン〉はどうしている？」ユーベリアスはジェヴレン監視システムからＰＡＣ経由で送られてくる追尾データを睨《にら》んでいるオペレーターに尋ねた。

「依然として軌道を周回中です。新しい動きはありません」

ユーベリアスはＰＡＣ通信室のランゲリフと幹部警官を映し出しているスクリーンの前に足を止め、じきに目をそらしてまた行ったり来たりしはじめた。「どうも気に入らん。あの宇宙船が曲者《くせもの》だ」

「恐れるに足りません」イドゥエーンは気休めを言った。「〈シャピアロン〉にいったい何ができますか。どこへ行こうと、ジェヴレンの監視システムが一挙一動を追尾しています」

「宇宙船がジェヴレン周辺にいる限り、安全とは言えないぞ」ユーベリアスはこだわった。

「邪魔者を追い払うまで、行動は控えよう」

「追い払う？」イドゥエーンは眉を寄せて問い返した。「どうやって？　ジェヴレンには戦略防衛戦力はありません」

「何らかの手段はあるはず……」ユーベリアスはつと足を止めてスクリーンのランゲリフをふり返った。「待て。わが方は、かの伝説の指導者を拘束している。そうだな？」彼はスクリーンの間近に寄った。「宇宙放浪の果てにガニメアンどもを無事に連れ帰った指導者だ。ガニメアンどもは、あの男の身に危難がおよぶことを望むまい。どうだ？」ユーベリアスは満足げにうなずいた。「ほかにも人質として役に立ちそうなのがいたな？　どういうやつらだ？」

「ハントとダンチェッカーの下で働いている科学者二人です」ランゲリフは答えた。「それに、もう一人、保安担当の地球人がいます」

ユーベリアスはにんまり笑った。「上等だ。何者であれ現在〈シャピアロン〉の指揮に当たっている人物にレーザー通信で連絡を取れ。その三人を、ただちにそこへ呼び出せ。一時間以内に〈シャピアロン〉を追い払ってやる」彼はイドゥエーンに向き直った。「覚醒にかかわるすべての行動は一時中止だ」

イドゥエーンは承知したが、いささか困惑の体《てい》だった。「予言者には何と伝えますか？こうしている今、全員を集めて教主の出現を待ち設けておりますが」

ユーベリアスはうるさそうに手をふって、取り合おうともしなかった。「なあに、讃美歌を歌うなり何なりして時間を稼ぐように言ってやれ」


ダンカンとサンディは捕虜仲間の保安部要員やガニメアンたちとともにPACの一室に閉じ籠められて肩を寄せ合っていた。

「まったく、どういう巡り合わせかねえ」ダンカンは言った。「はるばる異星にやってきて、とどのつまりがこのありさまとはさ」

「まだろくに街を歩いてもいないんですものね」サンディは力なくうなずいた。

ダンカンは捕虜仲間を見るともなしに見回した。みなむっつりと押し黙り、ただ何事かを待っているふうだった。「自由の身になったら何をしたい？」

「自由の身？　あなたとも思えない質問だこと。あのね、わたしはクリス・ダンチェッカーの助手をしているのよ。休暇といえば、せいぜいきちんとした食事をすることくらいだわ。実験室にいる限り、お昼はいつも紙袋のスナックですもの」

「ああいう人は所帯を持ちゃあいいんだ」ダンカンは言った。

「ずいぶん前に結婚してるんじゃないかしら。でも、きっと、自分が結婚したことも忘れてるのよ。いつだったか、左右不揃《ふぞろ》いの靴で実験室へ出てきたことがあるわ」

「サンフランシスコなんてどうかなあ」ダンカンは話題を変えた。「行ったことがあるかい？　フィッシャマンズ・ウォーフとか、エンリコのコーヒーハウスとか。ずっと考えているんだけどね、サンフランシスコのチャイナタウンを牛耳《ぎゅうじ》ってる華僑《かきょう》に任せておけば、ジェヴェックスなんぞなくたって、ひと月もしないうちにシバンの街はものすごく賑《にぎ》やかになるに違いないんだ」

　サンディは伸びをして、ちょっと考えた。「わたしは南部の方がいいわ。ニューオーリンズとか、どこか、テキサスあたりとか。わたしって、案外、ゆったりのんびり暮らす方が合ってるかもしれないのよ」

「じゃあ、こうしよう」ダンカンは言った。「生きて地球へ還れたら、休みを取って二人であちこち旅行するんだ。考えてみると、ぼく自身、実験室暮らしが長すぎたよ。ヴィックがいつも言うんだ。仕事を変えたところで、しょせん同じことの繰り返しだ。生活そのものを変えなきゃあって。きみはどう思う？　興味ないか？」

　サンディは横目遣いにダンカンを見た。「絶対に下心はないっておっしゃるの、ワットさん？」

「どういたしまして。大ありだよ」

「わあ嬉しい」

　警官が何人かやってくるなり、興奮した様子でしきりに手をふりながら見張り役に何やら話しかけた。捕虜たちは不安と漠然とした期待の入り雑《まじ》った中途半端な気持ちで成り行きを窺《うかが》った。デル・カレンがサンディとダンカンににじり寄って低く言った。「戦いはまだ済んでいないと見えるな」

「ほう。どうして？」ダンカンは尋ね返した。

「ほんの聞きかじりだがね、街の天蓋を突き破って何かが降下した。その何かというのが、どうやら〈シャピアロン〉号らしいんだ」

サンディは顔色を変えた。「墜落したの？」

「いやいや、そうじゃない。また飛び立ったというからね。とにかく、こいつはまだ終わっていない。もう一幕、続きがありそうだ」

後から来た警官が三人を指さし、見張りが警官に従うように手真似で指示した。背後でコバーグとレバンスキーが抗議しかけたが、銃を向けられて引き下がった。カレンは肩をすくめて言った。「ここは言うことを聞くしかないだろう」三人は警官について部屋を出た。

通信室へ行くと、ガルースとランゲリフ、それにジェヴレン人の一団がスクリーンのユーベリアスと向かい合っていた。もう一つのスクリーンにハントとダンチェッカー以下、見馴《みな》れた顔があった。ディスプレーや制御卓の並ぶ明るい画面を一目見て、カレンはそこが〈シャピアロン〉号のコマンド・デッキに違いないと判断した。

「みんなお揃いだね」彼は思わず声を張り上げた。「無事で何よりだ。みんな……」

「やかましい！」ランゲリフが一喝した。

ユーベリアスがスクリーンから話しかけていた。「見ての通り、わが方はこの面々を拘束している。長々と話すつもりはない。われわれの意図は説明の要もあるまい。これから言うことを……」

「耳を貸してはいけない」ガルースがかぶせて言った。「きみたちは、わたしに構わず……」

「この男を遠ざけろ」ランゲリフの一声で、武装警官二人がガルースをスクリーンの死角に押しやった。

ユーベリアスは先を続けた。「宇宙船はただちに最高速度でジェヴレンを離れ、アテナ系外に退去するほかない。自力で移動すればよし、さもない時はテューリアン側の手でトロイドを投射することになるだろう」ユーベリアスはトーレスの表情に不服従の意志を読み取って片手を上げた。「話し合いの余地はない。即刻、退去しろ」

サンディは同胞の無事な姿を見てすっかり有頂天になり、これから何が起きようとしているか、およそ頓着なしだった。トーレスのすぐ後ろに、ジーナが悄然と肩を落として立っていた。「大丈夫よ、ジーナ」サンディはジーナ一人を相手にする口ぶりで呼びかけた。「きっといいようになるわ。これは全部、頭の中だけのことかもしれないでしょう」二人だけの冗談だった。ジーナはサンディの心を読み取って淋《さび》しげに笑い返した。

「よく無事でしたね、先生」サンディの隣でダンカンが言った。ハントはわずかに頰をほころばせてうなずいた。

ユーベリアスは怒りに蒼《あお》ざめて叫んだ。「そいつらを退けろ。もう役目は終わった。わが方が人質を抑えていることはガニメアンどもに充分伝わったはずだ」彼はトーレスの映像に視線を戻した。「彼らの軽率な態度に惑わされるな、船長。ただちにアテナ系外へ退去しろ。言う通りにしなければ、おまえの大切な仲間たちがどのような目に遭うか、わかっていような」

トーレスは無言でうなずくしかなかった。が、彼の背後でダンチェッカーは暗夜に光明を見出《みいだ》した随喜の表情を浮かべていた。このわかりきったことに、何故もっと早く気がつかなかったのだろうか、とその顔は言っていた。

61

〈シャピアロン〉号のコマンド・デッキのスクリーンからユーベリアスの顔が消えた。テューリアン政庁で眉を曇らせているカラザーとイージアン、そのまた隣の、ワシントンのコールドウェルの映像は変わらなかった。ダンチェッカーはじっとしていられず、左右の地球人とガニメアンたちにしきりに手をふりながらフロアの中央で飛び跳ねた。

「ああ、そうだとも！　サンディの言う通りだ！　頭の中なんだ！」ダンチェッカーはいきなり激しくケシエンを指さした。ケシエンはたじたじと後退《あとじさ》った。「諦めるのはまだ早い！」ハントは押し止《とど》める手ぶりをして言った。「クリス！　まあ落ち着けって。そうやって躍《おど》り狂っていないで、何が言いたいのか、きちんと話してくれないか」

ダンチェッカーはようよう冷静に返ったが、それでも重ねてケシェンを指さすことは止めなかった。「起動コードだよ。だって、そうだろう。ケシェンはクラブのタッチパネルにコードを入力したんだ。コードは頭に入っている。思い出せなくても記憶に書き込まれているはずだよ。それを読み取るくらい、ヴィザーなら造作もないことじゃあないか！」

ハントはたっぷり五秒ばかりダンチェッカーの顔をしげしげと見つめた。「そうかな？」彼は思わず懐疑を口に出したが、答は聞くまでもなかった。

「ああ。もちろん、ケシェンの同意があればの話だけれども」ヴィザーは言った。

「そうか」カラザーはほとんど声にならぬ声で言った。まったく前例のないことで、テューリアンやテューリアンの精神構造を受け継いでいるコンピュータには思いも寄らない発想である。

ハントはケシェンをふり返った。「何か不都合があるかな？」

ケシェンは肩をすくめた。突然、一場の主役になった動揺はまだ去りきっていなかった。

「いや、別に……わたしは構わないがね」

ハントはトーレスに目をやった。司令官代行は首を横にふった。「無意味ではないだろうか？ジェヴレン側はこっちの動きを逐一監視している。本船が転送衛星に接近する気配を見せれば……」彼は両手を拡げて言葉を濁した。

沈黙がコマンド・デッキを覆った。どこか遠くでくぐもった機械の唸《うな》りが聞こえていた。

コールドウェルが発言した。「脈はあるな。ジェヴレン側が〈シャピアロン〉号に神経を集中すれば、囮《おとり》としてはお誂《あつら》え向きだ。こっちへ気を引いておいて、別の方から……うん、宇宙船の探査体を衛星へ飛ばせばいい。探査体で、h－スペース装置を積んでいてヴィザーと対話できるのがあるはずだ。ケシェンが衛星から惑星ネットに侵入できるというのなら、あとはその手筈《てはず》をととのえるだけの問題だろう。人手は何人必要だ？」

ハントらは一斉にトーレスとガニメアン乗員をふり返った。コールドウェルの質問に答えられるのは乗員たちだけである。

「やってみるだけのことはありそうだね」ややあって、ロドガー・ジャシレーンが言った。「メイン・ドライヴの加速でストレス・フィールドが崩壊する時、船体周辺の電磁気環境に擾乱《じょうらん》が生じる。その瞬間を捉えて探査体を射ち出せば、監視の目をかすめてうまく衛星に接近できるかもしれない。ほかに道がないとすれば、これでいくしかないだろう」

「誰が行く？」ハントは話を先へ進めた。「ケシェンにはどうしたって行ってもらわなくてはな」彼はジェヴレン人技術者に向き直った。「引き受けてくれるな？」

ケシェンはごくりと唾《つば》を呑んでうなずいた。

「わたしが行こう」ジャシレーンが決然と名乗り出た。「これで決まりだ。h－スペース装置を積んでいる探査体にはどうせ二人しか乗れないから」

細かい打ち合わせをしている暇はなかった。ユーベリアスはすでに宇宙船の加速を今や遅しと待ちかねているに違いない。ハントはトーレスをふり返ってケシェンの方へ顎をしゃくった。「そうと決まったら早い方がいい。今すぐ、ケシェンをカプラーに接続してくれないか」

トーレスはガニメアン乗員の一人に手をふって指示を伝えた。「ゾラック！　探査体発進用意」彼はさらに二人の士官に命令した。「アクセス・ロックに宇宙服二着。一着は地球人用、一着はガニメアン用だ」

その間にケシェンは乗員の案内で、カプラーに向かってコマンド・デッキを後にした。二人の士官は敬礼して足早に立ち去った。

またしても鎖に繋《つな》がれ、警固の役人の槍先に怯《おび》えながら、囚人たちは力なく項垂《うなだ》れてオレナッシュに向かう橇《そり》に揺られていた。ハントはあらためて驚嘆に打たれた。エントヴァースの異様な環境に馴染《なじ》んできた今、橇が大きく向きを変える度に、東西、南北の距離が伸縮するのがわかった。何もかもが空《むな》しく思える窮境にあってなお、科学者である彼は橇の長さと幅の比率の変化にその事実を読み取っていた。エントヴァースにごく単純な道具以上のものが生まれなかったのも無理はない。遠く左手の薄暮の空にぼんやりと見えている山並みも、橇の行列が曠野《あらの》に出た時にくらべて目に見えて近くなっている。道は曲がりくねりながらも、全体は山脈とほぼ平行に走っているはずではなかったか。

ジーナはぴたりとハントに体を寄せ、感情を顔に出すまいと必死に自分と闘っていた。ハントは励ます心でそっと彼女の手を取った。役人の一人がそれを見咎《みとが》めて威嚇《いかく》の声を発した。

ハントはやむなく手を引っ込めた。

「ねえ、だから言ったでしょう」ジーナは声を落として言った。「これは地球の神話世界よ。神話はやっぱり絵空ごとじゃあなかったのよ。でも、まさか自分がこんなことになるとは思ってもいなかったわ」彼女は身ぶるいを抑えかねて大きく溜息《ためいき》をついた。辛うじて保ってきたきつい顔ももはやそれまでだった。「わたし、こういうのは苦手なのよ。この先、何が待ち受けているかわからないけれど、でも……」

「くよくよ考えないことだ」ハントは彼女の言葉を遮った。「きみが言う通り、こいつは絵空ごとではない神話世界なんだ。奇蹟《きせき》が起きないとも限らないだろう」

「どんな?」

「それは何とも言えないさ」

「ジェヴェックスに接続できたのはまったくの偶然よ。今、シバンでいったい何ができるっていうの? 接続が切れたということは、つまり、クラブが占拠されたか、ユーベリアスがいっさいの回線を遮断したかのどちらかでしょう。だとしたら、彼らはどうやって……」ジーナは混迷と恐怖に正確な言葉を捜しあぐねて頭をふった。「彼らだか、わたしたちだか、とにかく、向こうにいる人間はどうなるの? あなた自身は、その点がわかっているの?」

「いや、それは何とも」ハントは正直に答えた。

「ほうらね」おそらくは自衛本能のなせる業《わざ》であろう、ジーナはハントに突っかかった。「あなたはわかっていないのよ。向こうにいるあなたは、今ここにいるあなたとそっくり同じでしょう。移転した瞬間の知識の量も同じ。だから、あなたにわからないことは向こうのあなたにもわからないのよ。それはあなたに限らず、彼らだか、わたしたちだか、ほかのみんなについても言えることだわ」

ハントは返す言葉もなく顔をそむけた。

橇はやがてオレナッシュの町にさしかかった。近寄りがたい雰囲気の、重厚壮大な建物が並んでいた。先頭の騎兵隊が方形の塔に挟まれた大きな城門を潜《くぐ》ると喇叭《らっぱ》が高らかに鳴り響いた。群衆は橇を取り囲んで神官たちを讃《ほ》め称え、一方で囚人たちを罵った。

ハントは自分の感情を他人にどう伝えるべきか、何とも不思議な気持ちを味わった。分身をエントヴァースに送り込んだ当人たちから見れば、こうして囚われている一行は単なるコンピュータ・コードの集合でしかない。切って赤い血が出るわけでもない情報のかたまりを、はたして彼ら、すなわち、生身の自分たちは心から気遣うだろうか？　が、今、現にこうしているハントは自分がコンピュータ・コードの集合とは思えず、先のことが大いに気懸かりだった。とはいえ、そんな気持ちが別の宇宙の、性質を異にする知性にいったいどう伝わるかはまったく想像の外である。姿かたちはほとんど変らず、理論上、人格を構成する要素は同じだとしても、この情況においてエント人と彼ら地球人の利害は真っ向から対立するのだ。

それを思うと、ハントははなはだ面白くなかった。

「ジェヴレンより最新情報」オペレーターの一人がふいに声を張り上げた。ユーベリアスはフロアの中央でぎくりとふり返った。そのうろたえぶりはひた隠しにしている極度の緊張を物語っていた。「〈シャピアロン〉号はフリーフォールから加速に移りました。追尾データによれば、同船は星間巡航速度に備えて上昇姿勢を取っています」

　オペレーターの報告がユーベリアスの胸におさまるまで、やや時間がかかった。一呼吸あって、伸《の》るか反《そ》るかの賭けに勝った実感が彼の意識に浸透した。緊張が徐々に去り、代わって安堵《あんど》の波がユーベリアスを洗った。

　厳しい最後通牒《つうちょう》を突きつけたとはいえ、若干の遅れはやむを得まいと思っていた。宇宙船と、何者であれ惑星上で連絡に当たっている者との間に種々のやりとりは不可欠であろう。宇宙船の加速はガニメアン側が万策尽きてユーベリアスの要求を呑んだ証拠である。ユーベリアスはガニメアン側がはったりをかけて最後通牒を撥《は》ねつけることを恐れていた。そうなれば、彼としても後へは退《ひ》けず、手荒な真似をしなくてはならない。新体制の発足に当たっては憂うべき汚点である。しかし、その危険は遠のいた。

「おめでとうございます」別のオペレーターが仲間を代表して言った。「この成功も、教主の強い意志あればこそです」

　ユーベリアスは、何を今さらとばかりそれを聞き流した。「この通り、やつらのなりふり構わぬ抵抗も、しょせんは時間稼ぎのこけおどしでしかない。さあ、わが方の仕事はこれからだ。ジェヴェックスは、もう稼働しているのか？」

「いつなりと全面的に機能し得る状態です、教主」ジェヴェックスの耳馴《みみな》れた音声が応答した。オペレーターたちは一様にほっとした表情を浮かべた。

「ジェヴレンに接続する前に、h－スペース・リンクであると在来のジェヴレン惑星通信網であるとを問わず、正規外のアクセスはないことを確認しろ」ユーベリアスは言った。「システムの完全な機密を保持しなくてはならない」

「ジェヴレン接続に先立ち、コア・システムの再統合を実行します」ジェヴェックスは作業手順を確認した。

「〈シャピアロン〉のストレス・フィールドが崩壊しはじめました」先のオペレーターが報告した。「宇宙船は通常空間を離脱しようとしています……デルタ・インデックス減衰……加速はなおも変わらず……」

ユーベリアスはようよう安心を覚えたか、口の端をわずかに歪《ゆが》めてほくそえんだ。「これより行動に移る」彼は側近の一人をふり返った。「約束通り、おれが直々《じきじき》に予言者を指図する。イドゥエーンが戻るまで、ここはおまえに任せるぞ」彼は思い入れよろしく、ゆっくりと一同を見回した。「今度会う時は、シバンはわれらがものだ」みなみな拍手でそれに応えた。ユーベリアスは踵《きびす》を返して制御室を後にした。

その間に、ジェヴレン上空二万マイルの暗黒の空域で、宇宙船の加速に伴う電磁場の擾乱を利して小さな飛行物体が母船を離れ、追尾センサーの監視網をかい潜って虚空の彼方《かなた》へ飛び去った。

「探査体離脱。針路確認。すべて異状なし」ゾラックが報告した。

「まあ、ざっとこんなところだ」ハントは〈シャピアロン〉号のコマンド・デッキでスクリーンを見上げながら言った。船外スキャナーから送られてくる映像がふっつり跡絶《とだ》えた。宇宙船は今や電磁気的に通常空間から隔絶されている。唯一の通信手段はヴィザーのh－スペース回線だけである。

「事態はわれわれの手を離れたということだね」ダンチェッカーが相槌《あいづち》を打った。「あとはめでたく囮《おとり》の役を果たしおおせることを祈るしかない」彼は思案顔で溜息をついた。「しかし、事の大きさを考えると、囮とはわれわれもずいぶん成り下がったものだねえ。これまでの情況では、わたしらは何かもっと積極的に貢献できる役回りだったじゃあないか」

ハントは口を開きかけて思い止まり、期するところありげにダンチェッカーの顔を覗《のぞ》き込んだ。「必ずしもそうは言えないのではないかね、クリス」

「ほう。どうしてまた？」

「事態はわたしらの手を離れてはいない……。厳密に言うと、それは違うんだ。この先の成り行きは現在エントヴァースにいるわたしらの分身がどう行動するかにかかっているのだからね。カラザーやガニメアンたちの言うことが正しいとすれば、分身たちはあらゆる意味において、きみやわたしと少しも変わらないはずだろう」彼は眉を寄せて顎をさすった。自分の知らないところで、もう一人の自分が意志をもって行動していると思うと何とも片づかない気持ちだった。ダンチェッカーの奇妙な表情を見れば、彼もまた困惑を持てあましていると知れた。「思えばこれは極めて特殊な情況だよ。ほかに言いようがあるだろうか？」

伝令は群衆を掻《か》き分けてヴァンドロスの神殿に入った。神官の一人が戸口に立って儀式を司宰《しさい》するエセンダーを手招きした。

「北の城門より知らせが届きました」神官は伝令の言葉を取り次いだ。「審問官の一行、只今《ただいま》到着。神々の使者を名乗る、いずこの者とも知れぬ異端の徒数人を連れ来たったとのことでございます」

「うむ。ならば儀式も滞《とどこお》りなく済むというもの」エセンダーは心得顔にうなずいた。

「者どもに気を長く待てとおっしゃいましたのは、このこと故でございますか？」神官は尋ねた。

「神の御旨《みむね》が自《おの》ずから成就すること、月が満ちるごとしだ」エセンダーは重ねて物々しくうなずいた。

と、その時、エセンダーの意識に直接語りかける声があった。「神々に選ばれたる予言者よ、大いなる時は近い。神霊を抑える備えは良いか？」

「今しも敵の残党が贖罪《しょくざい》のため、われらが前に引き出されんとするところ。ウォロスは穢《けが》れを去り、備えはできております」エセンダーは答えた。

「それは上々。約束はことごとく、ハイペリアにて果たされるものと知れ」

「この身は万民の支配者に？　わが言は兵を動かし、わが思いは法律となりますか？　王たちはわが威光に怯えると言われますか？」意識の中で対話するエセンダーの声は感動にふるえ、その目は幻影を宿して輝いた。「風に舞う砂塵《さじん》のごとくに敵を蹴散らして、この身は神神と肩を並べまするとか？」

「すなわち、それが汝《なんじ》とわれらが契約」

「慎んでお受け申します」


衛星は階段状の刻み目をつけた八角錐《すい》のプリズムに似て、表面のあちこちに突起があり、縦横にアンテナが伸びていた。ロドガー・ジャシレーンは惑星に向かうシグナル・ビームを避けて軌道の外側から手動操作で衛星の向こう側のアクセスポートまで数ヤードのところに接近した。「到着、合体」彼は言った。探査体に搭載されているh－スペース装置がその声をテューリアンのヴィザーに伝えた。ジャシレーンは宇宙服を着て窮屈そうに体を丸めているケシェンをふり返った。「大丈夫か？」

ケシェンはフェイス・プレートの奥でうなずいた。

「ハッチ開口」ジャシレーンは搭載コンピュータに指示した。

馴れた身ごなしで宇宙空間に遊泳しながら、彼は命綱を手繰《たぐ》ってハッチの隣の格納庫から道具箱を取り出した。ケシェンは探査体の中で身動きもままならず、座席から体を引き剝がすのさえ一苦労というありさまだった。

「無重力状態にはあまり馴れていないと見えるな、え？」ジャシレーンはハッチの蝶番《ちょうつがい》に引っかかったケシェンのパック・ハーネスの金具をはずしてやった。

「惑星外ははじめてでね」ケシェンは白状した。

ジャシレーンは驚きのあまり、一瞬、声を失った。「どうしてそれを……。よく今まで黙っていたな」やっとのことで彼は言った。

「誰も訊かなかったもの。怖気《おじけ》づいていると思われるのも癪《しゃく》だしさ」

ジャシレーンはちょっと考えてから尋ねた。「きみは、地球人科学者のハントに誘い込まれたんだな？」

「ああ、そうさ。どうして知ってるんだ？」

「いや、なに。そんなこともあろうかと思ってね」ジャシレーンは探査体の係索を衛星に固定した。

ジャシレーンがプラズマ・トーチで衛星の外板を焼き切る間に、ケシェンは探査体のh－スペース装置と衛星を接続するケーブルを伸ばした。衛星に潜り込むと、ケシェンは保守点検用のコンソールを自在に扱って惑星通信網に接続する出力回路のバッファ・ターミナルの所在を突き止めた。ジャシレーンが探査体のコンピュータと衛星を結節した。コンピュータにはゾラックがあらかじめ、ジェヴレンの通信プロトコルとレファレンス・データ、それに、ヴィザーがケシェンの記憶から読み取ったジェヴェックス・ノードの起動コードを仕込んでいた。

「技術者としては、どうして、きみは一流じゃないか」ジャシレーンはヴィザーの通訳があからさまにケシェンを見直した調子にならないことを祈りながら言った。

「捨てたもんでもないだろう。ジェヴレン人はみんな頭が空っぽだと思ったら大間違いだ」

「前はどんな仕事をしていたね？」

ケシェンはジャシレーンが〈シャピアロン〉号の資材庫から掻き集めてきた部品から、ジェヴレン規格のコネクターを選び出した。

「ジェヴェックスの、遠隔入力システムを監視するオペレーションズ・スーパーヴィジョンの仕事をしていたがね、ジェヴェックスが遮断されてから、さる方面の人間がわたしんとこへ来て、機能を維持しているコア・システムにこっそりニューロカプラーを繋いでくれと言うんだよ。何のためかは訊かないことという条件だ」

ジャシレーンは地球人やジェヴレン人の逸脱行為の背後に隠された動機に関する知識を漁《あさ》った。「引き受けたのは、復讐心《ふくしゅうしん》か？　体制に一矢《いっし》報いる気持ちかな？　それとも、イデオロギーの立場から、抑圧に抗して自分を主張したかったからか？」

「なあに、金がほしかっただけの話さ」

いい按配《あんばい》に規格の合うコネクターが見つかった。ジャシレーンが結線の作業にかかり、ケシェンはコンソールに向かって衛星の送信ビームを選択した。細工は流々、とケシェンは胸の裡《うち》でほくそえんだ。ジェヴェックスは侵入者を厳重に監視しているが、衛星は盲点である。ヴィザーは衛星を介して惑星上のノードに接続する。ノードがどこにあろうと問題ではない。ノードは現在ユーベリアスの意思で遮断されているが、惑星侵略に向けてチャンネルが開かれると同時にヴィザーはジェヴェックスに侵入する。何のことはない、銀行強盗が警備員の制服を着て、裏口から呼び込まれるのを待っているようなものである。

意識を満たしていた声が遠ざかり、代わって別の存在が形を成していくのをエセンダーは感じた。冷厳で近寄りがたく、超然として威厳に満ちた存在だった。「予言者はそれにか?」エセンダーは畏怖の念を抱いて天を仰いだ。「さてこそ、神霊は数ならぬこの身に下らせ給うか?」

「然《しか》り。われ、汝の目をもって見、汝の耳をもって聞く。われ、すなわち汝が魂。行きて衆民に告げよ。約束の時は満ちたり。太陽が輝き、昼の光が戻る時、霊気の流れは再びこの地を洗うべし」

ハイペリアの幻影がエセンダーの視野に浮かんだ。彼は恍惚《こうこつ》として両手を差し上げ、夢遊病者の足取りで壇上に進み出た。祈禱《きとう》していた神官たちは左右に分かれて彼に道を開けた。期待を孕《はら》んだ沈黙が広場の群衆を覆った。エセンダーを取り囲んで神官たちはうやうやしく頭《こうべ》を垂れた。

「時は満ちたり!」エセンダーは朗々と声を張り上げた。「われらが忍耐と労苦、不信心者を相手の骨折り、われらが揺るぎなき信仰は今ここに報われるであろう。異界より神霊はわが身に下った。みなの者、よく聴け。これぞ覚醒のはじめなり」彼は両手を上げてのけ反《ぞ》るように天を仰いだ。「陽よ輝け! 昼の光よウォロスの地に満てよ! 万民をハイペリアに導く霊気の流れよ寄せ来たれ！」
薄明の底で、群衆は顔を輝かせて一斉に空を見上げた。
中天高く、太陽は輝きを増しはじめた。

62

昼の光が薄闇を押しのけて町に色彩が蘇《よみがえ》ると、群衆の歓声は地をどよもし、聖歌と祈りがあたりを満たした。ハントの目に、陽を浴びる町の景観は東西文明の不思議な混淆《こんこう》と映った。古代様式の列柱や尖塔《せんとう》はどことなく東洋的な趣きがあり、回教寺院の光塔《ミナレット》を思わせる建造物も目についた。階段状の大きなピラミッドはアステカふうだった。磨き上げた大理石の光沢と、泥土や日干煉瓦《れんが》の褐色が隣り合っていた。小径《こみち》を跨《また》ぐアーチ橋や、水道と思《おぼ》しき高架橋もあった。人々の装いは古代と中世を一つにしたようだった。長い衣《ころも》や、丈の短いスカートふうのチュニックもいれば、頭巾《ずきん》に革胴着、あるいは、粗布の外套《がいとう》もいた。迎えの騎士団が加わって橇《そり》の両側を固め、行列は丘の頂きの城壁に囲まれた大きな建物に向かって人波を分けて進んだ。

「これ、どういうこと？」ニクシーはハントをふり返って言った。「昼の明るさが戻ってきたわ。外の世界で何かあったのかしら？」

「ジェヴェックスが復活したんだよ」ハントは沈痛な面持ちで答えた。

ニクシーは疑わしげに彼を見返した。「もう、こうなっては外の人たちもお手上げね。それとも、まだヴィザーが接続を回復する望みはあるの？」

ジーナは蒼《あお》ざめた顔で二人のやりとりに耳を傾けていた。ハントは口を閉ざした。

「アクセスしようとしても、ジェヴェックスに監視されているからな」イージアンが抑揚に欠けた声で言った。

ニクシーは空を見上げた。うっとりと遠くを眺めるようなその顔は、一変してただならぬ表情になった。

ハントは彼女の変化を見逃さなかった。「どうした？　ニクシー！　大丈夫か？」

「空いっぱいに流れが渦巻いてる。何千というエント人が、シバンでシステムに接続してる人に乗り移ろうとしてるのよ」

ハントは目を上げた。空に変わったことはなかった。「何も見えないがねえ」

「あなたには見えないわ」

橇は城門を潜《くぐ》って塀に囲われた広場に入った。広場は市外の道と同様、群衆で埋まっていた。前方に巧緻な装飾を凝らした建物や彫像に裾を隠して塚が盛り上がり、城門と相対する一面に刻まれた広い階段を登り詰めたところに、小さな尖塔に囲まれたドームを戴く方形の神殿があった。階段の上に舞台を設けて、頭にターバンのようなものを巻き、白と緋色《ひいろ》の長着をまとった一団が居並ぶ中に、高位の神官と思しき金の衣の男が両手を差し上げて立っていた。階段下の広場には火刑の柱が立てられ、ほかに恐しげな責め道具の数々が並んでいる。ぼろをまとった傷だらけの囚人たちは兵士らに睨《にら》まれて身の不運を託《かこ》っている風情だった。檻の行列は兵士らの前に止まった。審問官とその取り巻きたちが物々しげに降り立つ間に、警固の役人が最後の囚人たちを仕置場に引っ立てていった。ハントは、今、眼前に見ている光景は現実の出来事ではないのだと自分に言い聞かせた。ここにいるのはハント自身ではない。本当のハントはこの異様な世界の外にいる。ここで何が起きようと、ハントの身に別状はない……。しかし、その努力は無益だった。どう考えたところで、現に彼はここにいる。理屈で割り切れる情況ではなかった。

ユーベリアスはエセンダーの目を通して広場の群衆を見渡し、完全なる勝利を確信した。壇上から群衆を見下ろす彼の金の衣は陽光に粲然《さんぜん》と照り映えていた。ややあって、エセンダーは壇の端に進んで両手を拡げ、おもむろに神殿の左右からふり仰ぐ群衆に向き合った。

「オレナッシュの市民たちよ、ウォロスの国人《くにびと》よ……」

立ち騒ぐ波が油に平らぐように、広場を埋める顔の海は静まって沈黙があたりを閉ざした。ハントらは、もはやこれまでと互いに諦め顔でそっと視線を交わした。

と、その時、静寂を縫ってどこか遠くから、それとはわからぬほど微《かす》かな脈動音が聞こえてきた。耳朶《じだ》をかすめるあるかなきかの風に似て、かつ高まり、かつ静まりしながら、音は次第に近づいた。ハントははっとしてあたりを見回した。空耳ではなかった。壇上のエセンダーは眉を顰《ひそ》めてぐいと空を見上げた。祭司の意識の中で、ユーベリアスは虚を衝《つ》かれて一瞬、言葉を失った。あってはならないことだった。

そうするうちにも、音ははっきり近づいた。何か固いものが空気を打つリズムを伴って腹に響く底力のある唸《うな》りが脹《ふく》れ上がった。ハントは耳を疑った。彼の知る限り、この音の出どころはただ一つであって、それ以外にはあり得なかった。舞い立つような歓喜を必死に押さえつけながら、彼は音のする方を見上げた。城壁の外で群衆は恐怖の叫びを発した。

ウォロスの住人たちは、一九六〇年代の傑作、ボーイングCH-47チヌークなど見たこともあろうはずがなかった。タービン駆動タンデム・ローターの兵員物資輸送ヘリコプターである。チヌークが神殿を低くかすめると、広場の群衆は恐れおののき、口々にわけのわからぬことを叫びながら逃げ惑った。地べたに伏せる者もあれば、物陰《ま》を求めて闇雲に走りだす者もいた。ラカシムからやってきた貴族や兵士らは、すでに一度目のあたりにした驚異の再現を何と解釈すべきか思案に窮して茫然《ぼうぜん》と立ちつくした。

この間、超人的とさえ言えるほどの冷静を保っていたダンチェッカーは、いかにも満足げにうなずいて言った。「うん、上等。もうそろそろ来てもいい頃だと思っていたところだ。わたしらの片割れも、どうやら気を取り直して知恵を絞ったと見えるな。これで帰る道を断たれたまま見捨てられるようなことにはならずに済むというものだ。良かったじゃあないか、ヴィック」

ハントの後ろでジーナは嬉しさのあまり手放しで涙を流していた。「まさかコンピュータに恋することになるとは思ってもいなかったわ」彼女はしゃくり上げて言った。

ハントはすっかり気が抜けてしまい、にったり笑ったつもりが、筋肉が弛《ゆる》んで満足に表情が変わらなかった。気のきいた冗談の一つも飛ばしたいところだが、まるで言葉が浮かばない。口もとへ手をやって、彼ははじめて自分がふるえているのに気づいた。「休暇は楽しかったかね、ヴィザー？」やっとのことで彼は言った。

「少々技術的に厄介なことがあってね」聞き馴《な》れた声が耳の底で答えた。「なあに、それももう解決したよ。細かいことはあとでゆっくり話すとしよう」

エセンダーが憤《ふん》怒《ぬ》と惑乱に顔を歪《ゆが》めて階段を駆け降りてくるところだった。何人かの神官がその後に従ったが、ほかの者たちは驚愕《きょうがく》と恐怖にすくんで壇上に釘づけになっていた。チヌークは大きく旋回すると、神殿に横腹を向けて恐れおののく群衆の頭上でホヴァリングした。開け放った昇降ハッチを額縁に、神々の手で空を運ばれてきたシンゲン－フーとラクスが威風堂々と並び立って広場を見下ろしていた。

ラカシムの出来事といい、この椿事《ちんじ》といい、すべては神々が投げかけた試しに違いない、と審問官は理解した。ここで躓《つまず》いてはならない。「至高の神々の使者、選ばれし者に栄えあれ！」審問官は跪《ひざまず》いて叫んだ。ラカシムから同道した貴族や兵士らは、みな彼に倣《なら》ってシンゲン－フーを拝跪《はいき》した。

エセンダーは階段下の広場に走り出るなり、金衣の袖を翻《ひるがえ》し、諸手をかかげてシンゲン－フーを指さした。シンゲン－フーは思わず知らず、身を守ろうと顔の前に片手を翳《かざ》した。五体に漲《みなぎ》る通力《つうりき》は、その咄嗟《とっさ》の動きに堰《せき》を切って迸《ほとばし》り、雷光と化してエセンダーを襲った。

念力を凝らす暇もあらばこそ、エセンダーはたちまちにして白熱炎上した。ハントらは愕然として、ただ声もなくそのありさまを見つめるばかりだった。

が、その時、何とも不思議なことが起こった。

エセンダーという一個の人格を消滅させた通力は霊気の流れを溯《さかのぼ》り、ニューロカプラーに接続しているユーベリアスの頭脳に傾《なだ》れ込んだのである。カプラーを制御するシステムはこの時点ですでにジェヴェックスの支配はおよばず、ヴィザーがこれを掌握していた。ヴィザーはユーベリアスの人格を作り上げている精神構造が崩壊の危機に瀕《ひん》していることを察知した。

ヴィザーの基本プログラムは生命の尊重、維持を旨《むね》としている。エセンダーは焼滅してしまったから、もはや救おうにも救いようがない。ユーベリアスをどうするか、ヴィザーは瞬時に決断しなくてはならなかった。後先《あとさき》を考えている暇はない。与えられた条件に選択の余地もない。ヴィザーにできることといえば、ユーベリアスがまだ人格破壊を来《きた》さぬうちにエントヴァースに移転させることしかなかった。ヴィザーはユーベリアスの意識から読み取った情報のありったけを咄嗟にエントヴァースに書き込んだ。ハントの一行が地球人の風貌を保っているのと同じ理由で、ユーベリアスの分身はユーベリアスそのままの姿でエントヴァースに出現した。

今しがたまでエセンダーだった一握《いちあく》の灰が燻《くすぶ》る傍らに、古代ローマ人のトーガをまとったユーベリアスが、いつの間にやら、ふるえおののく群衆の頭上にホヴァリングするヘリコプターを睨んで立っていた。

ユーベリアスは自分の風体《ふうてい》に目を丸くし、うろたえて左右をふり返った。エセンダーについて階段を下りた神官たちはたじたじと後退《あとじさ》った。仕置場に引き据えられた集団を認めて、ユーベリアスは唖然《あぜん》とした。

「まさか！」彼は信じることを拒んで首を横にふった。「そんなはずはない！　おまえたち、どうしてここへ？」

「やあ、ユーベリアス」ハントは明るく声をかけた。「わたしら、どうもひょんなところへ顔を出す癖があるらしいねえ」彼はさりげないふりをしていたが、ユーベリアスが地球人一行の存在に驚いていると同様、ハントもまたユーベリアスの出現に内心、大いに面食らっていた。

「ジェヴェックス！　これはいったい、どういうことだ？」ユーベリアスは激しく尋ねた。

「あいにく、システムは今ではジェヴェックスの権限外でね」ジェヴェックスとは別の声が答えた。「言い遅れたけれど、これはテューリアンから無料で提供する新しい、友好的な複合コンピュータ・サービスだよ。わたしはヴィザー。どうぞ、ごゆっくり」

「そんな馬鹿な！」

「そっちが何と言おうと、事実は事実だからね」

ユーベリアスはずいと広場の端に進み出て兵士らをけしかけた。「やつらを殺せ！　命令だ。一人残らず切っ払え！」兵士らの得物《えもの》は玩具の喇叭《らっぱ》や棒飴《ぼうあめ》に変わった。仕置場の火刑の柱や絞首台、拷問用の責め道具はブランコやシーソーや滑り台になった。庭園を飾る置物や、クリスマスツリーや、ビーチパラソルがユーベリアスを取り囲んだ。

「今日はついていないな。ユーベリアス」ハントは反乱の首謀者を冷やかした。

「おのれ、目に物見せてやる。これでも食らえ！」ユーベリアスは口を歪《ゆが》めて言うなり腕を伸ばしてハントを指さした。その指先から黄色い光線が走った。光はわずかに数フィートの空《くう》をよぎって球状にかたまり、激しく回転しはじめたと見る間に、扁平《へんぺい》なカスタード・パイに変わって舞い戻り、もろにユーベリアスの顔を襲った。ヴィザーは囚人たちを解放して身なりをすっきりととのえ、兵士らの甲冑《かっちゅう》を婦人帽や、コルセットやネグリジェに変えた。神官たちは白い顔に赤い鼻の道化師になった。

「ヴィザー！　何だ、これは？」ハントは尋ねた。「どうしてユーベリアスがここへ出てくるんだ？」

「ユーベリアスはさっき焼け死んだ応援団長とカプラーで繋《つな》がっていたのだよ。アッタンのカプラーには植物人間が一人残っているだけだ。ほかにどうしようもないだろう」

チヌークは神殿の前庭に着陸し、シンゲン－フーは弟子とともに降り立った。群衆はもとより、貴族や兵士たちまでが二人の前にひれ伏した。

ハントは同勢のみんなをふり返った。「どうやら、ここにも信頼できる行政長官が登場したらしいな。われわれは、面倒なことにならないうちに引き揚げるとしようか。この世界は新規蒔《ま》き直しで、一からはじめればいいんだ」

「生身のきみたちも同じ考えだよ」ヴィザーが言った。「こっちの情況を一刻も早く知りたいと、みんな首を長くして待っている」

「わたしだって早く帰りたいよ」イージアンは一同を見回して言った。「それどころか、生身のわたしは今現在、テューリアンのカプラーに寝そべっているのだからね。わたしは一足お先に失礼するよ。いやあ、珍しい体験だった。自分の世界へ帰って、またみんなと会うのを楽しみにしているよ。その時は、今度のことについて突っ込んだ話もできるだろうしね。じゃあ、わたしはこれで……」言うより早く、イージアンの影は薄れて、白く半透明の輪郭を残すばかりとなった。残像は、束《つか》の間《ま》、宙に漂って掻《か》き消えた。

〈シャピアロン〉号のハントたちは、コマンド・デッキから程近いカプラーへ急いだ。途中、ジーナは割り切れない顔でハントを引き止めた。

「ヴィック。どう考えたらいいの？　この何時間かでわたしたちの分身は二人になって、それぞれ独自の行動を取っていたわけでしょう。どちらかが、何らかの形で選ばれて、もう片方はこないだのわたしみたいに消去されてしまうの？　だとしたら、それを選ぶのは誰？わたし、釈然としないわ」

ハントは返事のしようもなかった。彼が考えもしなかったことである。が、言われてみれば、なるほど始末が悪い。ハントにしても、どの自分が生き残るかいささか気になるところだった。エントヴァースにいるもう一人の自分も、当然、同じ気持ちではなかろうか。これはヴィザーに訊くしかない。

「どうして一人だけ選ばなくてはならないのかな？」ヴィザーは答える代わりに質問を返した。

ハントは言葉に詰まった。とはいえ、自分たちの疑問が無意味だとも思えない。「イージアンは、もう、テューリアンに帰っているって？」

「ああ」

「で、どうした？」

「エントヴァースの分身を消去する時、それまでに蓄積された情報はそっくりわたしが生身の本人に転写した。だから、イージアンはエントヴァースのことを全部きちんと憶えているよ。それで何も問題はないじゃあないか」

ハントはちらりとジーナをふり返り、眉を寄せて頭をふった。「分身の記憶を一続きにイージアンの意識に書き込んだ、ということかい？　イージアンは二通りの体験を、どっちも鮮明に記憶しているのか」

「ああ、そうだよ」

「でも、二つのことは同時進行してるはずでしょう」ジーナはまだ腑《ふ》に落ちない様子だった。

「それがどうした？」

ハントとジーナは顔を見合わせた。まったくだ。地球人には不思議でも、テューリアンは一向に気にしないことがいくらでもあって、これもその一つというにすぎない。同時進行する物事の記憶が混在したところで、いったい何の不都合があろう？　テューリアンと接していれば、こんなことは不思議のうちにも入らない。

「それがどうした？」ハントはヴィザーの言葉をおうむ返しに繰り返した。

ジーナは小さく笑ってうなずいた。しょせん、頭の構造が違うのだ。「そう、どうでもいいのよね」

二人はカプラーへ向かって足を速めた。


ヴァンドロスの神殿の前で、ハントの一行は神々の使者にふさわしく、後を濁さず出立《しゅったつ》することを心懸けた。チヌークの昇降口で、ハントはシンゲン-フーと短く別れの言葉を交わした。

「わたしらの方で受け入れ態勢がととのうまで、移転は控えてもらいたい」ハントは言った。

「接触は保つようにしよう。これは大切だ。ウォロスの人々には、われわれが決してこの世界を見捨てるようなことはないと知ってもらいたい。どうか最後までわれわれを信じてくれるように」

「それこそは神々の新たなるお言いつけ」シンゲン-フーは胸を叩《たた》いた。

「贖罪《しょくざい》、浄罪の名において人を生贄《いけにえ》にしたり、処刑したりすることをわれわれは歓迎しない。このあたりで考え方を変えて、慈悲をもって国を治めることだ。民衆の望みが叶うようにすれば、この国は見違えるように良くなるはずだ」

「何事も、仰せのままに」

ジェヴレン社会の閲歴《えつれき》を思い出して、ハントはすでに仲間のみんなが乗り込んでアイドリングしているヘリコプターを指さした。「この機械はここを飛び立ったらもう戻ってはこない。われわれの働いた奇蹟《きせき》も、再び起こることはない。いずれも、この国にはそぐわないのだね。民衆はこの国に合ったやり方で、自分たちの問題を解決すること、自分たちの手で必要を満たすことを学ばなくてはいけない。努力は必ず報われる」

「またのお告げを心待ちにいたしております」

「わたしから言うことは、ざっとこんなところだ」ハントは手を差し出した。シンゲン－フーは一瞬躊躇《ためら》ってから、おずおずとそれに倣った。二人は堅い握手を交わした。ハントはチヌークに乗り込み、これがエントヴァースの見納めと広場をふり返った。タービンの音が脹《ふく》れ上がると、群衆は畏怖の念に打たれて天を仰いだ。神官と貴族たちの間から、ユーベリアスが転げるように走り出た。

「おい、待て！」彼は声を引き攣《つ》らせて叫んだ。「おれを置いていく気か？　それはないぞ！」

「気の毒だが、やむを得まいな」ハントは叫び返した。「きみは事の本質を理解していない。いいか、ユーベリアス。われわれには立ち返るべき無傷の肉体と健全な意識がある。きみにはそれがない」

ハントの言う通りだった。ユーベリアスは今なお自分の身の上に起きていることはジェヴエックスのソフトウェアが作り出した幻想と信じ込んでいる。自分がどうしてエントヴァースに移転したかについてはまるでわかっていない。

「あまりくよくよしないことだ」ハントは浮上しかけるチヌークから言った。「考える時間はたっぷりある」

群衆は声もなく、ただ粛然として見守るうちに、チヌークはゆっくり上昇して中空に停止した。陽に輝くローターはウォロスに啓示をもたらした神々の限りない力の証しだった。ヘリコプターは輪郭を残して白く霞《かす》み、やがて、ふっと消え去った。

63

〈シャピアロン〉号はギアベーンに機体を休めていた。同船が突き破った市の天蓋は、穴を拡げて落下物による二次災害の危険を防ぐ応急処置がほどこされていたが、本格的な修理はまだ手つかずのままだった。いずれはジェヴレン人が進んで工事に取り組むことになるだろう。

送別の行事もなく、市民が挙《こぞ》って詰めかけることもなかった。この日も交通機関は麻痺《まひ》状態で、ガルース以下、ＰＡＣの幹部一同は地球人たちを見送りに地上車でギアベーンへ出向いた。彼らは公式の立場を離れて、私的に挨拶をする気持ちが強かった。ジェヴレン市民の大半は、今この惑星を去ろうとしている科学者集団がここ数日の出来事に深くかかわったとは夢にも知らない。一般大衆が知っているのはただ、二週間ほど前にあれほど喧伝《けんでん》されたジェヴエックス復活の望みが空《むな》しく遠のいたことだけである。ユーベリアスのアッタン移住も泰山鳴動《たいざんめいどう》に終わって、その後、これといって情勢の変化もない。実は、テューリアンの宇宙船が陸続《りくぞく》とアッタンに到着しているのだが、今のところそれはまだおおやけにされていない。加えて、シバン警察の一部の勢力と共謀してPACを占拠した過激派は何故か急に態度を翻《ひるがえ》して投降した。ガニメアンは再び権限を手にしたが、過去の反省に立って、今では自分たちが直接行政に携わるよりも、ジェヴレン人の自治に任せる方針に傾いている。違法のカプラー使用は、どんなに金を積んだところで、もとより手段も機会もない。

レイエル・トーレス以下〈シャピアロン〉号の上級士官たちも、最後の挨拶をしようと宇宙港でハントらを待ち受けていた。二つのグループは出発ラウンジで落ち合った。宇宙港に出入りするジェヴレン市民たちや、同じ宇宙船で地球へ帰る乗客らは、ハントの一行とガニメアン集団の交歓風景に好奇の目を向けた。宇宙船は今度も〈ヴィシニユウ〉号だった。テューリアン当局は以前と変わらぬ寛容な態度で希望者の便乗を認めていたが、今度の事件にほとほと手を焼いたこともあって、地球人のすることにはいっさい容喙《ようかい》しなかった。派閥、流派、門閥《もんばつ》、政党、組合、宗旨、その他もろもろ、地球人もジェヴレン人もとかく結社を作って他人を干渉したがる傾向がある。それはそれで構わない。組織同士の間で問題が生じたら、自分たちの特異なやり方で解決すればいい、とテューリアンは考えていた。

「今度はきっとうまくいくよ」ハントはガルースに向かって言った。「二十年も宇宙を漂流して太陽系へ帰還したきみに忍耐を説くのも野暮《やぼ》な話だけれどもね」

「問題の所在がはっきりしたから、これからはいろいろ変化が期待できそうだ」ガルースは答えた。「新しいシステムは国民に共通の目標と、連帯のシンボルを掲げることになるだろう」ガルースはガニメアン特有の嬉笑《きしょう》に顔を歪《ゆが》めてダンチェッカーをふり返った。「しかし、ピラミッドや神殿、三日月、螺旋《らせん》などは考えものだね、教授」

「人類も、もうその手のシンボルにはうんざりしているよ」ダンチェッカーはうなずいた。

ガルースの言う新しいシステムとは、ジェヴェックスがあるとされながら実態は書き割りや張りぼてでしかなかったジェヴレン各地の拠点にこれから構築される惑星規模のコンピュータ・コンプレックスで、ジェヴレン人の衆知を募って白紙の状態から出発することになっている。ジェヴレン人は自分たちの才覚で必要を満たす努力をしなくてはならないが、すでに隠れた才能を発揮する機会と名乗りを上げている技術者も少なくない。システムはジェヴレン社会の成熟に同調して発展するに違いない。しかも、今度は出来合いの借り物ではない、純ジェヴレン産のシステムになるはずである。テューリアン政府も強くそれを望んでいた。

「きみたち二人はこれからしばらく、体がいくつあっても足りないようになるな」ハントはシステム構築に中心的な役割を果たすであろうシローヒンとケシェンに向き直った。「必要以上に遠い将来は考えないことだ。あまり先まで計画すると融通がきかなくなっていけない。予期せぬことというのはいつか必ず起きるものなんだ」

「エントヴァースの出現は誰にも予測できなかったことです。これから作るシステムにも、何が起こるかわかりませんね」シローヒンは言った。

「自然の成り行きに任せるさ」ケシェンは気さくに笑った。「わたしとしては、今度は内職は慎むつもりだがね」

「また宇宙船で飛ぶようになったら、まわりによく注意した方がいい」ハントはトーレスとジャシレーンに向き直った。「コンピュータに、やたらに建物に突っ込まないように言っておくことだね。市民感情を害するし、警察からも睨《にら》まれるだろうから」

「名誉市民の選考に、きみの名前は挙がっていなかったよ」ゾラックが通訳モードを忘れて地声で混ぜ返した。

デル・カレンはハントの手を強く握り、親愛の情を込めて肩を叩《たた》いた。地球から警察の分遣隊と危機管理顧問団が〈ヴィシニユウ〉号で到着したばかりだった。ガルースの指導の下に、ジェヴレン行政機構が市民の基本的人権を守るための制度と組織を整備するのを手伝うのが彼らの役目である。カレンはしばらくジェヴレンに残り、顧問団が地球人の考えを押しつけるのではなく、ジェヴレン人の心情を汲《く》んで仕事を進めるように、間に立って助言を与えることになっていた。

「三ケ月、という約束でね」カレンは言った。「アメリカのみんなによろしくな。こっちも、地球へ帰ったら第二次世界大戦以来の豪勢な保養休暇をたっぷり取らせてもらうから。なあ、みんな」

「ああ、そうだともさ」コバーグとレバンスキーがカレンに応えて大きくうなずいた。

サンディ・ホームズとダンカン・ワットもPACの残留組とともに脇に控えていた。二人はデル・カレンと同じく、最低三ケ月はジェヴレンに留まってPACの研究室を恒常的な設備に改め、科学者集団がジェヴレン訪問の表向きの目的に掲げていた仕事を継続することになっている。ハントは二人がシバンの夜の歓楽を含めて盛りだくさんの保養休暇計画を立てているに違いないと睨んでいた。アーウィン・ロイトネガーもさぞかし鼻が高いことだろう。

「グレッグや、UNSAのみんなによろしく」ダンカンは言った。「グレッグに、ゴダード勤めが少し長すぎるようだから、たまにはこっちへ来るように言って下さいよ」

「何なら、帰りの〈ヴィシニュウ〉号に乗せてやる手もあるな」ハントは言った。「そうすれば、こっちは地球へ戻る早々、連日連夜の会議に悩まされずに済む。グレッグはこっちの都合などお構いなしだからね」

サンディと話していたダンチェッカーはハントらのやりとりを聞きつけてきらりと目を光らせた。「ああ、それはいい。ところで、物は相談だがね、グレッグと一緒にミズ・マリングもこっちへ来させるようにはできないものだろうか？」

サンディはハントの方へ寄って言った。「グレッグから言われたわ。あなたをどこかに派遣すると、必ず思いもかけない結果になるって。今度、何かお土産を持って帰るとしたら宇宙くらいしかないだろうってグレッグは言ったそうだけど、それが本当になったのね」

「グレッグはどうも不用意に物を言いすぎていけない」ハントは手柄を誇る気はなかった。

「わたしもいつかエントヴァースへ行けるかしら?」

「行けるだろうね。テューリアン政府がこの先どう対応するかにもよるけれど、可能性は充分あると思うよ」

「グレッグの話が必ずしも大袈裟《おおげさ》だとは思わなかったけれど、まさか、こんなことになるとは夢にも考えなかったわ」

「夢には気をつけた方がいいわ」ジーナがハントの隣から言った。「近頃、夢と現実の区別はむずかしくなっているから」

「あなたも帰る途中、ヴィザーには気をつけなさいよ」サンディは忠告めかして言った。

「前のことを忘れちゃあ駄目よ」

「それはわたしだけじゃあないでしょう」ジーナはやり返した。

「いずれにしろ、慎重を心懸けることだね」ハントは二人に向かって言った。「好奇心は大切だよ。でも、肝腎なのは客観性だ。そこを忘れてはいけない」

乗客はあらかたシャトルに乗り込んで、ハントらのほかに残っているのはマレーとニクシーだけだった。マレーは地球へ帰って身辺を整理し、一から出直す決心をした。ニクシーにも地球を見せてやりたかった。二人は親しい交際を続けることだろうが、すでにこれまでの関係は終わっている。ニクシーはその特異な精神構造と能力を活かして、しばらくゴダードでダンチェッカーの仕事を手伝い、その後、テューリアンへ渡ってイージアンを中心とする科学者たちのエントヴァース研究に協力することが決まっていた。

マレーとニクシーはタラップを上がってシャトルの機内に姿を消した。ハント、ダンチェッカー、ジーナの三人はガニメアンや居残りの地球人たちに最後の挨拶をして、後に続いた。ほどなく、卵形をした金色のシャトルは惑星ジェヴレンを離れ、軌道を周回するテューリアンの直径二十マイルの星間宇宙船にドッキングした。一時間足らず後、〈ヴィシニュウ〉号はアテナの惑星系を脱して加速に移った。

エントヴァースはどうなったろうか?

テューリアン政府はそもそものはじめからエントヴァース存続の立場を取っていた。その考え方を説明されれば、反対する理由は何もなかった。この問題にかかわっているエクソヴァースの人間が知る限り、エント人の多くは自分の世界に留まることを希望している。彼らの権利は誰にも否定できない。

一方、移転を望むエント人もまた少なくなかった。テューリアン政府は希望者の立場を無条件で擁護した。さりながら、エント人がこれまでのように、ジェヴレン人であると何人であるとを問わず、何らかの理由でカプラーに接続している人物に無差別に乗り移ることは許されない。ダンチェッカーも指摘した通り、エント人と地球系人種の精神構造は必ずしも互換性があるとは言えない以上、やはり歯止めは必要であろう。ダンチェッカーは、歴史上の記録に散見される〝神懸かり〟の常軌を逸した行動は、多くの場合この精神構造の違いに起因するという見方に傾いている。

とはいうものの、将来、移転してくるエント人が適性を欠く宿主にばかり乗り移るとは限るまい。ガニメアンは宇宙最先端の遺伝子工学技術を持っている。イージアンはエクソヴァース移転を希望するエント人の理想的な宿主となり得るよう、特定の目的に応じて生体を改良する可能性を提唱した。ヴィザーが人間の分身をエントヴァースに送り込んだのとまったく同じことを、逆方向で行おうという考え方である。さらに想像を発展させるなら、エクソヴァースとエントヴァースの間を旅行者や移転者が自由に行き来する時代がやってこないとも限らない。そうなれば、異界間の往復はオーストラリアや月面リゾートに旅するのと少しも変わらず、人々は自由に移動を楽しむことだろう。

テューリアンはすでにその方向で積極的に研究を進めるための計画立案に取りかかっている。が、最終的にどのような答が出るにせよ、エント人はその特異な能力と性格を存分に活かし、地球人、ジェヴレン人、ガニメアンとともに全宇宙、オムニヴァースに生きる場所を与えられることであろう。

エピローグ

「やあ、ニック。相変らず宇宙船でバーテン暮らしか」
「ああ、これはこれは。それが商売だからね。ジェヴレンはどうだった?」

ハントはちょっと口をすぼめた。「まあ、とにかく、変わった体験をしたよ」

「何だかえらく騒々しかったようだけど、先生は科学者だから、天下の情勢とはあんまり関係ないだろうね」

「よく憶えててくれたね」

ニックは何人かの乗客が談笑している壁際のテーブルに目をやった。今しもハントはその席からバーへ立ってきたところである。「何にする？　いつものやつかい？」

「ああ、頼むよ」

「テーブルへ運ぶから」

「そうしてくれるとありがたい」

ハントはまだ地球人が粘っているバーを離れてテーブルへ戻った。フロリダの学校教師、ボブは生徒を連れて地球へ帰る途中だった。ジェヴレンの反乱のニュースに蒼《あお》くなった州政府や親たちの圧力に閉口して、理事長は急遽《きゅうきょ》一行を呼び返すことにしたのである。

「まったく、よりによって遠足の最中に革命騒ぎとは、予期せぬ出来事だからねえ」ボブはハントが腰を下ろす傍らでみんなに言った。

「生徒たちは恐い思いをしたでしょう」ジーナは眉を曇らせた。

「生徒たち？　どういたしまして。大喜びだよ。ガニメアンの宇宙船が市の天蓋を突き破って降りてきた時などは、これこそ宇宙最大のショーとばかり、拍手喝采《かっさい》さ。ところが、地球では宇宙戦争が起きたように報道しているのだね。一部の親たちは子供が宇宙怪獣に襲われたものと早合点《はやがてん》して、どうしてくれる、と学校を相手に訴訟を起こしたらしい」

ディズニー・ワールドの営業担当役員、アランとキースも同乗していた。ジェヴレンの予備調査はそこそこの手応えがあったが、それ以上に、二人はジェヴレン人の現実逃避手段を知って興奮していた。やり方次第で地球にレジャー革命を起こすことも夢ではない。

「実は、そこにジェヴレン社会のあらゆる問題は根を発しているのですよ」キースは一同を前にして言った。「ジェヴレンのコンピュータは、利用者の頭の中に完全な幻想世界を作りだすのです。これが実に見事なもので、現実とまるで区別がつきません。ところが、この幻想には中毒性がありましてね。そのために社会が混乱を来《きた》したのですよ。それでガニメアン政府はコンピュータを遮断せざるを得なかったのです」

「ほう、そうですか」ダンチェッカーは何も知らない顔でフルーツ・ジュースを口へ運んだ。

「ええ、本当の話です。しかしですよ、コンピュータの欠陥を取り除くことができたら、応用範囲は大いに拡がります。ほとんど無限の可能性と言っていいくらいですよ」

アランが話を引き取ってニクシーに声をかけた。一同はテューリアンの対話装置を着けていたから、ヴィザーの通訳で会話は自由自在だった。「何でも思いのままになるのだからね。魔法だって使える。そういう世界に遊ぶことを考えてごらん。スクリーンの映像や、作り物の景色とはわけが違う。幻想世界では何もかもが本物なんだ」

ニクシーは驚嘆を装った。「わたしには想像もできないわ。考えるのが一苦労よ」彼女はちらりとマレーの顔を窺《うかが》った。マレーは、今の答で上等、と肩をすくめてうなずいた。

「で、あなたは？　地球へはどういう用向きで？」キースはニクシーに尋ねて、ハントたちを指さした。往路の話から、彼はハントの一行が科学技術視察団であると理解している。

「あなたは、この方たちと一緒に仕事をしているんでしょう？」

「ええ」ニクシーはうなずいた。「いずれテューリアンへ戻って、研究の手伝いをすることになるでしょうけれど」

アランはしきりに感心した。「ほう、それは結構。ジェヴレンでは、これまで何をしていたのかな？」

ニクシーは困った顔でマレーをふり返った。

「なあに、自由企業というやつですよ。ささやかな商売です」マレーが代わって答えた。

「あたしも同様で。テューリアン政府はジェヴレン人の私企業育成に力を入れていましてね」

「ほう。というと、お二人とも、実業家ですな」アランは言った。

「まあ、そんなところです」マレーは口ごもった。

ニックがバーから飲みものを運び、空いたグラスを片づけた。

「ところで、ガニメアン科学の視察はどうでしたか、先生」ボブがダンチェッカーに向き直って尋ねた。「何か面白いことがありましたか？」

「それは、いろいろとね」

「行きの宇宙船で、ジェヴレンの変わった動物の話を聞きましたっけねえ。コウモリに似た小さな動物で、後天的な性質が遺伝するという。ええと、何でしたっけ？　アグ……アン

「……」

「アンキロック」ジーナが傍で教えた。

「ああ、そうそう。何かほかにも、その手の面白いものがありましたか？」

「うん、その話だがね。ジェヴレンには後天的に獲得した能力を遺伝情報として次の世代に伝える一群の生物がいて、アンキロックはその代表だということまではすでにわかっていたのだよ」

「なるほど」ボブはグラスを上げて、話の続きを促した。

ダンチェッカーの舌を軽くするにはそれで充分だった。アランとキースも聞き手の数に加えて、ダンチェッカーはゆったり身構えた。「遺伝のメカニズムというのは、実に驚異的だ。それ以上の話ではないのだね。わたしはかねてから、後天形質は遺伝しないという考え方が一般に定着しているのは憂うべきことだと主張してきた。何となれば、その固定観念が人間の行動に対する観察眼を曇らせる危険なしとしないからだよ。人間が何世代にもわたって蓄積した情報は、当然、子孫に伝えられていく。自然はそのために二通りの手段を用意したのだね。すなわち、遺伝情報と、外部から情報を取り入れる学習だ。ところが、進化の樹を登っていくにつれて、この二つの比重が変わってくる。そこでわれわれにとって極めて興味深い問題は、無機物の世界にコンピュータによって生み出された知性、例えば……」

ハントはそっと椅子を引くと、いささかうんざりした顔でジーナをふり返った。彼女はにっこり笑い返してハントの傍《そば》へ椅子を寄せた。「ダンチェッカー先生の独擅場《どくせんじょう》ね。みんな講義を楽しんでいるわ。それだけのことはあるんですもの。わたしたちも復習することになりそうね」

「復習どころか、この話はもう何度聞かされたかわからないよ」ハントは声を殺して言った。「それはそうと、あなたはこれからどうするの？　地球へ帰ったら、次の予定は決まっているの？」

「何も決まってはいないがね、どうせグレッグがじきにまた難題を吹っかけてくるに違いないんだ」ハントは相手の椅子の背に肘をかけてジーナの顔を覗《のぞ》き込んだ。「そう言うきみは？　シアトルへ帰るか？」

「さあ、どうしようかしら。いずれにしろ、することは山ほどあるわ」

「例の本に関しては、あまり収穫はなかったろう」ハントは言った。「歴史上の人物のうち、誰々がジェヴレン人の工作員だったか正体をあばいてこの議論に決着をつける、ときみは言っていたけれども」

「その問題はもう古いわね。いろいろな人が扱って、すでに手垢《てあか》がついているし、これまでにわたしがやってきた仕事を見てごらんなさい。本当の話って、必ずしも歓迎されないのではないかしら」ジーナは思案顔で飲みものを啜《すす》った。「それに、今では誰も取り組んだことのない主題がいくらでもあるでしょう。地球の神話の原形がどこで生まれたか。今現在、神話がそのまま現実である世界……。そう考えると、やっぱり当分はワシントンにいることになりそうね。資料を捜すとなれば、どうしたってワシントンですもの。ＵＮＳＡに協力を求めたら、グレッグはどう思うかしら？」ジーナは流し目でハントを見た。本当はハントの気持ちを聞きたい、とその顔は言っていた。

ハントは椅子の背に凭《もた》れて、ジーナのととのった顔と豊かな漆黒《しっこく》の髪を打ち眺めた。遠い昔の懐しい記憶が蘇《よみがえ》ってくるような気持ちだった。ジェヴレンに着いて以来のどさくさで背後に押しやられていた感情がひさびさに頭をもたげたと言ってもよかった。ジェヴレンを後にして、彼らを抑えつけていた惑星の環境と情勢の重圧はもはや名残《なご》りすら留めていない。ハントは何週間ぶりかで心から寛《くつろ》ぎを味わった。さしあたって、することもなければ頭を抱える問題もない。まだ気楽な身の上だった頃の思い出が、さまざまな連想を伴って、心地よい温《ぬく》もりに彼を包み込んだ。ジーナの媚《こ》びを含んだ顔はワシントンで食事をした夜と同じだった。ハントは彼女がすでに陶酔の境にひたり、彼が追いつくのを待っていたのだと、ふと悟った。

彼はグラスを上げ、縁越しにジーナと目を合わせてにっこり笑った。ジーナは期するところありげに笑い返した。

「もう馴《な》れたかな？」ハントは言った。「同時進行する二通りの出来事の記憶が混在する不思議な気持ちにさ」

「まだまだこれから馴れていかなくてはならないことがたくさんあるわ」ジーナはどこか遠くを見る目つきで答えた。「埋もれていた記憶が次々に蘇ってくるような気もするし……」

「考えてみれば、おかしな話だね」

「人生、いかに雑事に煩《わずら》わされるか、ということ?」

「当然あっていいはずのことが、何故か起こらずに過ぎていくんだ」ハントはそっと気づかれずに席を立つ術《すべ》はないものかと思案しながらテーブルの仲間たちを見回した。ジーナに視線を戻して口を開きかけるより早く、彼女はグラスを傾けて顔を顰《しか》めた。「ああ、ウォッカ・ライムが飲みたい。これ、ジンでしょう。変えてもらえるかしら」

「ああ、わたしが……」ハントが腰を浮かせる暇もなく、ジーナはグラスを手にしてついとバーの方へ立っていった。宵っ張りの客たちの間を縫って遠ざかる彼女の後ろ姿を見送って、ハントははてなと首を傾《かし》げた。グラスの中はジンとはじめからわかっていたはずではないか。ジーナはバーのストゥールに腰を下ろした。ニックが彼女のグラスを指さして何か尋ねた。ジーナが首を横にふって不足はないと意思表示するのを見て、ハントは重ねてはてなと思った。彼女はグラスを口に運び、ややあって、さりげなくハントをふり返った。

慌てるな。急《せ》いてはことを仕損じる、とハントは自分に言い聞かせた。もう一度テーブルを見回すと、ダンチェッカーの遺伝の仕組みの講義はいよいよ佳境に入り、面々はすっかり引き込まれている様子だった。一人ニクシーだけが心得顔で口もとに薄笑いを浮かべながらハントを見ていた。目が合うと、彼女はウィンクして、テーブルのみんなへ小さく顎をしゃくった。大丈夫、ここはわたしに任せて、と彼女の仕種《しぐさ》は伝えていた。ハントはそっと席を立ってジーナの隣に移った。

彼女は期待の目でハントを待ち受けていた。くどくどしい話は必要なかった。

「きみをヴィザーから引き離すのは心苦しいのだがね……ジェヴレンへ行く途中では、ずいぶん楽しい思いをしたそうだから」ハントはグラスを小さく揺すって中を覗き込みながら言った。

「でも、あんなのはディズニー・ワールド並みのお遊びよ。わたしはとっくに卒業してるわ」

ハントはグラスを呷《あお》った。「きみの幻想にわたしが登場したって？」

「その話を聞きたかったら、あなたのことも聞かせてくれる約束よ」

二人は互いに相手の顔を探るように見交わした。ジーナの目は笑っていた。ハントはグラスを置き、彼女の手からもグラスを取り上げた。二人はドアの方へ向かった。

「サンディが一緒じゃなくて残念だね」ハントは冗談めかして言った。「サンディがいれば、お互い、本当のところがわかるはずなんだ。違うかい？」

ジーナはおどけてハントの肩を叩《たた》いた。「イギリス人て、みんなあなたみたいに物好きなの？」

「どういたしまして」ハントは真顔で言った。「こう見えても、ずいぶん努力しているんだ」

二人は声を立てて笑い、指を絡ませて船室に通じる廊下へ出た。

すでに〈ヴィシニュウ〉号はアテナ系の最も遠い惑星の軌道を超え、テューリアンから投射されているh‐スペース・エントリー・ポートに接近していた。宇宙船は瞬間移動して冥《めい》王星《おうせい》の手前で通常空間に浮上する。地球まで、二十時間の距離である。

ルーペの向こうの「情報宇宙《データ・ユニヴァース》」

永瀬《ながせ》　唯《ただし》

お待たせしました。『星を継ぐもの』、『ガニメデの優しい巨人』、『巨人たちの星』と続く、J・P・ホーガン、デビュー以来のシリーズ第四作、待望の文庫化です。

この本、すでに一九九三年には訳出されているものの、シリーズ先行三作とは異なり、ハードカヴァー――単行本形態での出版でしたから、えっ、あの三部作に続編が！　と驚かれる読者の方々も、まだまだ多いことでしょう。

そう、前作『巨人たちの星』で、本シリーズは完結したはずだったのです。『星を継ぐもの』が執筆されたのが一九七七年、『巨人たちの星』による一応の完結が一九八一年。翻訳版が刊行されたのは十二年ぶり、さらに四年後、十六年ぶりに、ようやく、シリーズ全四作が、書店の創元SF文庫の棚に並ぶことになったわけです。

単行本版での解説で、僕は、高校の時に『星を継ぐもの』を読んで物理学を志した若者が、もうそろそろ博士号を取得して、大学の教官になろうかという時代と記しましたが、これは、もう教授になろうとしているとすべきかもしれません。

しかも、当のホーガンはといえば、『星を継ぐもの』や『創世記機械』に代表される、明るくわかりやすく、しかも、瑞々《みずみず》しい科学精神、あるいは「理科」精神に満ちあふれた初期作品からしだいにスタイルを変え、世界の現況への憂いを表に出したハードSF『終局のエニグマ』や、純然たる近未来政治スリラー『ミラー・メイズ』、『インフィニティ・リミテッド』などを公刊してきました。もちろん、初期作品にも、ホーガン流の政治哲学は反映されていたのですが、物語の中心はあくまでも「理科」小説にあったものでした。読者もそうであるように、作家もまた変化し、成長します。そうした成長や進化に対してとやかく言う行為は、過去の記憶にのみとどまるという意味で「退行」と呼ぶべきでしょう。

では、この四度目の試みは、そうした初期理科小説に、あらたな世界情勢を反映した政治性や社会性、こちらはデビュー当時から如実にあらわれていたホーガン流の科学ユートピア像を盛り込んだものでしょうか？

違います。

これは、一九八〇年代から一九九〇年代初頭にかけての、科学技術の変革にこたえて、ホーガンが久しぶりに、本当に久しぶりに、真正面から新しい理科小説を作り出そうとした、その新たな試みへの第一歩です。

ホーガンは、もう一度、その「理科」精神を発揮すべき新しい金脈を掘りあてたのです。いや、掘りあてようとしはじめたというべきでしょう。長大な本書においても、その金脈の魅力すべてが語りつくされたとはとても言えないからです。

では、その金脈、現実の科学や技術における新変革とは何でしょうか？

おっと、その前に、読者の方々に御注意です。みなさんは、シリーズ前三作をすでにお読みでしょうか？

お読みでないとしたら、あなたは幸せなお方です。すぐにも書店に走って、シリーズ先行三作を手に入れてください。別に東京創元社の肩をもつわけではありません。本シリーズは、それぞれの巻が、ある謎を提出し、それへの答えが見出《みいだ》されたと同時に、次の大きな謎が発見されるといった形で進行してゆきます。

である以上、もう一つ御注意。

この解説も、そして、ホーガン自身による前書きも、その四番目の謎が何なのかについて、はっきりとではないが、ヒントとなる情報に触れています。ですから、

本書にかかる前に、まず、シリーズ前三作をなるべくお読みください。

また、できるなら、本解説のこれ以後のくだりやホーガンの前書きは、本編を読んでからあたってください。前三作の要約や、本編の謎にかかわるヒントが含まれています。

さて、前三作を読破した多数派のみなさんにとっても、なにしろ『巨人たちの星』から数えてさえ十四年のタイム・ラグです。ここで簡単なおさらいをしておきましょう。

『星を継ぐもの』では、まず最初に、月面で発見された五万年前の人骨という「謎」が提示

されます。宇宙服姿で発見されたこの宇宙人の形態はほとんど人間そっくり。

やがて、全太陽系レヴェルの発掘調査によって真相が明らかになります。

真相その一。火星と木星の間には五万年前までミネルヴァと仮になづけられた惑星があった。滅亡に瀕《ひん》していたその惑星は、二大勢力にわかれ、破滅的な戦争への道をたどっていた。この戦争の結果、ミネルヴァは完全に破壊され、その衛星である「月」は軌道速度を失って、わが地球に捕捉され、その衛星となった。

ちなみに発表当時にはハードＳＦファンから、小惑星軌道上のミネルヴァから月が離脱するまではともかく、地球の周りを回るようにはなれないという、イチャモンもよせられました。その通り、何らかの別の力が働かない限り、木星方向から落ちてきた月は、そのままでは地球の衛星になることはできません。重力井戸の傾斜を今度は逆行して、もとの位置まで戻ってしまうのです。その何らかの作用について記していない点に限っては、確かにホーガンは間違っていました。

しかし、その後の惑星科学の進展によって、どうやら、地球よりも早く月が形成されていたことがわかり、現在では皮肉にも、月が他からやってきて地球軌道に捕獲されたとする説が有効となっています。はたして、本当に正しかったのはどちらでしょうか。

理論にあわないといって、現在は事実と認められるようになった現象を否定し、そのゆえに、仮説の文学としてのホーガンＳＦそのものを否定した側か、それとも、理論的には間違いはしたものの、結果として、近未来の学説を予言してしまったホーガンか？　少なくとも僕は、ねちねちとしたイチャモンよりは、ホーガンの初々しい、がそれゆえに勝利した「間違い」の方を愛してやみません。

真相その二。ミネルヴァにはガニメデでその宇宙船と遺体とが発見された、ガニメアンと仮称する別種の異星人、八フィートの巨人族が住んでいた。二千五百万年前、彼らはミネルヴァの寒冷化を防止するため、地球の動植物を移植する。しかし、この計画は失敗に終わったのだろう、ガニメアンは以後、この太陽系から忽然《こつぜん》として姿を消すことになる。

あとに残された地球人そっくりのミネルヴァ住民、ルナリアンは、地球から移植された生命の子孫だったのである。そして、われわれ地球人もまた、おそらくは月面上で生きのびたルナリアンの……。

『ガニメデの優しい巨人』で登場するのは、二千五百万年前に太陽系を出発し、超絶的な宇宙航法の失敗によって現在に帰還したガニメアンの宇宙船です。ただし、彼らはミネルヴァ崩壊という謎への答えは持ち合わせていませんでした。しかし、ガニメアンとその優秀な人工知能との協力によって、二千五百万年前のミネルヴァの第一の悲劇の原因は明らかになります。ミネルヴァの陸上生命はすべて草食でした。さらに、寒冷化するミネルヴァの環境改造のために、地球生命の遺伝子をガニメアン自身と旧来の生命系に注入しようとした計画が失敗、かろうじて、改造に成功した土着動物も肉食の地球生命の餌食となったのです。

『巨人たちの星』は前編のラスト、ガニメアンが集団で移り住んだらしき恒星系への旅行に新来のガニメアンたちが出発した直後からはじまります。なんと、「巨人たちの星《ジャイアンツ・スター》」の住民テューリアンから直接に、地球あての通信が送られてきたのです。

しかも、彼らが考えている地球の姿は、核戦争直前の、ちょうどルナリアンによる破壊前のミネルヴァのようなものにゆがめられていたのです。では、誰がそのようにゆがんだ情報を伝えていたのか？

そう、テューリアンたちは、地球文明にミネルヴァ崩壊の悲劇を繰り返させないため、彼らが庇護《ひご》している、ルナリアンの直接の祖先でもある、人間と同じ姿形のジェヴレン人に、監視の役を与えていたのです。しかし、ジェヴレン人は、地球文明に対する、彼らの影の支配権を握りつづけるために、地球に関するウソの情報をテューリアンに与えつづけ、また、地球上の歴史にマイナスの形での干渉をもおこなってきたのでした。しかも、超古代から。

つまり、歴史の裏側の「影の帝国」というやつです。

真相を察知した地球人とテューリアンの連合対ジェヴレンの戦争は、今のはやり言葉でいえば、ヴァーチャルな形で決着をみました。テューリアンの巨大システム、ヴィザーが、ジェヴレンのそれ、ジェヴエックスを乗っ取り、いっさいの武力を用いることなく、ジェヴレンの宇宙帝国を粉砕したのです。

しかし……。

そこから、今回の物語ははじまります。

しかし、ジェヴレンに渡り、テューリアンに代わって新たな庇護者役となった地球人たちは、いくつかの矛盾に気づきます。一つは前作にも先駆的な形で描かれたヴァーチャル・リアリティーの問題です。ジェヴェックスという巨大コンピュータ・システムによってもたらされる、現実の生活とまったく区別のつかない架空の世界、架空の人生にひたるという快楽に溺れた、宇宙帝国主義などという暴力的な意志さえも持てそうもないジェヴレン人たちに、いったい、あんな陰謀が可能なのでしょうか？

しかも、新興宗教の権力拡大と並行して、ジェヴレンの社会に謎の存在、ある日、それまでとはまったく異なる人格が宿るという現象が多発していることがわかるのです。

そしてもう一つ、物語は、われわれのそれとはまったく異なる物理法則が支配する、不思議な世界でも展開されます。

巨大コンピュータ・システム、ヴァーチャル・リアリティー、そして、人工の人格とくれば、ちょっと流行遅れの感さえあるサイバースペースものに、あのホーガンが飛びついたのかと誤解する向きもあるかもしれません。

しかし、ホーガンのスタンスは、完全なブラック・ボックスである願望充足システム、つまり、世間一般の考える形でのサイバースペースには向かいません。思い出してください。『創世記機械』の献辞で、彼が何と語っていたかを。

〝子供は誰も生まれながらの科学者である。／本書をデビー、ジェーン、ティーナに捧げる――この三人の若い科学者は、／「誰がそういった？」／「それはどういう人？」／「どうしてそうだと知ったの？」／と問うことによって、現実と幻覚とを識別することを教えてくれた〟

ホーガンが、幻覚の集合体としての、あるいはそれどまりのサイバースペースものに興味を抱くはずはありません。本書の前書きにもヒントがあるように、あらゆるものが存在しうる、法則なき世界は本質的にファンタシーの領域に属するからです。

しかも、『星を――』の魔法の眼鏡、トライマグニスコープや、『創世記機械』における六次元物理理論を例にとるまでもなく、ホーガンの「理科」ＳＦの真骨頂は、直感性を刺激してくれる、いい意味でのわかりやすさです。

さて、そこに心地よい偶然が働きます。前書きにもあるように、ホーガンは最新の並列処理型コンピュータの存在を知ります。現在は、コネクショニスト・アーキテクチャーと呼ばれているこの方式においては、ある演算を行うプロセッサ多数が、立体的に配置され、それぞれに連結されます。

一番単純な、ぐるりと一周するリング型から、それぞれのプロセッサすべてが、残りすべてのプロセッサと連結される完全結合まで、その種類は無数にあります。しかし、中でも一般的なのは、平面上の格子のように連結した二次元タイプ、立方体の各頂点のように配置した三次元タイプ、それに、最近のはやりは、四次元的な超立方体の頂点どうしの関係を実現した超立方体型だそうです。

これら、コネクショニスト・マシンのそれぞれのプロセッサは、互いに相互作用を行います。まるで、『創世記機械』の六次元空間における座標点が、互いに作用しあい、われわれの三次元世界に量子的実体を生み出すように。もちろん、現実の超立方体型コネクション回路は、四次元的あるいは六次元的なものではありません。しかし、マシンの情報世界の中では、その時、実体としての四次元（六次元）空間をシミュレーションすることが、いや、実体とすることができるのです。

　願望充足の何でも箱たるヴァーチャル・リアリティーとは違って、そこには、厳密な世界法則が成り立ちます。もちろん、その法則性は、ホーガン流六次元宇宙であろうが、十二次元超重力理論であろうが、望みのままです。それどころか、「光あれ」ならぬ「ビットあれ」という、最初のきっかけを作ってさえやれば、そこには、独自の情報物理法則によって成り立つ、まったく未知の情報宇宙が誕生しうるのです。

　ホーガンの想像力は常に、彼に実感できるアナロジーや架空理論によって発揮されます。そうした彼にとって、従来の枠組みでのサイバースペースは、「現実」ではなく「幻覚」としかとらえられなかったのではないでしょうか？　しかし、この情報宇宙は、ホーガン的価値判断からしても、もはや現実です。

　さてでは、その情報宇宙の中で何がおきるか……。本編を最後まで読んだ方々には、おわかりでしょう。この小説は、サイバーパンクと、その直接の申し子であるヴァーチャル・リアリティー技術、人工知能にかかわる最新のテクノロジーであるコネクショニズム・アーキテクチャーに加えて、もう一つ、電子工学における最新のキー・ワード「人工生命《アーティフィシャル・ライフ》」

をテーマとしているのです。

だがしかし、前書きに登場する著作権代理人、エリナ・ウッド女史の科白《せりふ》を借りるなら、はたして、これで終わりでしょうか？

いえ、ガニメアンの物語が、ではありません。

ホーガン風情報宇宙ＳＦが、です。

『星を継ぐもの』における「発見」の精神が、『創世記機械』という形で結実したように、ホーガン的情報宇宙論が、『未来の二つの顔』をはるかに越える形で実現することを、僕は期待します。それはまた、ニーヴンの『魔法の国が消えていく』をもはるかに越えた、新しいハードＳＦファンタシーとなりうるでしょう。

はたして、こうした期待をかけるのは、政治論議や社会論議に、本作においてもいささか熱心な今のホーガンには酷な話でしょうか？

いや、そうではないでしょう。ホーガンにおけるユートピアとは、無限の成長を声高に論じ、エコロジストの撲滅を叫ぶことではなく、ルーペを手にして、足元のありんこを懸命にのぞき込む「理科」少年の眼差《まなざ》しそのもののはずなのですから。

一九九七年七月

検印
廃止

訳者紹介 1940年生まれ。国際基督教大学教養学部卒業。英米文学翻訳家。主な訳書に、ドン・ペンドルトン「マフィアへの挑戦」シリーズ、アシモフ「黒後家蜘蛛の会」1〜5、ニーヴン&パーネル「神の目の小さな塵」、ホーガン「星を継ぐもの」ほか多数。

内なる宇宙　下

1997年8月29日　初版
2021年8月20日　21版
新版2023年10月20日　初版

著者　ジェイムズ・P・ホーガン

訳者　池《いけ》　央《ひろ》　耿《あき》

発行所　（株）東京創元社
代表者　渋谷健太郎

162-0814/東京都新宿区新小川町1-5
電話　03・3268・8231-営業部
03・3268・8204-編集部
URL　http://www.tsogen.co.jp
DTP　工友会印刷
暁印刷・本間製本

乱丁・落丁本は、ご面倒ですが小社までご送付ください。送料小社負担にてお取替えいたします。

ISBN978-4-488-66335-3　C0197